Penelope Fitzgerald
Frühlingsanfang

Roman
Aus dem Englischen von
Christa Krüger

Insel Verlag

Originaltitel: *Beginning of Spring*

Zweite Auflage 1991

Druck: Friedrich Pustet, Regensburg
Printed in Germany

I

1913 kostete die Bahnfahrt von Moskau nach Charing Cross, mit Umsteigen in Warschau, vierzehn Pfund, sechs Schilling, drei Pence und dauerte zweieinhalb Tage. Im März 1913 unternahm Nellie, Frank Reids Frau, diese Fahrt. Sie brach von ihrer Wohnung in der Lipkastraße 22 im Stadtteil Kamovniki auf; die drei Kinder, Dolly, Ben und Anuschka, nahm sie mit. Anuschka (oder Annie) war zweidreiviertel und auf dem besten Wege, ein noch schlimmerer Quälgeist zu werden als die beiden anderen. Dunjascha, das Kindermädchen, das sich in der Lipkastraße 22 um die drei kümmerte, kam trotzdem nicht mit auf die Reise.

Dunjascha war wohl eingeweiht, Frank Reid aber wußte von nichts. Erst als er aus der Druckerei nach Hause kam, erfuhr er durch einen Brief von der Reise. Diesen Brief habe ein Bote abgegeben, erklärte ihm der Diener Toma.

»Wo ist der Bote jetzt?« fragte Frank und nahm den Brief. Er trug Nellies Schrift.

»Wieder an die Arbeit gegangen. Er gehört zum Boten-Artel und darf sich nirgends ausruhen.«

Frank ging daraufhin schnurstracks durch die rechtsseitigen Hinterzimmer in die Küche, wo er auch wirklich den Boten beim Tee mit der Köchin und der Küchenhilfe fand; die rote Botenmütze lag auf dem Tisch.

»Woher hast du den Brief?«

»Man hat mich herbestellt«, sagte der Bote und stand auf, »und mir den Brief gegeben.«

»Von wem hast du ihn?«

»Von Ihrer Frau, Elena Karlovna Reid.«

»Dies ist mein Haus, und ich wohne hier. Wozu brauchte sie einen Boten?«

Inzwischen hatten sich alle in der Küche versammelt: der Schuhputzjunge, genannt Kleiner Kosake, die Waschfrau, die heute ihren wöchentlichen Waschtag bei Reids hatte, das Dienstmädchen und Toma. »Er hätte den Brief in Ihr Büro bringen sollen«, sagte Toma, »aber Sie waren früher zu Hause als sonst und kamen ihm zuvor.«
Frank war in Moskau geboren und aufgewachsen; von Natur aus friedlich und zurückhaltend, wußte er doch, daß er ab und zu im Leben theatralisch werden mußte. Er setzte sich also ans Fenster, obwohl es um vier Uhr schon dunkel war, und öffnete den Brief vor aller Augen. Zwei, drei Briefe hatte er seit seiner Heirat von Nellie bekommen; an mehr konnte er sich nicht erinnern. Schreiben war nicht nötig gewesen; getrennt waren sie kaum je, und sie redete sowieso ziemlich viel. In letzter Zeit vielleicht nicht mehr ganz soviel.
Er las, so langsam er konnte, aber sie hatte nur ein paar Zeilen geschrieben, eine Mitteilung, daß sie abgereist war. Von einer Rückkehr nach Moskau stand nichts da, und er schloß daraus, daß sie ihm nicht hatte sagen wollen, was eigentlich los war, vor allem, weil sie ganz unten auf die Seite geschrieben hatte, sie sage dies ohne Bitterkeit und wünsche, er nehme es auch so auf. Dann las er noch etwas wie: bleib gesund.
Alle standen da und beobachteten ihn schweigend. Frank wollte sie nicht enttäuschen, also faltete er das Blatt Papier sorgfältig wieder zusammen und steckte es in den Umschlag zurück. Er sah aus dem Fenster auf den dunklen Hof, wo der Holzstapel für den Winter jetzt zu drei Vierteln abgetragen war. Jenseits des Gartenzauns schimmerten hier und da die Öllampen der Nachbarn. Frank hatte in Verhandlungen mit der Moskauer Elektrizitätsgesellschaft erreicht, daß sein Haus mit 25-Watt-Birnen beleuchtet wurde.
»Elena Karlovna ist abgereist«, sagte er, »die Kinder hat sie

mitgenommen, für wie lange, weiß ich nicht. Sie hat mir nicht gesagt, wann sie wiederkommt.«

Die Frauen fingen an zu weinen. Bestimmt hatten sie Nellie beim Packen geholfen und sich dabei die Winterkleider schenken lassen, die nicht mehr in die Koffer paßten, aber diese Tränen waren echt und der Kummer nicht gespielt.

Der Bote stand immer noch da, die rote Mütze in der Hand. »Hast du dein Geld schon bekommen?« fragte ihn Frank. Der Junge verneinte. Die Mitglieder des Artels wurden nach einem festen Satz bezahlt, der zwischen zwanzig und vierzig Kopeken lag, aber es war fraglich, ob er überhaupt etwas verdient hatte. Nun kam der Hausmeister in die Küche, in einer Wolke von Öl und Sägemehl, und brachte den unverkennbaren Geruch von Kälte mit herein. Ihm mußte alles noch einmal von vorn erklärt werden, obwohl nur er Nellies Gepäck aufgeladen haben konnte.

»Bringt mir Tee ins Wohnzimmer«, sagte Frank. Dem Boten gab er dreißig Kopeken. »Essen um sechs, wie immer.« Er erstickte fast bei dem Gedanken, daß die Kinder nicht da waren, daß Dolly und Ben nicht aus der Schule kommen würden und daß keine Annuschka im Haus herumlief. Am Morgen hatte er noch drei Kinder, jetzt hatte er keines. Wie sehr ihm Nellie fehlen würde, wie sehr sie ihm jetzt schon fehlte, wußte er im Augenblick nicht zu sagen. Das schob er beiseite; wie es auf ihn wirkte, wollte er später bedenken. Sie hatten eine Reise nach England erwogen, weshalb Frank die Ausreisepapiere der Familie bei der Lokalpolizei und im Polizeipräsidium in Ordnung gebracht hatte. Sollte die Polizei Nellie etwas eingeredet haben, als sie ihren Paß unterschrieb? Aber wann hatte Nellie sich je etwas einreden lassen?

Die Firma Reid, die Franks Vater um 1870 in Moskau gegründet hatte, importierte und montierte zunächst Druckmaschinen. Eine kleine Druckerei lief damals nur nebenher. Inzwischen lebte Frank fast ausschließlich von diesem Druckereibetrieb. Mit der Montagefirma war nichts mehr anzufangen, die Konkurrenz der Deutschen und des direkten Importgeschäftes war zu hart. Aber die Druckerei warf genug ab, und Frank hatte einen einigermaßen vernünftigen Geschäftsführer. Das Wort vernünftig paßte allerdings genaugenommen nicht so ganz auf Selwyn. Er hatte keine Frau und anscheinend keine Sorgen, war Tolstoj-Jünger, nach dessen Tod in verstärktem Maß, und er schrieb Gedichte in russischer Sprache. In Franks Vorstellung handelten russische Gedichte von Birkenbäumen und Schnee, und in den letzten Versproben, die Selwyn ihm vorgelesen hatte, tauchten Birken und Schnee auch ziemlich oft auf.

Frank ging zum Telefon, drehte die Kurbel zweimal und verlangte die Nummer der Reid-Druckerei. Inzwischen kam Toma mit dem Samowar, dem kleinen, der ihm groß genug für den Hausherrn schien, jetzt, wo er ganz allein war. Der Samowar fing gerade an zu kochen und gab ein leichtes, einladendes Summen von sich.

»Was sollen wir mit den Kinderzimmern machen, Herr?« fragte Toma mit leiser Stimme.

»Macht die Türen zu und laßt die Zimmer, wie sie sind. Wo ist Dunjascha?«

Frank wußte, daß sie sich irgendwo im Haus aufhielt, aber in Deckung blieb, wie ein Rebhuhn in der Ackerfurche, um sich Vorwürfen zu entziehen.

»Dunjascha möchte Sie sprechen. Was soll sie denn arbeiten, jetzt, wo die Kinder weg sind?«

»Sag ihr, das soll sie nur mir überlassen.« Frank merkte, daß er sich anhörte wie ein launenhafter Herr über Leibeigene.

Aber hatte er ihnen denn je ernsthaft Grund zur Sorge um ihre Arbeitsplätze gegeben?
Das Telefongespräch kam durch, und Selwyns helle, nachdenkliche Stimme antwortete russisch: »Ich höre.«
»Ich wollte dich heute nachmittag eigentlich nicht stören, aber es ist etwas geschehen, was ich so nicht erwartet hätte.«
»Du klingst nicht wie sonst, Frank. Sag mir, was ist dir widerfahren? Freude oder Kummer?«
»Ich würde sagen, ein ziemlicher Schock. Also Kummer, wenn es eins von beiden sein soll.«
Toma kam einen Augenblick in die Diele, sagte etwas von Änderungen, die man machen müsse, und zog sich wieder in die Küche zurück. Frank sprach weiter: »Selwyn, es ist etwas mit Nellie. Sie ist nach England zurückgefahren, nehme ich jedenfalls an, und die Kinder hat sie mitgenommen.«
»Alle drei?«
»Ja.«
»Aber vielleicht möchte sie zu Besuch ...« Selwyn stockte und suchte nach Worten, als falle es ihm schwer, die richtigen Bezeichnungen für normale menschliche Beziehungen zu finden, »könnte es nicht sein, daß man seine Mutter besuchen möchte?«
»Sie hat nicht ein Wort darüber verloren. Jedenfalls war ihre Mutter schon tot, bevor ich Nellie kennenlernte.«
»Und ihr Vater?«
»Sie hat nur noch ihren Bruder. Und der wohnt da, wo er immer war, in Norbury.«
»In Norbury, Frank, und dann noch als Waise!«
»Also, eine Waise bin ich schließlich auch, und du genauso.«
»Ja, aber ich bin zweiundfünfzig.«

Selwyn hatte einen Rest gesunden Menschenverstand, der sich regte, wenn er arbeitete, und überraschenderweise gelegentlich auch dann, wenn man die Hoffnung darauf schon fast aufgegeben hatte. Er sagte: »Ich brauche nicht mehr lange. Ich gehe die Lohnliste durch und vergleiche sie mit dem, was die Buchhalter wirklich auszahlen. Du hast erklärt, du wolltest, daß das häufiger geprüft wird.«
»Das kann man wohl sagen.«
»Wenn wir fertig sind, laß uns doch zusammen essen, Frank. Ich mag mir nicht vorstellen, wie du da sitzt und auf einen leeren Stuhl starrst. Essen bei mir zu Hause, sehr bescheiden, nicht in der seelenlosen Umgebung eines Restaurants.«
»Danke, aber das möchte ich nicht. Ich komme dann morgen, wie immer, ungefähr um acht Uhr.«
Er hängte die Sprechmuschel wieder an ihren Messinghaken und ging durchs Haus, es war jetzt ganz still; nur aus der Küche drang gedämpft das an- und abschwellende Geräusch von Stimmen, der vertraute Ton einer munteren Unterhaltung, ab und zu war ein Laut zu hören, als breche jemand in Schluchzen aus. Das Haus – baufällig nach Franks Maßstäben – war geräumig; es hatte zwei Stockwerke, das untere aus Stein, das obere aus Holz. Der riesige Ofen, mit weißen Kacheln aus der Presnaja umkleidet, heizte das ganze untere Stockwerk. Draußen zog sich in der Gegend der Moskva-Schleife ein seltsamer grell-gelber Streifen über den schiefergrauen Himmel.
Jemand war an der Haustür, und Toma führte Selwyn Crane herein. Obwohl Frank ihn fast jeden Tag in der Druckerei sah, vergaß er immer wieder, daß Selwyn für einen englischen Geschäftsmann sehr ungewöhnlich aussah; erst in anderer Umgebung fiel es ihm wieder auf. Er war lang und dünn – das war Frank auch, aber Selwyn mit seinem freundlichen Lä-

cheln, dem ernsten suchenden Blick, immer etwas abwesend, sah aus, als sei er vor lauter Entrücktheit und Weltferne bis zur Durchsichtigkeit abgemagert. Er trug eine Art schwarzen Gehrock, dazu Hosen aus englischem Tweed, die dem Moskauer Schneider zu kurz geraten waren, außerdem eine hochgeschlossene russische Bauernbluse, einen Tribut, den er dem Andenken an Lev Nikolajewitsch Tolstoj zollte. In dem warmen Zimmer warf er den Gehrock ab – Damen waren nicht anwesend – und stand nun in der grobgewebten Bluse da, die in Falten um seine spitzen Knochen hing.
»Hier bin ich, mein Guter. Nach solchen Nachrichten konnte ich dich doch nicht allein lassen.«
»Wäre mir aber lieber gewesen«, sagte Frank. »Nimm's mir nicht übel, daß ich es so offen sage. Ich wäre lieber für mich geblieben.«
»Ich bin mit der vierundzwanziger Trambahn gekommen«, sagte Selwyn, »ich hatte Glück; sie kam fast sofort. Ich bleibe nicht lange; du kannst ganz unbesorgt sein. Mir ist am Schreibtisch ein Gedanke gekommen, und ich wußte sofort, daß er ein Trost für dich sein kann. Ich bin gleich aufgestanden und zur Straßenbahnhaltestelle gegangen. Am Telefon kann man solche Dinge nicht bereden, Frank.«
Frank saß ihm gegenüber und stützte den Kopf in die Hände. Er konnte nichts weniger ertragen als entschlossene Selbstlosigkeit. Aber Selwyn schien dadurch ermutigt.
»Das ist die Haltung eines reuigen Sünders, Frank. Das muß nicht sein. Sünder sind wir allzumal. Der Gedanke, der mir kam, hatte nichts mit Schuld zu tun, sondern mit Verlust. Stellen wir uns den Verlust als eine Form von Armut vor. Nun ist aber Armut oder das, was die Welt Armut nennt, kein Grund zum Bedauern, sondern zur Freude.«
»Nein, Selwyn, so ist es nicht«, sagte Frank.

»Lev Nikolajewitsch versuchte, all seinen Besitz wegzugeben.«

»Aber damit wollte er die Bauern reicher machen, nicht sich selbst ärmer.« Tolstojs Moskauer Besitz war nur ungefähr einen Kilometer von der Lipkastraße entfernt. In seinem Testament hatte er ihn den Bauern vermacht, die seitdem unaufhörlich die Bäume auf dem Grundstück fällten, um schnell zu Geld zu kommen. Sie arbeiteten sogar nachts im Schein von Paraffinfackeln.

Selwyn beugte sich vor, die großen braunen Augen höchst konzentriert und leuchtend vor liebevoller Neugier und gutem Willen.

»Frank, laß uns im Sommer zusammen auf Wanderschaft gehen. Ich kenne dich gut, aber in der klaren Luft, in den Wiesen und Wäldern werde ich dich bestimmt noch besser kennenlernen. Du hast Mut, Frank, aber ich glaube, du hast keine Phantasie.«

»Selwyn, verschone mich heute abend mit Seelenzergliederung! Ehrlich gesagt, dazu fühle ich mich nicht in der Lage.«

In der Diele erschien erneut Toma, um Selwyn in seinen ärmellosen zottigen Schafspelz zu helfen. Frank sagte noch einmal, daß er zur üblichen Zeit in die Druckerei kommen werde. Sobald die Außentür zu war, begann Toma zu lamentieren, daß Selwyn Osipitsch gar keinen Tee genommen habe, nicht einmal ein Glas Mineralwasser.

»Er kam nur auf einen Moment.«

»Das ist ein guter Mensch, Herr, immer unterwegs von einem Ort zum anderen, immer auf der Suche nach Not und Verzweiflung.«

»Nun, hier hat er keins von beiden gefunden«, sagte Frank.

»Vielleicht hat er Ihnen eine Nachricht von der gnädigen Frau gebracht, Herr.«
»Das hätte sein können, wenn er im Bahnhof arbeiten würde, aber das tut er nicht. Sie hat den Zug nach Berlin genommen, und mehr ist dazu nicht zu sagen.«
»Gott ist nicht ohne Barmherzigkeit«, sagte Toma unbestimmt.
»Toma, als du vor drei Jahren hierherkamst, in dem Jahr, in dem Annuschka geboren wurde, da hast du mir erzählt, du seist ein Ungläubiger.«
Tomas Gesicht entspannte sich und zeigte jene Falten zähen Wohlwollens, die eine Vorankündigung von Stunden uferloser Diskussion waren.
»Kein Ungläubiger, Herr, sondern ein Freidenker. Vielleicht haben Sie nie über den Unterschied nachgedacht. Als Freidenker kann ich glauben, was ich will und wann ich will. Ich kann Sie in Ihrer traurigen Lage heute abend dem Schutz Gottes anvertrauen, selbst wenn ich morgen früh nicht glaube, daß es ihn gibt. Als Ungläubiger wäre ich verpflichtet, nicht zu glauben, und das wäre eine unzulässige Einschränkung meiner Gedanken.«
Dann stellte sich heraus, daß Selwyns Aktentasche, eigentlich eine Notenmappe, vollgestopft mit Papieren und hart geworden vom Regen vieler Jahreszeiten an vielen Trambahnhaltestellen, auf der Bank unter dem Kleiderständer liegengeblieben war, dort, wo die Filzstiefel in einer Reihe standen. Das war schon oft vorgekommen, und der vertraute Anblick der vergessenen Aktentasche hatte etwas Tröstliches.
»Ich nehme sie morgen früh mit«, sagte Frank. »Paß' auf, daß ich es nicht vergesse.«

2

Noch vor wenigen Jahren war das erste, was man morgens in Moskau hörte, das Stampfen der Kühe, die aus Ställen und Hinterhöfen kamen und sich ihren Weg zwischen den Pferdebahnen durch zu ihrem Sammelplatz am Rand von Kamovniki suchten; von dort aus wurden sie von dem städtischen Kuhhirten zu den Weiden getrieben oder im Winter durch die Dunkelheit zu den Heustadeln in der Vorstadt geführt. Nachdem die Straßenbahnen elektrifiziert waren, verschwanden die Kühe. Nun kam der erste Laut am Morgen von den Trambahnen, von fünf Uhr an; außerdem tönten noch die Kirchenglokken. Im Februar war beides nicht zu hören; die doppelten inneren und äußeren Fenster waren seit den letzten Oktobertagen fest versiegelt und hielten das Haus warm und taub.
Frank stand auf, entschlossen, jetzt in Angriff zu nehmen, was er schon am Abend zuvor hätte tun können, aber noch unterlassen hatte in der Hoffnung, es werde sich als unnötig erweisen: das Aufgeben der Telegramme. Irgendwann würde er wohl auch zum Büro der englischen Gemeinde gehen und Cecil Graham, den Pfarrer, aufsuchen müssen; Graham selbst würde vor lauter Verlegenheit kaum etwas sagen; das war sicher. Der Besuch beim Pfarrer hieß aber auch, daß er Mrs. Graham Rede und Antwort stehen müsse; in Wirklichkeit empfing nämlich sie die Besucher und besorgte das Reden. Vielleicht ließ sich der Besuch im Pfarrbüro noch einen oder zwei Tage aufschieben.
Um Viertel vor sieben klingelte das Telefon: Die beiden Kupferglöckchen, die über einem kleinen Schreibtisch angebracht waren, schlugen schnarrend an. Der Anrufer war der Stationsvorsteher vom Alexanderbahnhof. Frank kannte ihn recht gut.

»Frank Albertowitsch, hier hat es ein Versehen gegeben. Sie müssen sofort zum Aufsammeln kommen oder eine verantwortungsbewußte, zuverlässige Person schicken.«

»Was denn aufsammeln?«

Der Stationsvorsteher erklärte, die drei Kinder seien in seinem Bahnhof in Verwahrung, sie seien aus Moschajsk mit dem Mitternachtszug von Berlin gekommen.

»Sie haben einen Kleiderkorb bei sich.«

»Sind sie denn allein?«

»Ja, aber meine Frau kümmert sich im Bahnhofscafé um sie.«

Frank hatte den Mantel schon angezogen. Er ging ein Stück die Lipkastraße entlang, um einen Schlittenkutscher zu finden, der gerade mit der Arbeit anfing und nicht von einer langen Arbeitsnacht betrunken, halbbetrunken, dauertrunken oder nur *podvypevchye* – mit einem kleinen Schwips – zurückkam. Er brauchte auch ein geduldig aussehendes Pferd. An der Straßenecke hielt er einen Kutscher an; im Lampenlicht konnte er über hochgeschlagenem Kragen ein kleines Stück von einem resignierten, fleckigen Gesicht erkennen.

»Alexanderbahnhof.«

»Brester Bahnhof«, sagte der Kutscher, der offenbar den alten Namen nicht aufgeben wollte. Das wirkte alles in allem beruhigend.

»Wenn wir da sind, wirst du warten müssen, wie lange, weiß ich allerdings nicht.«

»Gepäck?«

»Drei Kinder und ein Kleiderkorb. Ich weiß nicht, was sonst noch.«

Das Pferd bewegte sich vorsichtig durch den Schnee, kletterte mühsam die Novinskaja hoch und bog dann von allein in die Presnaja ein. Diesen Weg war es gewohnt, weil der Hügel steil war und deshalb bergauf und bergab ein höherer Fahrpreis verlangt werden konnte; aber der schnellste Weg zum Bahnhof war es nicht.

»Dreh um, Brüderchen«, sagte Frank, »nimm den anderen Weg.«

Der Kutscher zeigte sich nicht überrascht, sondern wendete mitten auf der Straße, schob dabei den gefrorenen Schnee zu grauen Furchen zusammen. Das Pferd kam aus dem Takt, strengte sich an, stellte die Beine über Kreuz und bewegte sich weiter mit der Unbeholfenheit einer Kreatur, die aus ihrer Gewohnheit gerissen wird. In seinen Eingeweiden grummelte es, und das Tier hustete und klang wie eine defekte Maschine, nicht wie ein Pferd. Als es sich wieder beruhigt hatte und gleichmäßig die Tverskaja hinabtrottete, fragte Frank den Kutscher, ob er Kinder habe. Seine Frau und die Familie wohnten nicht bei ihm, antwortete der Kutscher, sondern in Rovik, seinem Heimatdorf, während er hier Geld verdiente. Wie viele Kinder? Zwei, aber beide waren in Rovik gestorben, als die Cholera kam. Seine Frau hatte nicht genug Geld oder nicht genug Verstand, ein Papier zu kaufen, das bescheinigte, sie wären an etwas anderem gestorben; darum mußten sie auf dem Pestfriedhof begraben werden, und keiner wußte, wo das war. An diesem Punkt der Erzählung lachte er unmotiviert.

»Warum schickst du nicht nach deiner Frau, daß du Gesellschaft hast?«

Der Kutscher antwortete, Frauen seien bloß gesellig mit anderen Frauen; sie seien füreinander gemacht und redeten den ganzen Tag zusammen. Nachts seien sie zu müde und für nichts zu brauchen.

»Aber wir sind nicht zum Alleinsein gemacht«, sagte Frank.

»Aber im Leben kommt's anders.«

Sie mußten hinter dem Bahnhof halten, am Güterbahnhof. Der Kutscher war keiner von den Geschäftstüchtigen, er hatte keine Genehmigung, am Haupteingang zu warten.
»Ich bin bald wieder da«, sagte Frank und gab ihm Geld für einen Tee. Der Satz hatte keine genaue Bedeutung, war nur ein unbestimmtes Versprechen und wurde auch so aufgefaßt. Leichter Schnee fiel. Der Kutscher deckte dem Pferd eine große grüne Ölplane über; es ließ den Kopf hängen, döste und träumte vom Sommer.
Der Güterbahnhof wurde von der Okruschnaja-Eisenbahn bedient, die einen Kreis um die ganze Stadt schlug und Fracht von Depot zu Depot beförderte. Gleichzeitig mit dem Schlitten war eine Ladung kleiner Messing-Kreuze eingetroffen, aus einer Fabrik am Ostrand der Stadt. Zwei Männer hakten auf einer Liste sorgfältig die einzelnen Flechtstrohkisten eines Postens von einmal hundert und einmal tausend Stück ab. Frank ging an den Kohlenhaufen und Lagerschuppen vorbei durch den höhlenartigen Hintereingang des Bahnhofs. Im Inneren sickerte durch die Glaskuppel graues Licht aus großer Höhe herab. Nicht viele Leute hielten sich hier auf, und manche von ihnen gehörten eindeutig zu den verlorenen Seelen, die durch Bahnhöfe und Krankenhäuser irren, in der Hoffnung, auch für sich ein Stückchen Ziel und Zweck abzweigen zu können, wo so viel eilige Geschäftigkeit stattfindet, wo sie zusehen können, wie andere Menschen sich trennen und wiederfinden und Krankheit und Tod erleben. Eine Handvoll verlorener Seelen saß in den Ecken des Bahnhofsrestaurants und sah ohne Neugier oder Bedauern denen zu, die es sich leisten konnten, an der glänzenden Theke oder am Büffet etwas zu bestellen.
Der Stationsvorsteher war nicht da. »Der *Natschalnik* ist in seinem Büro. Dies ist das Bahnhofscafé«, sagte der Barmann.

»Ganz recht«, sagte Frank, »aber war seine Frau nicht vor einer Weile hier, mit drei Kindern?« – »Seine Frau ist nie hier, das ist nicht ihr Platz, sie ist in seinem Haus.« Eine Kellnerin, groß und kräftig, schob ihn mit dem Ellbogen beiseite, als sie die Klappe im Bartisch hob und herauskam. »Drei kleine Engländer, ein Mädchen mit braunem Haar und blauen Augen, ein Junge mit braunem Haar und blauen Augen, ein kleines Mädchen, das schlief, seine Augen waren zu.« – »Hatten sie einen Kleiderkorb bei sich?« »Ja, als das kleine Mädchen sich hinsetzte, stellte es die Füße auf den Korb, seine Beine waren noch zu kurz und reichten nicht bis auf den Fußboden.«

»Wo sind die Kinder jetzt?«

»Sie wurden weggebracht.«

Die Kellnerin kreuzte die Arme über dem Busen und schien Frank herauszufordern oder anzuschuldigen. Sie hatte einen georgischen Akzent. Es war verrückt, sich Georgien nur als ein Land voller Rosen und Sonnenschein vorzustellen, das wußte er. Aber die Georgier halten sich etwas darauf zugute, daß ihre Stimmung so plötzlich umschlagen kann. Frank sagte: »Sie sind jedenfalls nicht dafür verantwortlich zu machen. Es ist schließlich nicht Ihre Aufgabe, auf jedermann im Bahnhofscafé zu achten.« Sofort wurde sie nachgiebig und gab sich alle Mühe, ihn freundlich zu stimmen.

»Ihre Kinder sind das nicht, das sehe ich sofort. Sie würden nicht zulassen, daß sie so in der Stadt ankommen, ohne daß sich jemand um sie kümmert.« Frank fragte, wo der Stationsvorsteher wohnte. Sein Haus stand in der Presnaja, zwischen dem Friedhof und der Vlasov-Kachelfabrik.

Er ging wieder über den verwehten, hartgefahrenen Schnee durch den Kohlenhof. Das Pferd stand vollkommen reglos in der weißen Ferne; der Kutscher kam gerade aus dem Pissoir.

Er war einverstanden zu warten, während Frank den kurzen Weg zur Presnaja ging.
Längs einer Seitenstraße, die übersät war mit Klinkersteinen, Sprungfedern von Kutschen, Alteisenteilen und gelblackierten Blechstreifen, die einmal für Botkin-Tee und Jeye-Tinktur Reklame gemacht hatten, standen in Abständen Holzhäuser. Sie standen auf zwei Stufen über dem Boden, und Frank sah, daß der Eingang, wie in den Dörfern, auf der Rückseite liegen mußte. Im Haus Nummer 15, zu dem man ihn gewiesen hatte, fand er die Hintertür unverschlossen. Er zog sie hinter sich zu und sah sich zwei Türen gegenüber.
»Ist jemand zu Hause?« rief er.
Die Tür zur Rechten öffnete sich, und heraus kam seine Tochter Dolly: »Warum bist du nicht eher gekommen? Wir haben hier wirklich nichts verloren.«
Im Zimmer war der mit einem Öltuch bedeckte Tisch in die rechte Ecke gerückt, so daß niemand mit dem Rücken zu den Ikonen und ihren flackernden Lämpchen sitzen konnte. Anuschka lag schlafend auf dem Kleiderkorb. Ben saß am Tisch und schaute sich eine Zeitung an, die *Gazeta-Kopejka*, die nur von Raub und Mord berichtete. Er sah auf und sagte: »Wenn du auf einer Hauptstrecke fährst, ist der Abstand zwischen zwei Pfosten ein zwanzigstel Werst, und wenn der Zug zwei Sekunden von einem Pfosten zum nächsten braucht, dann schaffst du neunzig Werst in der Stunde.«
»Was ist passiert?« fragte Frank. »Wer kümmert sich um euch? Seid ihr unterwegs verlorengegangen?«
Eine dunkle Frau in einem Overall kam herein, nicht die Frau des Stationsvorstehers, falls es die überhaupt gab, sondern eine Küchenmutter, so stellte sie sich vor, die immer aushalf, wenn sie gebraucht wurde.
»Sie verdient nur achtzig Kopeken pro Tag«, sagte Dolly.

»Das ist nicht viel bei so viel Verantwortung.« Sie legte der Frau den Arm um die Taille und sagte in zärtlichem Russisch: »Du verdienst nicht genug, Mütterchen, stimmt's?«
»Ich mache das schon mit allen klar«, sagte Frank, »und dann nichts wie nach Hause in die Lipkastraße. Annie müssen wir wohl wecken, so leid es mir tut.«
Die Mäntel der Kinder hingen zum Trocknen über dem Ofen, neben der zweiten Uniform des Stationsvorstehers und einem Stapel Eisenbahndecken. Den Kleiderrechen aus Birkenholz mußte man wie ein Segel niederholen. Anuschka wachte auf, als man sie in ihr Pelzjäckchen steckte, und fragte, ob sie noch in Moskau sei. »Ja, ja«, sagte Frank.
»Dann will ich zu Muirka.«
Muir und Merrilees war das Kaufhaus, in dem Anuschka fast jedesmal ein kleines Geschenk von dem aufmerksamen Abteilungsleiter erhielt.
»Jetzt nicht«, sagte Dolly.
»Wenn Anuschka nicht gewesen wäre«, sagte Ben, »dann hätte uns Mutter mitgenommen, glaube ich. Genau kann ich's nicht sagen, aber ich glaube schon.«
Das ganze Haus bebte plötzlich, nicht allmählich, sondern von einem Augenblick zum andern, so heftig wurde an die Außentür geschlagen. Die Küchenmutter bekreuzigte sich. Es war der Schlittenkutscher. »Daß du soviel Kraft hast und dermaßen an die Tür schlägst, hätte ich dir gar nicht zugetraut«, wies ihn Frank zurecht.
»Wie lange? Wie lange denn noch?«
Im selben Augenblick kam durch die Vordertür der Stationsvorsteher herein, vielleicht, weil er die Gelegenheit nutzen wollte, um zu sehen, was in seinem Haus vor sich ging. Er war wahrscheinlich der einzige, der je die Vordertür benutzte. Nun mußten sich alle miteinander – Frank, die Kinder, die

Küchenmutter, der Stationsvorsteher – noch eine halbe Stunde zusammensetzen. Annie mußte wieder aus ihrer Jacke geschält werden. Sie schlief auf der Stelle wieder ein. Es gab Tee und Kirschmarmelade aus dem Schrank, der jetzt, wo der Stationsvorsteher seine Schlüssel mitgebracht hatte, aufgeschlossen werden konnte. Die Küchenmutter erklärte auf einmal, sie könne sich nicht trennen von ihrer Dolly, ihrer Darjascha, die ganz genauso sei wie sie selbst als kleines Mädchen. Der Stationsvorsteher, noch immer mit seiner roten Uniformmütze, klagte über seine Schwierigkeiten am Alexanderbahnhof, wo er von ausländischen Reisenden belagert wurde. Seine Uhren zeigten alle die genaue Petersburger Zeit, die der mitteleuropäischen Zeit einundsechzig Minuten voraus ist und zwei Stunden und eine Minute weiter als Greenwich. Was war daran schwierig für die Ausländer?

»Warum läßt du dich nicht ins Donez-Becken versetzen?« schlug Ben ihm vor.

»Wie alt ist Ihr Sohn?«

»Neun«, sagte Frank.

»Erklären Sie ihm, daß der Alexanderbahnhof Spitzenbezahlung bringt. Weiter aufsteigen kann man nicht. Die staatlichen Eisenbahnen haben mir nicht mehr zu bieten. Aber er kann ja nichts dafür, er ist jung und mutterlos dazu.«

»Wo ist übrigens Ihre Frau?« fragte Frank. Es stellte sich heraus, daß sie in Moskau niemandem traute und deshalb zurück in ihr Heimatdorf gefahren war, um neue Kellnerinnen für die Frühlingssaison anzuheuern. Sie brachen langsam auf, der Schlittenkutscher wies nämlich zum erstenmal darauf hin, daß das Pferd alt sei.

»Wie alt genau ist es?« fragte Ben. »Es gibt doch Vorschriften, weißt du, wie alt sie höchstens sein dürfen.« Der Kutscher erwiderte, er sei ein kleiner Teufel.

»Kleine Teufel sind sie alle«, sagte Frank, »und jetzt schaffe ich sie erst mal nach Hause in die Lipkastraße.«

Es war, als wären sie jahrelang fort gewesen. Der ganze Haushalt, sogar das Haus selbst schien in Lachen und Weinen auszubrechen. Nur Dunjascha fehlte bei dem Karneval – wie ein Karneval wirkte diese Heimkehr. Dunjascha kam aber fast augenblicklich zu Frank und bat um ihren Inlandspaß, der für alle Reisen über mehr als fünfzehn Meilen Entfernung gebraucht wurde und den man dem Dienstherren aushändigen mußte. Sie wollte gehen, sie war nicht mehr glücklich in einem Haus, in dem man sie kritisierte. Frank nahm den Paß aus dem Schreibtisch in seinem Büro, wo er solche Dinge wegschloß. Er fühlte sich wie ein Mensch mit einer halbverheilten Wunde: Gar nichts tun, nur ja nicht berühren, damit bloß das Schlimme nicht noch schlimmer wird. Nellie hatte ihm keine Nachricht mit den Kindern mitgeschickt, kein einziges Wort, und er sah ein, daß er besser gar nicht darüber nachdachte, weil es sonst vielleicht nicht auszuhalten war. Sein Vater hatte immer behauptet, der menschliche Kopf sei von unbegrenzter Elastizität, und es liege in der Natur der Dinge, daß nie von uns verlangt werde, mehr auf uns zu nehmen, als wir ertragen können. Daran hatte Frank immer seine Zweifel gehabt. Im vergangenen Winter war einer der Maschinisten aus der Druckerei bei Nacht an eine Stelle etwas außerhalb des Windauer Bahnhofs gegangen und hatte sich zwischen die Gleise gelegt. Weil seine Frau ihren Liebhaber in der gemeinsamen Wohnung einquartiert hatte. Aber der Radstand des Zuges war so hoch, daß die Wagen ihn überrollten und ihn ganz unverletzt ließen wie einen betrunkenen Bauern. Nachdem er vier Züge abgewartet hatte, stand er wieder

auf, nahm die nächste Trambahn nach Hause und kam seitdem jeden Tag zur Arbeit. Die Frage, was ein Mensch aushalten kann, blieb damit offen.
Das Freudenfest ging weiter und griff auf den Garten über, erfaßte offenbar auch den Hofhund und die Hühner, die den Winter über eingesperrt waren; währenddessen kam Dolly in der braunen Schuluniform des Ekaterinskaja-Gymnasiums und fragte ihn, ob er ihr bei den Hausaufgaben helfe, sie müsse um neun in der Schule sein. Sie packte ihren Atlas aus, ein Lineal und das Geographie-Übungsbuch.
»Wir sind jetzt bei den Britischen Inseln. Wir müssen die Industriegebiete einzeichnen und die Gegenden markieren, in denen überwiegend Schafe gehalten werden.«
»Hattest du die Bücher im Zug mit?« fragte Frank.
»Ja. Ich dachte, ich könnte sie vielleicht noch brauchen, auch wenn ich nicht mehr wieder in die Ekaterinskaja zurückginge.«
»Es war einsam ohne euch im Haus, irgendwie leer.«
»Wir waren doch nicht sehr lange weg.«
»Lange genug für mich, daß ich merken konnte, wie es geworden wäre.«
Dolly fragte: »Hast du nicht gewußt, was Mutter tat?«
»Um die Wahrheit zu sagen, Dolly, nein, ich habe es nicht gewußt.«
»Das dachte ich mir«, sagte sie hastig. »Es war schwer für sie. Schließlich hat sie uns vorher noch nie versorgen müssen. Dunjascha hat alles gemacht. Anuschka wollte nicht stillsitzen. Mutter fragte den Schaffner nach Baldriantropfen, um sie zu beruhigen, aber er hatte keine. Wir hätten natürlich welche mitnehmen sollen, aber ich habe nicht gepackt. Du hättest ihr nicht zumuten sollen, daß sie alles

allein schafft. Sie mußte uns zurückschicken, wir waren keine Hilfe für sie. Ich glaube, du hast zuviel von ihr verlangt.«

»Das sehe ich anders, Dolly. Ich kenne meinen Kopf, aber für deine Mutter gilt das auch.«

3

Franks Vater, Albert Reid, war vorausschauend gewesen – vielleicht hatte er nicht weit genug in die Zukunft geblickt, aber in Rußland ist es falsch, zu scharf zu sehen, weil man dadurch nur das Zutrauen verliert. Ihm war klar, daß in nicht allzuferner Zeit britische Investoren, Schlossermeister, Textilfabrikbesitzer, Kesselschmiede, Ingenieure, Rennpferdtrainer und Gouvernanten nicht mehr willkommen sein würden. Dann würden entweder die Russen selbst oder aber die Deutschen alles in die Hand nehmen, aber eine Weile dauerte es wohl noch bis dahin, meinte er. Als er um 1870 seine Firma gründete, war dazu eigentlich nur eine Urkunde nötig, die bescheinigte, daß der Gesellschaftsvertrag der Firma dem britischen Recht entsprach, und eine zweite aus Petersburg, die bestätigte, daß das Unternehmen den Interessen des Russischen Reiches förderlich war. Außerdem brauchte man freilich auch ein stabiles Verdauungssystem, Trinkfestigkeit, vor allem einen Kopf, der hochprozentigen Alkohol vertragen konnte, einen guten Kreislauf und einen Instinkt dafür, wieviel Bestechungsgelder am Platze waren – für die uniformierte und die politische Polizei, die Sekretäre im Ministerium für Import, Handel und Gewerbe und die technischen und Gesundheitsinspektoren –, wenn man zu irgend etwas kommen wollte. Dann waren diese Bestechungen als Geschenke zu bezeichnen, und das war das erste russische Wort, das man lernen mußte. Alle anderen Formalitäten – zum Beispiel waren Bilanzen an die Zentralregierung und die lokale Finanzbehörde zu schicken – waren reiner Papierkram, den er mit der Hilfe seiner Ehefrau abends bei Lampenlicht in dem alten Holzhaus auf dem Werksgelände in der Rogoschskaja erledigt hatte. Wie der russische Adel und die russischen

Kaufleute wurden auch die ausländischen Geschäftsleute in eine Rangordnung eingestuft; der Rang richtete sich bei ihnen nach ihrem Kapital und der Menge des Brennstoffs (Braunkohle, Birkenrinde, Anthrazit, Öl), den ihre Fabrik verbrauchte. Reids Rang (Druckmaschinenbau) war nur bescheiden. Franks Vater und Mutter waren die einzigen Gesellschafter. Beide kamen aus großen Familien; das war der Hauptgrund dafür, daß Bert nach Rußland geschickt wurde, um sich dort ein Leben aufzubauen; aber sie selbst hatten nur den einen Sohn. Frank wurde als Kind ein- oder zweimal nach England gebracht und hielt sich während der Besuche bei seinen Verwandten in Salford auf. In Salford fühlte er sich wohl, denn er fühlte sich überall wohl, wo es nur halbwegs möglich war. Als er achtzehn war, ging er nach England zurück und blieb mehrere Jahre, um Maschinenbau und Drucken zu lernen, zuerst am Loughborough-Polytechnikum, dann als Lehrling bei Croppers in Nottingham. Während seiner Lehre bei Croppers, die er ganz ordentlich machte – außerdem spielte er dort zum erstenmal in seinem Leben Fußball –, schrieb sein Vater ihm, daß er zur Stabilisierung des Geschäftes eine eigene Druckerei aufmachen werde, in der Seraphimstraße, dicht am Zentrum von Moskau. Im Augenblick gebe es keine gesetzlichen Einwände dagegen, daß Ausländer Grund und Boden erwarben, solange es sich nicht um Land in Turkestan, im Kaukasus oder in anderen Gegenden handelte, wo man mit einiger Wahrscheinlichkeit auf Öl stieß; deshalb meinte Bert, er werde das Grundstück relativ billig bekommen. Er wollte zunächst nur Handpressen aufstellen, Akzidenzdruckmaschinen, und abwarten, wie das Geschäft sich anließ. Auf dem Grundstück stand eine alte Lagerhalle, und man konnte den Bau erweitern. Obwohl der Handel noch nicht abgeschlossen

war, nannten die Leute das Haus jetzt schon Reidka – Reidchen.
Der Vater schickte auch ein Foto von der Seraphimstraße mit; sie sah aus wie die meisten Moskauer Gassen, fast unrettbar verfallen, kahl, eng, buntscheckig und zerbröckelnd, mit Kindern, die sich um Pferd und Wagen drängten und etwas Unerkennbares verkauften. Über allem spannte sich ein weißer Himmel mit dicken, noch weißeren Wolken. Die Ladenschilder weckten Heimweh in Frank. Perlov-Teeziegel, Kapral-Zigaretten, 20 Stück für 5 Kopeken, und eine Schenke mit einem Namensschild, das vielleicht Markels Bar hieß.
Sein Vater gab das Datum immer nach dem Julianischen Kalender an, der der Zeitrechnung von Nottingham vierzehn Tage hinterherhinkte, so daß man jedesmal zwei Wochen dazurechnen mußte; aber es war wohl im März desselben Jahres, daß der Name Selwyn Crane zum erstenmal in einem Brief erwähnt wurde; der Vater hatte ihn angestellt, nicht in der Montagewerkstatt, sondern als Geschäftsführer von Reidka. Ein paar Wochen später hieß es, Crane werde offenbar sehr religiös. »Dagegen habe ich nichts, aber eigentlich finde ich, Religion ist Frauensache, nichts für Männer; Religion macht den Menschen gefügig, so daß er sich mit seinem Los abfindet.« Im folgenden Brief fragte sich Bert, ob »religiös« die Sache genau treffe. »Vergeistigt« sei vielleicht besser. »Crane hat sich jetzt zum Vegetarier erklärt; ich glaube ja nicht, daß das irgendwo in der Bibel verlangt wird; und er erzählte mir, daß er mehrere lange Gespräche mit Graf Tolstoj geführt habe. Tolstoj ist ein ganz großer Mann, Frank«, schrieb er weiter. »Zum Glück muß man große Männer nicht nach den Seltsamkeiten ihrer Jünger beurteilen. Immerhin aber kann Selwyn mit Zahlen umge-

hen und ist so weit ein ganz guter Geschäftsmann – er hat früher bei der Anglo-Russischen Bank gearbeitet. Ich fragte ihn, wie das dann zusammenpaßt, wenn er womöglich einerseits eine Menge Geld zusammengespart hat – hat er, wenn du mich fragst, denn verheiratet ist er nicht – und ständig von diesem Geld und dem Gehalt, das ich ihm zahle, lebt, andererseits aber zugleich mit Überzeugung verkündet, daß Kaufen und Verkaufen jeglicher Art eine Sünde gegen die Menschlichkeit sei. Er antwortete, es sei eher so, daß Reichtum nicht zum Vorteil einzelner genutzt werden soll. Dann halten Sie mich für einen Bösewicht, Crane, erwiderte ich, entschlossen, die ganze Angelegenheit scherzhaft zu behandeln, und nächstens werden Sie sich weigern, mir, Ihrem Arbeitgeber, die Hand zu schütteln. Ich dachte, damit hätte ich ihn, aber was macht er? Er küßt mich, erst auf die eine Backe, dann auf die andere – eine russische Sitte, wie du wohl weißt, aber das spielte sich mitten in der Werkstatt ab, nicht mal im Kontor.«

Frei von Bedenken war sein Vater dagegen hinsichtlich des Hauptschriftsetzers, den er angestellt hatte; der sei ein ausgezeichneter Mann, ein sehr zuverlässiger Arbeiter; um diesen Jakob Tvjordov zum Wanken zu bringen, müsse schon eine Revolution her. Frank dachte beim Lesen des Briefes, wenn die Zeit gekommen ist, werde ich ja sehen, ob ich diese Leute haben will oder nicht. Das überlege ich mir dann, wenn es soweit ist.

Im Jahr 1900 wechselte er zu Hoe in Norbury, um Erfahrungen mit moderneren Maschinen zu sammeln. In Norbury begegnete er dann Nellie Cooper. Sie wohnte bei ihrem Bruder Charles, Sekretär in einem Rechtsanwaltsbüro, und Charles' Frau Grace in der Longfellow Road 62, in einem hübschen, stattlichen Haus mit zwei Eingangstüren; die innere hatte einen bunten Einsatz aus gutem neuen Glas von Lowndes und Drury, der in kunstvollen Farben die *Delectable Mountains* aus *The Pilgrim's Progress* [Des Pilgers Wanderschaft] darstellte. Das Haus hatte Eßzimmer und Küche im Souterrain, ein Wohnzimmer mit Zugang zu einer grüngestrichenen Eisentreppe, die als eine Art Sichtschutz den Blick auf den Gemüsegarten verdeckte, und im Stockwerk darüber drei Schlafzimmer; eins davon stand leer, weil Charles und Grace keine Kinder hatten. Frank bewohnte ein Zimmer in einer Pension, deren Vermieterin ihn langsam verhungern ließ; das war jedenfalls Franks Eindruck, wenn er ihr auch keine böse Absicht dabei unterstellte. Er trat in den örtlichen Gesangverein ein (wie schon in Manchester und Nottingham). In der Pause während einer Probe (sie probten, vielleicht intensiver als gut, *Hiawatha*), als es etwas zu essen gab, mußte er sich bei Nellie, die beim Servieren half, entschuldigen, weil er mehr als ein Brötchen mit Fischpaste nahm. Nellie fragte ihn nach seiner Arbeit, ob er vielleicht schwere Lasten im Freien schleppen müsse und deshalb gar nicht anders könne, als immer Hunger zu haben. Dann erzählte sie, ohne besonders aufmerksam auf seine Antwort zu hören, daß sie seit vier Jahren unterrichtete und nun ihr Examen für das Abschlußzeugnis machen müsse.

»Ich bin sechsundzwanzig«, erklärte sie dann nach kurzem Zögern, und es klang, als meine sie: Das kann ich auch gleich sagen.

»Unterrichten Sie gern?«

»Nicht besonders.«

»Dann sollten Sie damit nicht weitermachen. Sie sollten die Examensprüfung nicht versuchen. Lernen Sie doch lieber etwas, was Sie gern tun würden, und wenn es Straßenfegen ist.«

Nellie lachte: »Das Gesicht meines Bruders möchte ich dann sehen.«
»Macht er sich Sorgen um Sie?«
»Er verdient genug, ich glaube, ich müßte eigentlich überhaupt nicht arbeiten.«
»Dann verstehe ich nicht, warum Sie es machen.«
»Damit ich aus dem Haus komme, nicht immer meiner Schwägerin im Weg bin und damit sie mich nicht den ganzen Tag lang sehen muß.«
»Hat sie Ihnen das nahegelegt, Miss Cooper?«
»Nein, sagen würde sie das nie. Sie leidet stumm.«
Frank war beeindruckt von ihrer Weise, die Dinge zu betrachten. Sie hatte etwas Schroffes, scharf Pointiertes, nicht aus Unfreundlichkeit, sondern weil sie Kompromisse im Leben, auch in ihrem eigenen, nicht mochte. Mit dieser Unterhaltung hatte sie ihm erlaubt, sie nach der Chorprobe in der zugigen Jubiläumshalle nach Hause zu bringen. Nellie mußte noch helfen, das Geschirr des Gesangvereins wegzuräumen. Dann kam sie wieder, schon im Mantel, die Schuhe trug sie in einem wasserdichten Beutel. Frank nahm ihr den Beutel ab und trug ihn, um seine Ansprüche klarzustellen. Er machte immer alles schnell und ordentlich, ohne viel Staub dabei aufzuwirbeln.
»Wenn wir in Moskau wären, hätten wir jetzt noch kräftigen Frost«, sagte er, als er neben ihr die Stufen hinunterging.
»Ich weiß«, sagte Nellie, »aber die Dinge, die man in der Schule im Geographieunterricht bespricht, weiß man nur, man glaubt sie eigentlich nicht.«
»Nein, dazu müßte man sie erst selbst sehen. So ist die Schule, daß man sich aufmachen und selbst nachsehen will.«
»Waren Sie denn in Rußland in der Schule?«
»Ja.«

»Ach so; und wenn Sie in der Schulzeit etwas über Norbury gelesen hätten, sagen Sie ehrlich, wären Sie dann gern gekommen, um selbst nachzusehen?«
»Und ob«, antwortete Frank, »wenn ich gewußt hätte, welch eine angenehme Begleitung ich haben würde.«
Sie ging darauf nicht ein, doch Frank war mit sich zufrieden. Er fragte sie, was sie von *Hiawatha* halte. Sie erzählte ihm, daß der Komponist in Croydon lebte, nicht allzu weit weg, und daß diese Komposition angeblich sein Lieblingswerk sei.
»Er hat seinen Sohn auf den Namen *Hiawatha* taufen lassen, stellen Sie sich vor.«
»Aber was halten Sie von der Musik, Miss Cooper?«
»Ehrlich gesagt, ist mir Musik ziemlich gleichgültig. Ich kann die Stimme ganz gut halten, aber nur, wenn ich mit vielen anderen zusammen singe. Ich weiß nicht, wie ich es geschafft habe, vom Blatt zu singen, als ich die Aufnahmeprüfung für den Gesangverein machen mußte. Das habe ich mich oft gefragt. Dr. Alden, der früher hier Chorleiter war, schien kaum zuzuhören. Vielleicht hatte er getrunken.«
»Sehen Sie, schon wieder dasselbe. Warum kommen Sie denn zu den Proben, wenn es Ihnen gar keinen Spaß macht?«
Der Grund war auch wieder derselbe. Sie wollte aus dem Haus sein, ihrer Schwägerin nicht im Weg stehen; diese Schwägerin machte einen vollkommen harmlosen Eindruck auf Frank, als er sie dann kennenlernte, aber er wußte, daß Harmlosigkeit manchmal schwer erträglich sein kann. Immer wenn er in die Longfellowstreet kam, um Nellie abzuholen, bemutterte Grace ihn sehr und fragte, ob seine Pensionsmutter ihn gut versorge. Sie riet ihm, seinen Rasierspiegel tagsüber im Bett zu lassen, und wenn er abends beschlagen sei, bedeute das, daß das Bett feucht sei, und er habe dann das Recht, sich im Rathaus darüber zu beschweren. Am besten

solle er dann den Spiegel gleich mitnehmen, als Beweis für die Behörden. Frank hatte den Eindruck, daß Grace immer von der Feuchtigkeit redete.
Mehrmals wurde er zum Abendessen eingeladen, und nach dem Essen sangen sie am Klavier zusammen Choräle. Da merkte Frank, daß Nellie über ihre Fähigkeit zum Stimmehalten die Wahrheit gesagt hatte, und er bewunderte sie, weil sie die Wahrheit sagte.
Ein Problem war, daß er immer noch Lehrling war. Unterkunft und Wäsche kosteten ihn zwölf Schilling und fünf Pence pro Woche, und am Samstag war er knapp mit Geld.
»Ich weiß, wie du gestellt bist«, sagte Nellie, »ich zahle meinen Teil selbst.«
»Ich weiß nicht, ob mir das recht wäre«, sagte Frank.
»Du hast Angst, daß ich meinen Geldbeutel auspacke, auf den Tisch lege und mit dem Geld klimpere, wenn ich es heraushole. Das mußt du nicht denken. Bevor wir ausgehen, bevor wir überhaupt das Haus verlassen, werde ich dir meinen Anteil zum Bezahlen geben. So kann keine Peinlichkeit entstehen. Das nennt man Einladung auf holländisch, getrennte Kasse, weißt du. Wie heißt das auf russisch?«
Es gab kein russisches Wort dafür. »Vielleicht Studentenkasse. Ich habe gesehen, wie die Studenten am Anfang des Abends ihre Taschen ausleeren und alles Geld, was sie darin finden, mitten auf den Tisch legen.«
»Das ist nicht getrennte Kasse«, sagte Nellie.
Als er seine Gesellenprüfung gemacht hatte, konnte er ihr eine gesicherte Zukunft bieten. Er hatte das Gefühl, er könne davon ausgehen, daß es ihr nicht allzu schwerfallen würde, Familie und Freunde zu verlassen; und sich von Norbury zu trennen, schien erst recht kein Problem für sie. Wenn er also die Sache vorantreiben wollte, mußte er mit Charlie sprechen

und genauere Angaben über die Firma und seine Aussichten machen. Er meinte es ernst, und nachdem er mit Nellie einig geworden war, sprach er mit Charlie. Am Ring sollte es nicht scheitern, einen Ring hatte er mit, von seiner Mutter; der Vater hatte ihn bei Ovtschinikov in Moskau für sie gekauft. Es waren drei Reifen in verschiedenen Goldtönen, die in einem russischen Dreifachknoten so miteinander verschlungen waren, daß sie jeder für sich blieben und doch nicht auseinandergenommen werden konnten. Sie glitten leicht über Nellies geschickte Finger und glänzten dort zusammen. Im Gesangverein fand man den Ring hübsch, aber fremdartig. »Als deine Mutter dir den Ring gab, muß sie erwartet haben, daß du jemanden findest«, sagte Nellie. »War sie krank?«
»Ich glaube nicht, jedenfalls hat sie nichts davon gesagt.«
»Wie waren die Mädchen in Nottingham?«
»Das weiß ich nicht mehr. Ich glaube, sehr mäßig.«
»Du hattest doch bestimmt Erfolg bei ihnen, weil du so groß und schlank bist?«
»Kann sein.«
»Hast du diesen Ring schon einmal einem Mädchen in Manchester oder in Nottingham angeboten, als du dich verliebt hattest? Und dann einen Korb bekommen?«
»Nein, Nellie, habe ich nicht.« Sie gingen im Park von Norbury spazieren. Die Luft und die zertrampelte Erde und das Gras dampften vor Nässe. Grace hatte mahnend vorausgesagt, daß es sehr feucht werden würde.
»Es hätte also sein können, daß du den Ring wieder mit nach Moskau nehmen und deiner Mutter hättest sagen müssen, daß es nichts geworden ist.« Sie ließen sich auf einer Bank nieder, die ein älterer Mann taktvoll verlassen hatte, als sie näherkamen.

»Du, Frank, kennst du dich mit Frauen aus?« Er blieb gelassen.
»Ich glaube, da kannst du ganz beruhigt sein, Nellie, ich weiß soviel wie nötig.«
Lange warten mit der Hochzeit mußten sie nicht. Franks Eltern hatten Mühe, die Reise von Moskau zu arrangieren, es war nie leicht für sie, die Firma allein zu lassen. Aber alle seine Verwandten aus Salford waren unbeirrbar entschlossen, Hochzeiten und Beerdigungen beizuwohnen, und ließen sich durch nichts davon abhalten. Die Vorbereitungen fand Frank so belastend, daß er sich schwor, bis zu seiner Beerdigung nie wieder zuzulassen, daß sich religiöse Zeremonien um ihn drehten. Er wußte freilich, daß sein Groll eigentlich nicht am Platz war. Charlie und Grace, die sich das Ganze allerhand kosten ließen, erklärten ihm beide, daß die Hochzeit Nellies Tag sei. Er fühlte tiefe Dankbarkeit für Nellie, aus diesem Grund und auch, weil sie so viel praktischen Verstand bewies, so viele Listen führte und Briefe beantwortete und auf einer anderen Liste das Erledigte durchstrich. Er war völlig überrascht, als sie verkündete: »Ich tue das alles, wie sich's gehört, weil ich es uns beiden schuldig bin. Aber ich werde mich nicht von Norbury kleinkriegen lassen.«
»Das würden sie nie wagen«, sagte Frank. »Wer von den Leuten hier sollte das wollen?«
»Du glaubst doch nicht, daß ich dich nur heirate, um hier herauszukommen, Frank Reid?«
»So gering schätze ich mich nicht ein«, sagte er, »und dich auch nicht.«
»Ich meine damit nicht nur die Leute hier«, sagte sie ernst, »ich meine alle, die wir eingeladen haben, deine Kusinen und Tanten da aus Salford.«
»Die sind ganz harmlos.«

»Das sagt man immer von den eigenen Tanten«, sagte Nellie. »Bei der Hochzeit werden sie sich von ihrer schlechtesten Seite zeigen, wart' nur ab, ich bin keine Träumerin. Ich muß die Dinge genauso sehen, wie sie sind. Das ist eine Eigenschaft an mir, die du magst. Das weiß ich doch.«
Sie war ihrer Sache ganz sicher. Sogar ihr krauses Stirnhaar schien mit Entschlossenheit geladen. Frank küßte sie, ohne sie jedoch aus dem Konzept zu bringen. Sie fragte ihn, ob er sich Gedanken darüber gemacht habe, wie die Hochzeit wohl werden würde.
»Man muß es einfach nehmen, wie es kommt«, sagte er.
»Also gut, dann werde ich dir sagen, wie es kommen wird. Ich spreche nicht vom Gottesdienst. Ich rede von dem, was danach kommt – wenn wir wieder hier sind. Zum Essen gibt es Schinken und Zunge, Gurkenbrötchen, gestürzten Vanillepudding aus der Wabenform, Nüsse, Portwein und Madeira. Der Portwein wird etwas zu schwer für Charlie sein, und auch den anderen steigt er schnell zu Kopf, und trotzdem werden alle ein Gläschen trinken, weil Anti-Alkoholiker immer sagen, Portwein zählt nicht, und dann werden die Alten etwas zusammenrücken und ihre Stimmen etwas dämpfen, und einer wird zum andern sagen, die weiß auch nicht, was auf sie wartet. Sechsundzwanzig ist sie, und er ist der erste, auf den sie sich ernsthaft eingelassen hat. Er ist ein anständiger Kerl, das sieht man, so werden sie bis jetzt nichts miteinander gehabt haben, und sie hat keine Ahnung, was auf sie zukommt.«
»Ich habe eigentlich gehofft, daß sie mir vertrauen«, sagte Frank. »Nichts spricht dagegen.«
»Ach, gegen dich persönlich werden sie nichts haben. Aber sie müssen so tun, als wäre es eine gewaltige Sache – das einzige, was Frauen je geschieht, außer Kinderkriegen und

Wechseljahre und Sterben. So sieht man die Dinge in Norbury. Es gibt hier einen besonderen Ausdruck dafür, den habe ich schon so oft gehört. Sie sagen, wenn die Bräute vorher gewußt hätten, was sie erwartet, dann hätten keine zehn Pferde sie zum Altar schaffen können.«

Frank war ziemlich ratlos. Er küßte sie wieder: »Laß dir keine angst machen.« Sie blieb starr.

»Es ist doch einerlei, was diese Leute denken, Nellie. Wenn du wirklich recht hast, dann können sie uns nur leid tun.«

Nellie schüttelte den Kopf wie ein Terrier.

»Ich lasse mich nicht kleinkriegen. Sie wissen es vielleicht nicht; sie werden es nicht erfahren, aber das laß ich mit mir nicht machen.«

Es war ein strahlender Tag, ein Augenblick, in dem Norburys ewige Nässe ihre Berechtigung zeigte: saftig grünes Gras, frisch gestutzte grüne Hecken, lebhafte Spatzen, buntes Glas, blank gewaschen und blitzend wie Juwelen, Barometer, die nur darauf warteten, beklopft zu werden. Sie waren allein im Haus. Nellie sagte: »Möchtest du meine Sachen sehen? Ich meine, die Sachen, die ich zur Hochzeit anziehe? Nicht das Kleid, das wird später geliefert. Es bringt kein Glück, wenn man es zu lange im Haus hat.«

»Ja, gern, wenn dir danach ist.«

»Glaubst du, daß man Glück haben kann?«

»Danach hast du mich schon einmal gefragt, Nellie. Meine Antwort war damals, daß ich immer gedacht hatte, Glück hätten nur andere Leute.«

Sie gingen hinauf, am ersten Treppenabsatz vorbei in ein Schlafzimmer, das vollgestopft war mit dem Kleiderschrank und etlichen Möbelstücken – es schien, als habe man alles hier abgestellt, weil in den anderen Räumen des Hauses kein Platz mehr war. Die Morgensonne flutete durch das einzige Fenster und brach sich im klaren, kantig geschliffenen Glas des Schrankes. Auf dem weißen Bett lagen ein paar Stücke Weißwäsche, bei genauerem Hinsehen ein Unterrock, ein Hemd, Schlüpfer und ein Schnürkorsett. Das nahm Nellie auf und warf es auf den Boden.

»Das ziehe ich nicht an. Ich trage so etwas nicht mehr. Von jetzt an gehe ich ungeschnürt wie die Reformfrauen, die nur Handgewebtes anziehen.«

»Also, ich habe noch nie verstanden, wie Frauen Schnürkorsetts aushalten«, sagte Frank.

»Du brauchst nicht zu denken, ich würde es bezahlen. Es kann zu Gage in den Laden zurück.«

»Warum nicht?«

»Auch mit dem Patentverschluß quetscht es dich so zusammen, daß du lauter Striemen bekommst. Ich habe keine Striemen, du wirst schon sehen.«

Sie fing an, sich auszuziehen. »Ich bin sechsundzwanzig.«

»Das erzählst du mir immer wieder, Nellie.«

»Trotzdem, auch wenn ich schon so alt bin, weiß ich immer noch nicht, wie es jetzt eigentlich weitergeht, wenn ich diese Sachen ausgezogen habe.«

Sie verlor einen Augenblick lang das Vertrauen, und Frank wußte, daß er das nicht zulassen durfte. Als er ihr zu helfen versuchte und ihren kräftigen, halb entblößten Körper berührte, spürten seine Hände, daß ihre Haut vor Anstrengung ganz naßgeschwitzt war. Sie zerrte rücksichtslos an irgendwelchen Kleidungsstücken, deren Verschlüsse ihr nicht gehorchen wollten. Ihre Stimme klang halb erstickt: »Mach weiter, Frank. Und die werden nicht dastehen und mehr wissen als ich; das lasse ich nicht zu. Kleinkriegen werden die mich nicht.«

4

Die jungen Reids zogen nicht sofort nach Moskau. Bei der Hochzeit in Norbury hatte Franks Vater seinem Sohn unter anderem empfohlen, sich doch zu informieren, was man eigentlich in Deutschland tue, und deshalb arbeitete Frank drei Jahre lang in der Druckmaschinenfabrik Hirschfeld in Frankfurt. Dolly wurde dort geboren und Ben auch. Dann kam die Fehlgeburt. Es war Sommer, sehr heiß, wie es für das deutsche Kontinentalklima typisch ist. Sie lebten in einem Vorort, damals spielten dort noch Leierkastenmänner auf den Straßen. Von der Straße unter ihrem Fenster klang eine Drehorgel herauf, die immer dasselbe Lied wiederholte: *Schön wie ein Engel.* Wieder und wieder blieben die Stahlwalzen knirschend stecken und zerhackten die sentimentale Melodie. Nellie lag flach auf dem Rücken, verlor Blut, hoffte, daß sie das Baby behalten könne. Sie sagte zu Frank, er solle ein paar Münzen für den Leierkastenmann aus dem Fenster werfen, damit er ihnen Glück bringe, aber an dem Tag hatten sie kein Glück.

Im Winter 1905 starb Bert Reid in Moskau – nicht in den Wirren des Aufstandes, obwohl 1905 ein Jahr der Streiks und Gewalttätigkeiten war, fast eine Revolution gegen den russischen Krieg mit Japan. Die deutschen und englischen Zeitungen brachten Bilder von Straßen, die mit demolierten Straßenbahnen verbarrikadiert waren. Der Strom war abgeschaltet und die verschneiten, grabsteingleichen Barrikaden von Kerosinfackeln beleuchtet. Fünf Geschützbatterien wurden aufgefahren und beschossen die Fabriken in der Presnaja und Rogoschskaja, wo die Streikenden sich verschanzt hatten. Dann pumpte man Wasser durch die Risse in den zerschossenen Mauern, dazu hatte man sich die Löschzüge der

Moskauer Feuerwehr ausgeliehen. Beim Aufprall auf die Mauern gefror das Wasser zu Eis. Als die Streikenden herauskamen und zurück in ihre Dörfer zu flüchten versuchten, kippten die Soldaten die Schlitten um und verstreuten die Habe im Schnee. Das Montagewerk wurde besetzt, und die Reids zogen ins nächste Hotel, Sovastanov. Dort wartete Bert eine Woche lang vergeblich auf Arbeit, weil die Soldaten ihn nicht auf das Werksgelände seiner eigenen Fabrik ließen; danach klagte er über Herzschmerzen. Diese Schmerzen waren das Symptom einer Herzentzündung. Fetzen des entzündeten Gewebes lösten sich von den Herzwänden und gerieten in den Blutkreislauf. Der griechische Arzt, den man rief – der Hausarzt der Reids, ein Deutscher, war nach Berlin abgereist, als Wasser und Strom in seiner Praxis abgeschaltet wurden –, wußte nichts zu verschreiben als Ruhe, Baldriantropfen und warmes Wasser. Er erklärte Mrs. Reid, seiner Meinung nach habe das Herz ihres Mannes den Kummer über die traurigen Ereignisse in St. Petersburg und Moskau nicht ausgehalten. Aber auch Dr. Weiß hätte Bert nicht retten können, wenn er dagewesen wäre, obschon er vielleicht eine genauere Diagnose gestellt hätte.

Mrs. Reid starb dann vielleicht wirklich an gebrochenem Herzen. Sie brach im Büro des anglikanischen Pfarrers zusammen, als sie die Einzelheiten der Beerdigung besprechen wollte. Frank wurde telegraphisch benachrichtigt und kam mit Nellie und den beiden Kindern am Alexanderbahnhof an. Die Kinder wollten sofort in dem dicken Schnee spielen. Frank erinnerte sich, daß seine Mutter – auch wenn sie kein Testament gemacht hatte, da sie kein Eigentum hatte – sich gewünscht hatte, in Salford begraben zu werden. Die Vorbereitungen dazu mußte er in die Hand nehmen, außerdem mußte er eine Wohnung suchen. Das Holzhaus der Familie

auf dem Werksgelände war zur Hälfte niedergebrannt und dann überschwemmt worden. Ohne große Schwierigkeiten konnte er das Haus in der Lipkastraße 22 mieten. Ein paar Arbeiter kamen und halfen ihm, die brauchbaren Möbel zu holen. Seltsamerweise hatte das Bechstein-Klavier seiner Mutter die Feuer- und Wasserprobe heil überstanden. Alles andere erstand er bei Muir und Merrilee, die während der Unruhen, wie der Manager sich ausdrückte, den Verkauf aufrechterhielten; die blaue Fahne mit dem goldenen M&M hing steifgefroren über der Fassade des Kaufhauses.
Die Zeit erlaubte keine Risiken, denn Frank war entschlossen, Nellie Geldsorgen zu ersparen. Ein Blick in die Geschäftsbücher zeigte, daß das Import- und Montagegeschäft verkleinert oder besser noch verkauft werden sollten, wie sie waren. Das war ein Jammer, denn auf Reids Hauptlieferanten, die Firma Hoe in der Borough Road in Südost-London, konnte man sich so sicher verlassen wie auf den Wechsel von Tag und Nacht. In Schwierigkeiten war Reid offenbar aus zwei Gründen geraten, von denen Frank nichts gewußt hatte. Zum ersten hatte Franks Vater zwar die Briefe seines Sohnes aus Deutschland bekommen, die ihm eine Vorstellung von der deutschen Konkurrenz vermittelten, aber Ratschläge hatte er gar nicht oder sehr exzentrisch befolgt. Er hatte sein Herz an die Erweiterung seiner Firma gehängt und, schlimmer noch, sich blenden lassen von der Vorstellung der Mammut-Presse, die Hoe für *Lloyds Weekly News* zum Preis von achtzehntausend Pfund hergestellt hatte. Ohne einen Abnehmer zu haben, bestellte Bert leichtsinnig auf gut Glück eine zweite Mammut-Presse; sie war geliefert worden und lag nun verkehrt herum unter einer Persenning auf dem Werksgelände, sperrig, zerlegt und unbezahlt; unter einer dicken Schneeschicht begraben, sah sie gegen den fahlgrünen Him-

mel aus wie ein ominöses Relikt aus vergangener Zeit, nicht wie die Maschine der Zukunft. An Berts Bett lagen, als er starb, Briefentwürfe an das Innenministerium, in denen er für diejenigen seiner Leute, seiner »Helfer« bat, die festgenommen worden waren; zwischen den Briefentwürfen fand sich ein Bildprospekt der Firma Hoe, der in tönenden Worten die Mammut-Presse beschrieb. Jetzt mußte sie, zerlegt, wie sie war, einen Käufer finden, der sie mit den Lagerschuppen, dem Werk und dem ganzen Gelände übernahm; vielleicht einen von den Kaufleuten der zweiten Kategorie, mit deren Söhnen Frank in die Schule gegangen war. Wenn sie verkauft war, konnte Frank Bilanz ziehen und sich auf Reidka konzentrieren.

Die Liebe zu Moskau überkam Frank zu merkwürdigen, unpassenden Zeiten und an ganz gewöhnlichen Orten. Mütterchen Moskau, großzügig und chaotisch, betäubt vom Klang ihrer vierzig mal vierzig Kirchenglocken; Fabriken, Bordelle und goldene Kuppeln unterschiedslos in ihren Schutz nehmend; überlaufen von Griechen, Persern und verwirrten Dörflern und Seminaristen, die zu den Trambahnen irrten; Moskau mit dem ehrwürdigen Kreml als Zentrum, aber mit einem einzigen nachlässigen Sprung ausgreifend über die Boulevards in den Kreis der Nachtasyle und Endbahnhöfe, zu den Klöstern, in denen noch gebetet wurde, und schließlich weiter in den Außenkreis aus Schweineställen, Kohlbeeten, unbefestigten Schlammwegen, Erdklosetts, wo sich die Stadt schließlich mit sichtlicher Erleichterung wieder in ein Dorf zurückverwandelte.

Auch Nellie war viel lieber in Moskau als in Deutschland. Es machte ihr Freude, das Haus in der Lipkastraße 22 in Schuß zu bringen. Die dörflichen Gewohnheiten der großen Industriestadt störten sie offenbar überhaupt nicht.

Frank hatte den Eindruck, sie fühle sich hier zu Hause. Das warf ein neues Licht auf Norbury, den Ort, der weder Stadt noch Land gewesen war.

5

Als sie nach Moskau ziehen mußten, war tiefer Winter; bei der Ankunft traten sie vor den Alexanderbahnhof, und die ganze Tversakaja verschwamm in Qualm und Dampf: Alle, Männer und Frauen gleichermaßen, drehten und rauchten Zigaretten, ihr Atem, der bei dem Frost schnell kondensierte, umwehte sie, so daß sie in Dunstschwaden standen wie Vieh im Pferch. Selwyn hatte die Reids vom Bahnhof abgeholt, eifrig besorgt um ihr Wohlergehen und aufrichtig trauernd, so daß man ihm um dieser Aufrichtigkeit willen alles verzeihen mußte. Nachsehen mußte man ihm, daß er als Hilfe mit den Kindern, den Gepäckträgern und dem Gepäck vollkommen unbrauchbar war; und das nicht, weil er unfähig gewesen wäre, er sah einfach nicht, wo er hätte zugreifen und helfen müssen. Frank hatte ihn schon während seiner kurzen Besuche bei den Eltern in Moskau kennengelernt; Nellie hatte ihn noch nie gesehen. »Wie geht's, Mr. Crane? Das ist Dolly, unsere Älteste. Das ist Ben.« Selwyn beugte sich zu den Kindern, die wegen der Kälte mehrere Schichten Kleider trugen und wie verschnürte Päckchen aussahen.

»Die armen Kleinen, nun haben sie keine Großeltern mehr!«

»Sie haben die Großeltern nie gesehen, also werden sie sie kaum vermissen«, sagte Nellie. »Vielleicht könnten Sie Frank helfen, das Gepäck zu zählen.«

Sie erzählte Frank, bei dieser ersten Begegnung sei ihr Mr. Crane nicht ganz richtig im Kopf erschienen. Aber Selwyn wäre zwar in Frankfurt wahrscheinlich hilflos gewesen, kam in Moskau jedoch gut zurecht. Er stemmte sich nicht gegen das machtvolle, zähe Chaos, das ihn umgab. Wenn er etwas nicht mochte oder nicht ändern konnte, dann machte er ganz unbefangen einen großen Bogen darum. Er ließ sich mit der Strömung der Geschichte treiben.

Vor seiner ersten Inspektion von Reidka setzte Frank sich mit Selwyn zusammen und forderte ihn auf, ihm ein genaues Bild von dem zu geben, was ihn dort erwartete. Selwyn fing, wie es seine Art war, mit einer beruhigenden Nachricht an. »Selbstverständlich wird der Setzermeister dasein, Jakob Tvjordov wird dasein, wie immer.«

»Was war eigentlich letztes Jahr mit ihm? Hat er nicht mit den anderen gestreikt?«

»Er ist der Kassenwart der Gewerkschaft; gestreikt hat er sechs Tage. Ich glaube, das waren die einzigen sechs Tage, die er je ausgefallen ist.«

»Wo hat mein Vater ihn gefunden?«

»Er kam von der Flying-Swan-Druckerei, als sie die Arbeit einstellte. Sie war natürlich nur ein Handbetrieb.«

»Und Tvjordov?«

»Ist Handdrucker.«

»Wie alt ist er?«

»Das weiß ich nicht. Wir haben aber wohl seine Personalien. Manche Menschen sind alterslos, Frank.«

»Und wie ist der Aufseher?«

Selwyn sprach nicht gern schlecht von anderen Menschen. Seine Antwort kam zögernd.

»Korobjev. Na ja, er hat nun mal die Aufgabe, das Bußgeld für Fehler, verdorbene Arbeit, Faulheit, Trunkenheit, Abwesenheit und so weiter einzutreiben. Keine beneidenswerte Arbeit, Frank! Aber es muß wohl sein, die Druckergewerkschaft hat die Geldstrafenordnung genehmigt, und wir halten uns an die genehmigte Ordnung. Aber seit dein Vater tot ist, hat Korobjev wohl angefangen, nach eigenem Ermessen

Geldstrafen zu verhängen, wenn er gerade schnell Geld braucht, fürchte ich.«

»Wem nimmt er Geld ab?«

»Na ja, wohl allen, die nicht stark genug sind, sich dagegen zu wehren. Vielleicht nimmt er von Agafja, unserer Teefrau, vielleicht von Anjuta, unserer Putzfrau. Vielleicht auch ein paar Kopeken von den Laufburschen.«

»Hast du ihn zur Rede gestellt?«

»Dein Vater mag dir erzählt haben, daß ich nicht an gewaltsamen Widerstand gegen das Böse glaube. Wir können nur auf eine Weise seine Schändlichkeit zeigen und es in die Flucht schlagen: nur durch unser gutes Beispiel.«

Frank dankte ihm, ging zur Druckerei, begrüßte die ganze Belegschaft mit Handschlag und berief eine Generalversammlung ein, auf der das Verhalten des Aufsehers diskutiert werden sollte. Alle waren eingeladen, die drei Handsetzer und ihre beiden Lehrlinge, die Drucker, die Korrektoren, die drei Maschinisten, die Jungen, die beim Einlegen und Abnehmen der Druckbogen halfen, die Männer, deren Aufgabe das Zusammentragen der Druckbogen war, die Falzer, die Auslieferer, die Lagerverwalter, der Lagerist, der auch die Arbeit in das Geschäftsbuch eintrug und die Lieferungen überprüfte, die Jungen, die das Papier wässerten, die Laufburschen, der Pförtner und Agafja und ihre Hilfe Anjuta. Es gab nur einen Raum, in dem man zu allen gleichzeitig sprechen konnte, nämlich den Lagerschuppen, der als Papierlager und Teeküche in einem diente. Sobald alle da waren, monierten die Männer, daß die Jungen – manche waren kaum vierzehn Jahre alt – das Problem noch nicht beurteilen könnten; also wurden sie nach Hause geschickt. Das schaffte Platz für die anderen. Korobjev war noch nicht eingetroffen, war an diesem Tag überhaupt nicht dagewesen, er fühlte sich nicht wohl.

»Gut, besprechen wir die Sache ohne ihn«, sagte Frank und nahm seinen Platz am Tee-Ausschank ein. »Ich spreche zu euch nicht als Fremder, ihr wißt ja, daß ich in Moskau aufgewachsen bin, aber in dieser Druckerei bin ich neu, sie war der letzte Betrieb meines Vaters.« Ein paar bekreuzigten sich. »Nun ist er gestorben, und so bin ich wieder zurückgekommen. Ich glaube, ich kann sagen, daß ich in der Zeit, die ich in England und Deutschland zugebracht habe, mein Geschäft gründlich gelernt habe. Heute abend müssen wir uns darüber verständigen, was in der Reid-Druckerei als faire Verabredung gilt.«

Dies war die kürzeste Versammlung, an der Frank je teilgenommen hatte. Es kam heraus, daß keiner im Raum war, der den Aufseher nicht loswerden wollte. Korobjev bestand nicht darauf, bis zum Ende seiner Frist zu bleiben; Frank forderte ihn auf, eine Erklärung für sein Verhalten zu geben; er lehnte auch das ab. Er bat nur um seinen Inlandspaß, der ihm gestattete, sich weiter als fünfzehn Meilen von seinem Geburtsort zu entfernen, der aber vom Arbeitgeber einbehalten werden konnte, wenn der das für richtig hielt. Frank gab den Paß heraus. Als Korobjev das Gebäude verließ, hämmerten die Setzer ihn hinaus: Sie trommelten mit ihren Winkelhaken gegen die Setzkästen. Die trommelnden Schläge schienen sich zu verselbständigen und immer weiter zu wüstem, ohrenbetäubendem, scheppverndem Getöse zu steigern. Der ohrenbetäubende Lärm verstummte ebenso plötzlich, wie er angefangen hatte, und von draußen, von der Trambahnhaltestelle, konnte man Korobjev brüllen hören: »Hört mir zu! Alle sollen erfahren, was man einem Familienvater angetan hat.«

Plötzlich fiel Agafja, den Kopf mit einem weißen Taschentuch bedeckt, vor Frank auf die Knie nieder und flehte ihn an, er möge Barmherzigkeit mit Korobjev haben.

»Das ist doch Unsinn, Agafja. Er hat dir jede Woche siebenundvierzig Kopeken von deinem Lohn weggenommen.«
»Ich liege auf den Knien vor Ihnen, Frank Albertowitsch, Herr.«
»Ja, das sehe ich.«
»Sie haben ihn doch gehört, er ist Familienvater.«
»Es ist eine Schande, wenn das wahr ist«, sagte Frank, »verheiratet ist er nicht.«
Agafja war sehr zufrieden mit dem dramatischen Effekt, den sie erreicht hatte, und kehrte – wie eine alte Schildwache zum Wachhaus – wieder zu ihrem Samowar und ihrem ewigen Streit mit dem Lagerverwalter zurück, einem Streit um das Teeproblem, der unlösbar schien. Der Tee wurde nicht in Form von Teeblättern geliefert, sondern in gepreßten Tafeln. Diese Tafeln wurden als Konsumgüter berechnet, aber Frank meinte, sie könnten genausogut als Wartungsmaterial durchgehen. Da Rauchen in der Druckerei verboten war, tranken alle gezwungenermaßen schwarzen Tee, nicht nur zu den festgesetzten Zeiten, sondern möglichst den ganzen Tag lang.
Seit diesem Morgen versah Frank selbst den Posten des Aufsehers; man könnte auch sagen, seitdem gab es keinen Aufseher mehr bei Reidka, nur noch einen Geschäftsführer, der härter als die meisten anderen arbeitete. Aber auch so wäre der Wechsel ohne Tvjordov nicht möglich gewesen.
Dieser Mann war der einzige Setzer, der jahraus, jahrein auf Wochenlohnbasis bezahlt werden konnte. Die drei anderen wurden nach der Zahl der gesetzten Bogen entlohnt. Er hatte ein breites, gelassenes Gesicht, und sein Hinterkopf mit dem grauen Stoppelhaar machte denselben beruhigenden Eindruck wie die Vorderansicht. Bei Reidka fing man um sieben Uhr mit der Arbeit an, und eine Minute vor sieben war er in

der Setzerei. Er brauchte genau eine Minute, um seine Werkzeuge aus dem verschlossenen Schrank zu holen, wo sie aufbewahrt wurden: Setzlinie, Ahle, Winkelhaken und Setzschiff. Sie waren sein Eigentum, und er lieh sie niemandem. Zu dieser Stunde trank Tvjordov keinen Tee. Er zog eine saubere weiße Schürze an, die an einem Haken seitlich an seinem Setzregal hing, und Hausschuhe, die er in einem Lederbeutel mitbrachte. Dann trat er vor sein Setzregal und steckte seine silberne deutsche Uhr in eine genau passende Halterung, eine Eigenkonstruktion, die unten am oberen Schriftkasten angebracht war. Die Uhr hatte einen Sekundenzeiger. Zeit zum Nachfüllen der Schriftkästen mit den fünfunddreißig Buchstaben und fünfzehn Satzzeichen brauchte Tvjordov nicht; das war immer schon am Abend vorher geschehen; er konnte sofort mit seinem Text anfangen, merkte sich die ersten Wörter, setzte die Lettern in seinem Winkelhaken zusammen, schloß sie zu einer Zeile aus, sah dann auf die Uhr, um festzustellen, wieviel Zeit er gebraucht hatte, und rechnete danach seine Tagesnorm aus. Sie war kein absolutes Maß, sondern variierte in Abhängigkeit vom Wetter, von dem Text, der gesetzt werden mußte – zum Beispiel von der Menge der Fremdwörter –, aber nie war sie von Tvjordov selbst abhängig. Wenn er irgendwann in Verlauf des Tages merkte, daß er mit seinem letzten Ausschluß ein paar Sekunden zu früh dran war, wartete er, reglos und ungerührt, griff die Zeilen dann mit der Setzlinie und drehte sie auf die Sekunde genau nach vorn. Wenn er die Zeilen in das Setzschiff hob, hielt er die Buchstaben mit leichtem Griff zusammen, als wären sie ein einziges festes Metallstück. Das war schwer, und die Lehrlinge waren beim Üben oft den Tränen nah, aber offenbar hatte man in den vierhundert Jahren seit Gutenberg noch kein leichteres Verfahren gefunden. Tvjordov konnte mit diesem Verfahren eintausendfünfhundert Buchstaben und Ausschlüsse pro Stunde setzen.

Um drei Minuten vor zehn trank Tvjordov eine Tasse Tee; dazu mußte er in die Kantine hinuntersteigen, dann ging er zum Waschraum. Das war eine der obligaten Pausen, die die Gewerkschaften durchgesetzt hatten, in der kurzen Phase nach den Unruhen, als die Regierung so erschreckt war, daß sie sich auf Verhandlungen mit den Gewerkschaften einließ. Man munkelte, Tvjordov sei verwundet oder irgendwie verletzt worden, als er mit den Streikenden auf die Straße gegangen war. Viele Menschen wurden versehentlich von Schüssen getroffen. Doch bei Tvjordov gab es keine Anzeichen für irgendeinen Schaden.

Nach dem Tee um Punkt zehn Uhr machte Tvjordov seine Pause, und um elf Uhr hob er seine Buchstaben wieder aus dem Setzkasten, Kopf und Körper im Gleichmaß mit der tickenden Uhr. Um zwölf Uhr ging er nach Hause zum Essen und war an den Nachmittagen weniger schweigsam, aber nur unwesentlich. Etwas unbeschreiblich Wohltuendes lag in Tvjordovs Arbeitsweise; sie hatte nichts Mechanisches an sich. Viele winzige Variationen waren darin enthalten, zum Beispiel in der Weise, wie er die Buchstaben sauber wusch und solange sie noch so feucht waren, daß sie aneinander hafteten, in einem kleinen Block auf sein Messinglineal hob und mit dem breiten Mittelfinger der linken Hand abstützte. Niemand wußte zu sagen, warum diese Variationen stattfanden. Vielleicht machte sich Tvjordov damit einen Spaß. Aber was war ein Spaß für ihn? An den Samstagabenden, wenn Agafja sich um die Öllampe vor der Ikone in der Setzerei kümmerte, zog Tvjordov die Uhr im Kontor auf. Samstags hielt er sich auf seinem Heimweg genau fünf Minuten lang in Markels Bar auf und trank einen Wodka. Am Montagmorgen

kam er immer dreißig Sekunden eher als sonst und putzte das Uhrglas für die kommende Woche sauber. Niemandem sonst vertraute man diese Arbeit an.
Was Tvjordov vom Maschinensatz hielt, war kein Geheimnis. Die Linotype war seiner Meinung nach die kostbare, knapp bemessene Zeit eines ernsthaften Mannes nicht wert. Sie war nur gut für schludrige Arbeit in großer Hast. Bei Korrekturen mußte man die ganze Zeile neu setzen, deshalb hatte man den Auftrag, keine Korrekturen zu machen. Das Gußmaterial war eine erbärmlich weiche Legierung. Die Monotype ließ er nach einigem Überlegen gelten. Die Maschine war klein und geschickt, und die Lettern tanzten heraus, als wären sie einzeln und lebendig aus dem heißen Metall gegossen. Sie waren nicht ganz so hart wie wirkliche Gußtypen, aber sie druckten eine ganze Menge, und sie ließen sich zu Korrekturen in der Setzerei verwenden. Wann oder ob überhaupt Tvjordov nach seiner Meinung gefragt worden war, war nicht bekannt, jedenfalls arbeitete Reidka mit der Monotype und verwendete keine Linotype.
Wahrscheinlich hatte schon die Tatsache, daß Tvjordov bei Reidka arbeitete, der Firma Aufträge verschafft. Viele kleinere Arbeiten mußten immer noch im Handsatz gesetzt werden. Reidka druckte Paketadressen, Auktionskataloge, Handzettel, die Hinweise erbaten und Belohnungen versprachen, wenn diese Hinweise zum Ergreifen von Dieben und Mördern führten; gedruckt wurden Geschäftskarten für Vertreter, Briefköpfe für Rechnungen, Flaschenetikette, Doktor-Urkunden, Schreibpapier von guter Qualität, Konzertprogramme, Eintrittskarten, Stundenzettel zur Kontrolle der Arbeitszeit, Visitenkarten, Schuldenzirkulare, Plakate (auf Wunsch dreifarbig, mit dreißig Prozent Preisaufschlag). Frank nahm auch Druckaufträge für Merkblätter und ein paar

Zeitschriften und Schulbücher an, druckte jedoch keine Zeitungen und keine Dichtung – mit einer Ausnahme: Selwyns Gedichte mit dem Titel *Birch Tree Thoughts*, die bald in Druck gehen konnten, mußten natürlich bei Reidka gedruckt werden. Die *Birch Tree Thoughts* lagen im Augenblick bei der Zensur und wurden – Dichtung war immer verdächtig – dort womöglich so aufmerksam gelesen wie später niemals mehr. Aber Frank erwartete keine Druckaufträge von Revolutionären oder Politikern. Diese Leute waren offenbar in der Lage, beinahe nach Belieben die illegalen Manifeste und Drohungen zu produzieren, die den Kreislauf der Stadt belebten. Frank fragte sich, versuchte sogar manchmal zu berechnen, wie viele Druckerpressen wohl versteckt waren in Studentenzimmern unterm Dach oder im Keller, in Kuhställen, Badehäusern und Hinterhofabtritten, Hühnerställen, Kohlbeeten, Kartoffelkisten – kleine Albions vermutlich, die bei der geringsten Gefahr schleunigst verschwanden und an anderem Ort wieder auftauchten. Er stellte sich vor, wie die Dissidenten Farbe wärmten, um wieder einen Aufruf drucken zu können; Moskau hat einhundertvierzig Tage im Jahr Frost, und Druckerschwärze gefriert leicht.

Als er sich mit Reidka einigermaßen vertraut gemacht hatte, stattete Frank den anderen Werkstätten und Kontoren in der Seraphimstraße Besuche ab. Es gab eine Vorschrift, nach der neue Betriebe Gebühren zahlen mußten, entsprechend dem Maß an Belästigung, die sie für die Nachbarn darstellten. Um diese Gebühr zu umgehen, schlug Frank vor, er wolle etwas für die Straße tun, nämlich einen Nachtwächter bezahlen, der seine Runden in der Straße bis zur Einmündung in die Vavarkaja machen sollte. Über Markels Bar war ein Raum, in dem er tagsüber schlafen konnte.

»Aber, Frank, das riecht nach Bestechung«, wandte Selwyn ein.
»Schreib den Lohn unter der Rubrik Betriebskosten auf«, wies Frank ihn an.

6

1911 war Dolly acht Jahre alt und trug ein Matrosenkleid mit weiß abgesetztem Faltenrock. Ben war sieben und trug einen Matrosenanzug und Knöpfstiefel. Beide hatten Matrosenmützen, die bei Muirka eigens für sie angefertigt waren und den Namen eines britischen Schiffes, *HMS Tiger*, trugen. Dolly bereitete sich auf den Eintritt ins Gymnasium vor. Sie war schon beinahe ein Schulmädchen, hatte aber keine Angst vor dem Größerwerden, weil sie wußte, daß etwas besonders Großartiges auf sie wartete. Im Herbst wurde Anuschka geboren. Die Entbindung leitete die Hebamme, die Babka. Dr. Weiß, schon seit langem wieder in Moskau, kam später dazu, sachverständig, von Karbolgeruch umweht und sehr an einem Gespräch mit Frank über Anlagemöglichkeiten seiner Privatmittel interessiert. Als er wieder gegangen war, besprengte die Babka Nellie und das Baby mit Weihwasser und brachte Himbeerblättertee. Sie hatte Frank schon beauftragt, ein kleines Goldkreuz mit Kette zu kaufen, das wurde Anuschka nun um den Hals gelegt und sollte ihr Leben lang da bleiben. Dolly und Ben, die keine Goldkreuze besaßen, wollten nun auch welche haben.

»Soll ich sie besorgen?« fragte Frank etwas unsicher bei Nellie nach. Sie war eine Frau und mußte den schwersten Teil des ganzen Unternehmens tragen. Sie meinte, wenn er nicht ständig belästigt werden wolle, solle er das lieber tun. Er fand, daß das eigentlich nicht stimmte. Dolly wurde niemals lästig, sie bat immer nur einmal um etwas.

Charlie schrieb regelmäßig, häufiger an Frank als an Nellie, da die Aussichten auf eine Antwort von ihr viel geringer waren. Er berichtete bis ins einzelne von seinem Gesundheitszustand, vom Begräbnis König Edwards VII., von den allmonatlichen Konzerten des Gesangvereins, wobei er jedesmal das Programm mitschickte. Als Anuschka geboren war, schrieb er ausführlich und legte eine Fünf-Pfund-Note bei. Weiter schrieb er:

Die Lage in Rußland sei unsicher, sagst Du; wenn es ernst wird, willst Du vorbereitet sein und Deine Zelte schnell abbrechen können, aber beklagen willst Du Dich nicht, sagst Du, also Frank, ich würde sagen, im Augenblick bist Du besser dran als ich – hier ist der Winter nach wie vor hart, letzte Nacht schwarzer Frost, und mehrere Bekannte haben mir erzählt, daß der Inhalt ihrer Nachttöpfe gefror, was im Süden Englands kaum je berichtet wird, das überbiete mal, wenn Du kannst. Und dann der politische Aspekt. Nach allem, was Du sagst, hast Du eine ganz passable Belegschaft in der Druckerei und einen zuverlässigen Vorarbeiter, in England dagegen gibt es jetzt nichts als Ärger und Zank, das nennt man Agitation des Volkes. Achthundert Bergleute sind jetzt im Streik, und wenn Du mir verraten kannst, wie unser altes England ohne Kohle in Gang bleiben soll und wie man ohne Bergleute Kohle aus der Erde zaubert, dann wäre nicht nur ich Dir sehr zu Dank verbunden. Dann haben sich auch die Eisenbahner wieder gerührt, diesmal stehen Truppen dabei, ganz anders als vor zwanzig Jahren. Du wirst mich vielleicht fragen, ob sie nicht guten Grund für ihre Beschwerden haben? Na, und was sagst Du dazu, auch die Drucker, sie streiken nicht nur, statt ihre tägliche Arbeit zu tun, sie machen auch noch ihr eigenes Blättchen, dem man Ehre antut, wenn man es Zeitung nennt. Ja, jetzt soll ich bei meiner zweiten Tasse Tee statt meiner *Daily Mail* dieses Revolutionsblättchen lesen; für nichts weniger halte ich es nämlich. Als das alles anfing, schrieb die *Times,* »die Öffentlichkeit muß gefaßt sein auf eine Auseinandersetzung zwischen Arbeit und Kapital oder zwischen Arbeitnehmern und Arbeitgebern in einem Ausmaß, wie noch nie dagewesen«, oder vielleicht hieß es auch »in einem solchen Ausmaß wie noch nie«, den genauen Wortlaut habe ich nicht vor mir.

Nellie sagte, es genüge völlig, wenn eine Person im Haushalt Charlies Briefe lese. »So hat er auch schon immer geredet. Das kannst du doch nicht vergessen haben.«

»Er hat wohl jetzt einfach mehr Zeit, seit die arme Grace tot ist«, sagte Frank. »Seine Briefe scheinen immer länger zu werden. Jedenfalls läßt er euch herzlich grüßen.«

»Wir kennen ihn gar nicht«, sagte Dolly. »Wir kennen unseren Onkel nicht.«

»Ich werde ihm Grüße von euch allen ausrichten.«

»Ich kann dir meinen Blackbird leihen, wenn du willst«, sagte Ben.

Der Blackbird war sein neuer Füllfederhalter, mit dem er nicht gut zurechtkam. Er sollte garantiert nicht tropfen, aber Schreiber und Schulkinder wußten es anders. Ben wollte die Verantwortung für den Blackbird gern loswerden, ohne sein Gesicht dabei zu verlieren.

Frank hatte auch Selwyn deutlich erklärt, daß er möglicherweise innerhalb der nächsten Jahre Reidka verkaufen und seine Familie wieder nach Hause bringen müsse. Die Meinung in der britischen Kolonie war geteilt. Der britische Konsul, der nur in der dritten Kategorie rangierte, äußerte keine eigene Meinung. Frank schätzte die Wahrscheinlichkeit, Rußland verlassen zu müssen, ungefähr fünfzig zu fünfzig ein, wollte aber wissen, wie Selwyn sich dazu stellte. Selwyn antwortete, er betrachte sich als Fremden und Pilger, der immer auf Wanderschaft eingerichtet sein müsse. Außerdem gebe es überall in Europa Niederlassungen von Tolstojanern, eine sei zum Beispiel in Godalming.

»Man muß natürlich das eigene Können mitbringen, aber sonst wird nichts verlangt.« Er würde dann Buchführung mitbringen, überlegte Frank, dazu Dichtung, Musik, geistlichen Rat, Schuhmachen. Er wußte, daß Selwyn sich im Sommer Schuhe aus Birkenbast flocht, bevor er auf Wanderschaft ging. Sie hielten gerade so lange, wie die Wanderschaft dauerte. Auf dem Rückweg kam er über den Sukareva-Markt im Norden Moskaus, kaufte sich dort ein paar Lederstiefel und fand sich wieder bei Reidka ein.

Lange vor seinem Tod im letzten Jahr war Tolstoj bei den russischen Intellektuellen hoffnungslos aus der Mode gekommen, nicht so bei seinen ausländischen Jüngern und schon gar nicht bei Selwyn. Was Tolstoj von Selwyn gehalten hatte, wußte Frank nicht recht. Selwyn war im Moskauer Haus Tolstojs in der Dolgo-Chamovnitschevskij-Straße stets willkommen gewesen, und Frank meinte sich zu erinnern, daß er Tolstoj zum erstenmal in dem privaten Irrenhaus Korsakov begegnet war, das an Tolstojs Besitz angrenzte. Tolstoj hatte alle Reparaturen am Trennzaun untersagt, so daß die Patienten ihre Hände durch Löcher im Zaun stecken und Blumen pflücken konnten, wenn ihnen danach zumute war. Im Haus Korsakov wurden regelmäßig Konzerte veranstaltet, dank der zahllosen wohltätigen Aktionen in Moskau. Selwyn hatte eine schöne Stimme, eine ganz ordentliche Tenorstimme jedenfalls, was in Rußland, dem Land der Bässe, schon als schön galt, und – da es für ihn unerhört gewesen wäre, einen Appell an seine Freundlichkeit abzuschlagen – eines Abends dort einen Liederabend gegeben. Was er gesungen hatte, wußte Frank nicht, aber einige Patienten im Publikum waren unruhig geworden und andere eingeschlafen. Selwyn, der die Geschichte ohne eine Spur von Eitelkeit oder Bedauern erzählte, hatte weitergesungen, aber hinterher – Applaus hatte es nicht gegeben – dann eine Gelegenheit ergriffen, sich bei Tolstoj zu entschuldigen; der saß in einer der hinteren Reihen. Tolstoj hatte keine Antwort gegeben, doch ein paar Tage später bemerkt: »Ich finde, Sie haben es gut gemacht. Langeweile ist für die meisten von uns die normale Empfindung bei einem Konzert dieser Art. Aber für diese Unglücklichen ist eine normale Empfindung ein Luxus.«

»Wirst du wieder für sie singen?« hatte Frank gefragt.

»Natürlich, wenn Dr. Korsakov mich dazu einlädt. Aber er meint, die Erfahrung sollte nicht zu oft wiederholt werden.«

Frank bestritt die Größe Lev Nikolajewitschs in keiner Weise, aber seine Hoffnung für die nächste Zukunft Rußlands richtete sich auf den Ministerpräsidenten, auf Pjotr Stolypin. Stolypins Ordnungsliebe, Ruhe und Korrektheit; seine Fähigkeit, sich den Kopf frei zu halten; die Tatsache, daß der Versuch Rasputins, ihn zu hypnotisieren, nicht die geringste Wirkung zeigte; die Entscheidung, die Aufgabe des Ministerpräsidenten zu übernehmen, obwohl seine Gegner versucht hatten, ihn dazu zu bringen, sich aus der Politik zurückzuziehen – sie hatten einen Bombenanschlag auf sein Haus verübt und dabei seine junge Tochter zum Krüppel gemacht, ihr wurden durch die Explosion beide Beine abgerissen –; all dies hatte eine Qualität, die Frank vermuten ließ, daß Stolypin sich vielleicht – in Nellies Worten – nicht unterkriegen lassen werde. Stolypin verlangte zehn Jahre Zeit. Er setzte auf zehn Jahre. Er bot den vielen Millionen russischer Bauern Staatsanleihen an, damit sie sich Land kaufen konnten; mit seiner Landreform wollte er – wenn er zehn Jahre Zeit gewann – die Revolution verhindern. Zu den offiziellen Pflichten Stolypins gehörte es aber, den Zaren zu einer Galavorstellung in die Oper von Kiew zu begleiten. Er war bei der Zarenfamilie in Ungnade gefallen; deshalb lud man ihn nicht in die kaiserliche Loge ein, sondern gab ihm einen Platz im Parkett. Als er sich in der Pause erhob, bot er ein ausgezeichnetes Ziel für den terroristischen Agenten im Theater, den die Polizei unklugerweise als Sicherheitsbeamten angeheuert hatte. Die Schüsse trafen Stolypins Lunge und Leber; vier Tage später starb er.

Eine Spendenaktion zu seinem Andenken wurde organisiert, in Rußland lebende Ausländer durften jedoch keine Spenden geben. Frank bedauerte das.

»Aber würdest du sagen, er war ein gerechter Mann?« fragte Selwyn beunruhigt.

»Nein, keineswegs, er manipulierte die Wahlen, und er manipulierte die Abgeordneten der Duma, aber schließlich war die Duma nicht in erster Linie zum Arbeiten geplant. Er hat aber niemals Vorteile für sich selbst gesucht, und er hat gesehen, daß eine Möglichkeit für Rußland bestand, ohne Revolution weiterzuleben.«

»Ein mutiger Mann.«

»Sicherlich, sonst wäre er im Theater nicht aufgestanden.«

Stolypin hatte zehn Jahre Zeit verlangt, aber nur fünf gehabt. Im September 1911 lag er in Petersburg aufgebahrt in einem offenen Sarg, zur selben Zeit, als sich Nellie nach der Geburt Annuschkas zum erstenmal wieder kräftig genug zum Aufstehen und zu einem kurzen Spaziergang fühlte. Sie stützte sich schwer auf Franks Arm. Die beiden gingen ein kleines Stück.

»Was ist das für ein Gefühl, Mutter von dreien zu sein?« fragte er. Er konnte seine Liebe und den Stolz auf das neue Kind nicht verbergen.

»Dafür werde ich meine ganze Zeit brauchen«, sagte Nellie. »Aber als ich nur Dolly hatte, brauchte ich auch schon alle meine Zeit für sie.«

»Ich habe gehofft, Dunjascha könnte dir nützen. Sie ist nur zu deiner Entlastung da.«

»Ach, die Dunjascha!« sagte Nellie.

Sie nahmen ein Taxi bis zu einem Café am Rand der Alexandergärten. Kein Hauch rührte sich, und an den Linden hingen noch einzelne Blätter reglos unter dem weißschimmernden Himmel, der am Horizont, wo schon Frost in der Luft lag, ins Rötliche spielte. Die Kellner, die an den Tischen draußen vor dem Café bedienten, trugen Mäntel über ihren langen Schürzen. Zum erstenmal zeigte sich herbstliche Kälte. Noch zwei Wochen, dann trugen die Steinfiguren in den Gärten schon Strohhüllen gegen den Frost, dann waren alle Türen geschlossen und alle Fenster bis zum nächsten Frühling luftdicht zugekittet.

7

Nellies plötzliche Entscheidungen – wirklich erinnern konnte sich Frank nur an eine, in ihrem Schlafzimmer in der Longfellow Road, an jenem heißen Nachmittag, an dem ein ganz leichter Windhauch die Quaste der Vorhangschnur gegen das Fenster ticken ließ, nachdem Frank die Vorhänge zugezogen hatte. Und damals hatte sie ihm erklärt, was sie fühlte. Was sie in den zwei Jahren seit Anuschkas Geburt undurchschaubar geworden?

Zuerst schien ihm, Nellie müsse zurückkommen, und er telegrafierte an alle Bahnhöfe zwischen Moschajsk und Berlin. Danach schickte er alle sechs Stunden ein Telegramm an Charlie. Nach drei Tagen telegrafierte Charlie eine Antwort: »Nellie nicht hier, aber garantiert wohlbehalten und in Sicherheit.« Dazu schrieb er, wie um Ersatz anzubieten: »Komme in Kürze nach Moskau.«

Verlassen zu sein, hatte Frank in eine Verwirrung gestürzt, die schnell zur dumpfen Monotonie geworden war; alles, was diese Monotonie durchbrach, war ein Gewinn; es half, einen festen Punkt zu haben, an dem die Dinge sich ändern oder geändert werden mußten, und wenn es auch nur die Ankunft Charlies war. Nicht daß Frank Charlies Kommen herbeigesehnt hätte, aber immerhin mußte er Vorbereitungen treffen und Anordnungen geben, zwei Möglichkeiten, die Zeit in eine Ordnung zu bringen.

Wie konnte Nellie wohlbehalten und in Sicherheit sein ohne sie, die vier anderen? Er schickte ihr täglich mit der Morgenpost einen Brief.

»Falls du passende Umschläge und Papier brauchst, findest du sie in meinem Schreibtisch, in der rechten Schublade«, sagte er zu Dolly.

»Das weiß ich.«
»Sie ist abgeschlossen, aber du brauchst mich nur zu fragen.«
»Ich weiß.«
»Für den Fall, daß du Mutter schreiben möchtest.«
»Meinst du vielleicht, ich soll sie fragen, warum sie weggegangen ist, oder soll ich denn fragen, wann sie wiederkommt?«
»Du mußt gar nichts fragen.«
»Ich brauche das Papier nicht«, sagte Dolly, »weil ich nämlich nicht schreiben will. Richtig schreiben kann ich sowieso nur auf russisch.«
»Warum denn nicht, Dolly? Meinst du denn, daß sie das Falsche getan hat?«
»Das weiß ich nicht. Wahrscheinlich war es ein Fehler, daß sie überhaupt geheiratet hat.«
»Willst du das etwa in deinem Brief schreiben?«
»Ich habe doch gesagt, daß es besser ist, wenn ich keinen schreibe.«
Offenkundig mußte nun etwas unternommen werden, so daß die Kinder mindestens für ein paar Tage, vielleicht auch für ein paar Wochen unter Aufsicht waren. Annuschka hatte man ihm abgenommen, und sie fühlte sich sehr wohl unter dem Schutz von Köchin und Küchenmädchen, die sie hingebungsvoll liebten; aber er brauchte Hilfe im Umgang mit Ben und mehr noch mit Dolly. Da er das Büro des englischen Pfarrers und die englische Gemeinde so lange wie möglich meiden wollte, dachte Frank an die Kurjatins. Deren Haus stand ihm immer offen.
Arkadij Kurjatin war ein Kaufmann der zweiten Kategorie. Die Gebühren, die er zahlte, waren nicht so hoch, daß er Exportgeschäfte machen durfte; er trieb nur innerhalb des Russischen Reiches Handel. Er handelte mit Holz, Holzbrei

und Papier, und Frank stand seit einiger Zeit in Geschäftsverbindung mit ihm. Arkadij hatte Kinder – wie viele, wußte Frank nicht zu sagen, weil ständig Gastkinder, vielleicht Nichten und Neffen, vielleicht obdachlose Kinder oder Kostgänger, kamen und gingen. Seine Frau, Matrjona Osipovna, blieb immer im Haus. Frank hatte sie sagen hören: »Was ist draußen denn besser als drin?« Nellie hatte Frau Kurjatins Freundlichkeit immer anerkannt, konnte aber nichts mit ihr anfangen. Es stimmte, sie hatte Nellie tatsächlich geraten, unbedingt darauf zu achten, daß man Dolly und Anuschka immer die Augen mit ihrem Urin auswusch, weil ihnen auf diese Weise der strahlende Blick erhalten bliebe.

Kurjatin hatte kein Telefon. Wie die meisten Kaufleute der zweiten Kategorie hielt er einen ausgeklügelten Schein aufrecht, der zugleich Beruhigung war, den Schein nämlich, daß alles noch wie in alten Zeiten sei. Manchmal gönnte er sich die neuesten technischen Errungenschaften. So besaß er ein Automobil, einen Sechs-Zylinder, 50 PS Wolseley, auf den er sehr stolz war, denn es gab nur ungefähr fünfzehnhundert Automobile in ganz Moskau. Er hatte jedoch kein elektrisches Licht in seinem Haus, und man konnte ihn dort auch nicht anrufen.

Zum Glück wohnte er in einer unauffälligen Straße – auch wenn sein Haus groß war –, nicht weit von der Druckerei, und so konnte Frank mitten am Vormittag dort vorbeigehen. Er klopfte an der Außentür, obwohl er ganz genau wußte, daß man sich nur zu besonderen Anlässen, etwa wenn die Kurjatins ein großes Essen gaben, in den Vorderzimmern aufhielt. Er wartete, und wie vermutet, tauchte ein grimmig blickender Diener im Bauernkittel von der Seite des Hauses her auf, mit dem Gebaren eines Gefängniswärters, der dafür bezahlt wird, daß er wohlmeinende Besucher abwimmelt. Er konnte nicht so tun, als kenne er Frank nicht, aber er brüllte ihm entgegen, als habe er es mit einem Tauben zu tun, daß der Herr nicht zu Hause sei.

»Ich möchte Frau Kurjatin besuchen«, sagte Frank.

Wenn man hereinkam, hatte man zur Rechten einen weiträumigen Salon mit verhängten Fenstern, in Leinwand gehüllten Kandelabern, Möbelstücken, die wie Leichname mit weißen Baumwolltüchern bedeckt waren, und einem mit Zeitungspapier des *Trade Messenger* vollständig zugeschichteten Fußboden. Die Tür zur Linken war geschlossen, aber Frank wußte, daß sie zum Eßzimmer führte. Wenn Kurjatin den Gastgeber spielte, war der Tisch überladen mit Importsilber und Gläsern, die klirrend gegeneinanderstießen, und die grimmigen Diener mußten auf ihre Kittel und Filzstiefel verzichten und sich in schwarze Gehröcke, Schuhe und weiße Handschuhe zwängen. Der niedere Adel, der die Einladung der Kurjatins annahm, dachte nicht daran, diese Einladung zu erwidern, aber Kurjatin schien die Unhöflichkeit lächelnd zu genießen. Kaum waren die Gäste gegangen, wanderte die Familie wieder dorthin, wo sie sich wirklich zu Hause fühlte, Kinder, Diener, Abhängige und Verwandtschaft, einer wie der andere, in ein paar rauchige Zimmer mit niedriger Decke ganz hinten im Haus.

Die Kurjatina, die auf einer schäbigen Ottomane gelegen hatte, erhob sich mühsam, warf ihre Zigarette weg und watschelte ihm entgegen.

»Ah, Frank Albertowitsch, wären Sie gestern gekommen, hätte ich Sie nicht empfangen können, es ging mir gar nicht gut.«

»Dann wollen wir froh sein, Matrjona Osipovna, daß ich nicht gestern gekommen bin.«

Etliche Kinder tobten um sie herum, die Kurjatin-Sprößlinge, alle gut gewachsen, aber mehr breit als hoch, als hätten sie sich den Maßen des Zimmers angepaßt, in dem sie so viel Zeit zubrachten. Zwei sehr alte Frauen, die beschwichtigend nickten, waren wahrscheinlich arme Verwandte. Eine Frau kannte er – die Frau eines Partners oder Komplizen Kurjatins im Holzhandel; die andere, in schwarze Seide gehüllt, kannte er nicht.

»Dies ist meine Schwester Varja«, rief Frau Kurjatin. »Ihr Gatte konnte sie nicht begleiten; er ist gerade erst gestorben.«

Frank nahm die Hand der Schwester. Es war schwierig, sich des Gefühls zu erwehren, in einem Harem zu sein. Die Luft war schwer von Lampenöl und Zigaretten aus den von Griechen bearbeiteten Tabakfeldern am Schwarzen Meer. Die Kurjatina ließ nun eine Variation ihres Begrüßungssatzes hören: »Wenn Sie gestern gekommen wären, hätten Sie mich nicht zu sehen bekommen, und ich hätte Ihnen in Ihrer Bedrängnis nicht helfen können.«

Frank sah sich in dem Zimmer voller Menschen um.

»Sie sind hier unter Freunden, Frank Albertowitsch, und meine Schwester und ich sind wie eine Person. Man sagt: ›Wenn Vera ausrutscht, fällt Varja hin.«

»Ach, Bedrängnis wäre zuviel gesagt«, meinte Frank, »es ist nur, daß ich Sie als ein Freund bitten möchte, mir einen Freundschaftsdienst zu erweisen.« Frau Kurjatin war mehr als bereit dazu. Er erklärte, daß er Dolly (»das Engelchen«, rief die Kurjatina zu seiner Verwunderung aus) und Ben nach der Schule nicht gern allein zu Hause lasse. Er frage sich, ob sie statt dessen – er hoffe, nur ein paar Tage lang – zu den Kurjatins kommen dürften. Er könne dann leicht um fünf Uhr, wenn die Druckerei schließe, vorbeikommen und die Kinder abholen.

Die Kurjatina und ihre Schwester schüttelten den Kopf über

die Vorstellung von ein paar Tagen. Aus lauter Herzensgüte hatten sie Notlagen um so lieber, je länger sie dauerten. Immerhin hatte die schwierige Zeit aber angefangen, und man mußte umgehend einen Boten zu Dollys Schule und zu Bens Schule schicken, damit sie schon am selben Nachmittag kommen konnten. Mitja (Kurjatins Ältester, von dem man sprach, als sei jede Einzelheit seines Tageslaufs allen so gegenwärtig wie die täglichen Details aus dem Leben des Kronprinzen) kam an diesem Nachmittag früh nach Hause, weil zum Fastnachtsdienstag ein besonderes Geschenk auf ihn warte. Und die anderen – sie sah mit einer Miene zweifelnder Besitzerfreude um sich –, ja, alle oder die meisten würden wohl auch zum Empfang Dollys und Bens dasein.

Frank dankte ihr aufrichtig und fragte sie aus Höflichkeit, was das Geschenk für Mitja denn sei. Es war ein zahmes Bärenjunges, vielleicht war es auch nicht gezähmt, aus dem Norden. Die Preise für gewöhnliches Braunbärfell, für Fellteppiche und Mäntel, waren schrecklich gesunken, seit die Transsibirische Eisenbahn zuverlässig geheizt war. Trotzdem hatte ein Geschäftsfreund von Arkadij die Mutter dieses Bärenjungen auf der Jagd zum Vergnügen geschossen und großzügig angeordnet, das Junge in einen Käfig zu stecken und in den Zug nach Moskau zu setzen. Sie wußten, daß es lebend angekommen war, sie hatten Nachricht vom Jaroslavl-Bahnhof. Es mußte nun natürlich noch abgeholt werden. Die Worte, die Frau Kurjatin und ihre Schwester unisono äußerten, riefen Unbehagen in Frank hervor.

Als Kind war er manchmal zu Neujahrsfesten in Moskau und auf dem Land mitgenommen worden; dabei wurden auch Tanzbären zur Unterhaltung vorgeführt. Gewöhnlich gab es dabei Streit mit dem Türhüter und auch mit der Köchin, wenn das Tier durch die Küche hereingebracht wurde. Es trug ein

Halsband und sah unter den hellen Lichtern benommen aus. Erst trat es vorsichtig von einem Fuß auf den anderen, als ob das Niedersetzen der Füße ihm Schmerzen bereite, dann, nachdem ihm nachdrücklich auf die Sprünge geholfen war, bewegte es sich und führte etwas vor, was angeblich die Nachahmung eines Kosakentanzes war; danach sollte es einen alten Bauern mimen, der eine schwere Last schleppte und zu Boden fiel; und schließlich, als es wieder aus dem Raum fortgeführt wurde, mußte es noch über die Schulter Blicke auf die Männer werfen und sich geziert betragen wie eine englische Gouvernante. Das Fell unter dem Halsband war ganz abgewetzt, vielleicht weil das Tier diesen besonderen Trick so oft hatte vorführen müssen. Manchmal bekam es zur Belohnung eine Apfelsine, aber der Bärenführer erlaubte sich dann einen besonderen Scherz und nahm sie dem Bären wieder weg, so daß alle sich an seiner Enttäuschung weiden konnten.

Frank hatte Tanzbären nie besonders komisch gefunden; soweit er wußte, auch niemand sonst. Aber dies war nur ein Bärenjunges. Als er wieder bei Reidka war, erzählte er Selwyn, was er verabredet hatte, hauptsächlich, weil es eine Erleichterung bedeutete, die Sache laut zu wiederholen. Wenigstens kann er es nicht so drehen, daß es wieder mit Tolstoj zu tun hat, dachte er bei sich. Aber es zeigte sich, daß Lev Nikolajewitsch zu Neujahr selbst einmal die Rolle des Tanzbären übernommen hatte; er hatte sich ein Fell übergeworfen, das mit Leinen gefüttert war. Nach Selwyn konnte Tolstoj dadurch dem Anlaß eine Wendung ins Geistliche geben.

8

Das Bärenjunge war eine Enttäuschung, weil es so klein war; sein Kopf wirkte zu groß für den Körper und schien ihn niederzudrücken. Das Fell saß so locker, als sei das Junge noch nicht ganz hineingewachsen. Der dichte Pelz, dunkel, golden und ingwerfarben, stand struppig in alle Richtungen, nur an der Wirbelsäule, wo er sich gleichmäßig teilte, und an den handschuhartigen Tatzen und Hinterbeinen lag er glatt an. Die vorstehenden Klauen sahen aus, als wären sie aus Metall geschmiedet, so daß der ganze Bär ein gefährliches Spielzeug schien. Alles in allem wirkte er verwirrt und ungeschickt und deutlich noch schutzbedürftig. Die Füße gerade nebeneinander auf den Boden zu stellen, war für den Bären eine Aufgabe, die Nachdenken verlangte und nicht immer gelang. Als Mitja Kurjatin ihn mit einem Billardstock schlug, drehte er den torpedoförmigen Kopf hin und her und fiel um.

»Ist das alles, was er kann?« fragte seine Schwester Mascha. »Du hast gesagt, er kann tanzen.«

Mitja, blamiert vor den englischen Gästen, in deren Augen er ein toller Kerl hatte sein wollen, blamiert auch, weil da ein Tier war, wo er doch mit seinen dreizehn Jahren viel lieber etwas Mechanisches gehabt hätte, schrie: »Also los, Musik!«

Mascha ging zum Pianola, das Kurjatin in Berlin gekauft hatte, in der Vorstellung, er könne sich dadurch die Mühe ersparen, den Kindern Klavierunterricht geben zu lassen. Vielleicht mit Recht zeigten die Kinder sehr wenig Interesse an dem mechanischen Klavier; sie wußten zwar, wie man es an- und abstellte, aber sie konnten die Musikwalzen nicht auswechseln. Als Mascha jetzt den Schalter umlegte, fing der blödsinnige Apparat mitten in einem Stück an. Mascha warf sich über den brokatbezogenen Pianolahocker und stellte die Maschine auf volle Lautstärke. Der Bär floh in den hintersten Winkel des Zimmers. Er drehte sich um, seine Klauen scharrten dabei laut über die Holzdielen in der Ecke, wo der Teppich nicht hinreichte, und er sah alle an, die ihm entgegenkamen.

»Der tanzt ja gar nicht, der macht überhaupt nichts, der ist doof.«

Sie bespritzten ihn mit kaltem Wasser, um ihn anzuregen. Der Bär nieste und schüttelte sich, versuchte dann, die schimmernden Tropfen aufzulecken, die an seinem Fell hängengeblieben waren.

»Er hat Durst«, sagte Dolly kalt. Sie und Ben hatten einen Blick auf den Bären geworfen und standen nun allein zusammen hinter einem Vorhang.

»Was redet ihr zwei da?« rief Mitja.

»Wir sagen, daß du ihm was zu trinken geben sollst.«

»Ja, schließlich ist er auch ein Geschöpf Gottes«, sagte die abtrünnige Mascha.

Mitja polterte aus dem Zimmer und kam zurück mit einer Flasche Wodka und einer blaßblauen Untertasse aus feinem Porzellan mit Goldrand.

»Wo hast du das her?« fragte Dolly.

»Aus dem Eßzimmer; da ist für irgendeinen Empfang gedeckt«.

»Darfst du da reingehen?« fragte Ben.

»Mein Vater ist in Riga. Jetzt bin ich hier der Hausherr.« Mitja war ganz rot und sinnlos aufgeregt. Er goß Wodka in die Untertasse und trug sie dem Bären in seine Ecke, wobei sie überschwappte. Zum erstenmal machte der seine Schnauze auf und ließ die lange schwarze Zunge heraushängen. Er legte den Kopf ein wenig zur Seite und leckte die Untertasse

trocken. Mitja goß nach, und das kleine Tier trank wieder, diesmal schaukelte es den Kopf zur anderen Seite.
»Tanz jetzt«, schrie Mitja.
Der Bär stellte sich auf die Hinterbeine und war auf einmal so groß wie Mitja, der zurückwich. Der Bär drohte sein wackeliges Gleichgewicht zu verlieren, hielt seine Tatzen wie kleine Hände ausgestreckt und torkelte auf den Teppich zu; dort fanden seine Klauen besseren Halt, und gleichzeitig ergoß sich ein Schwall Urin über den rot und blau gemusterten Teppich. Aus irgendeinem Grund hatte sich ein Ohr des Bären nach hinten umgelegt und zeigte die blassere Innenseite. Das Tier überschlug sich ein paarmal, während der dunkle Fleck sich immer weiter ausbreitete, und schoß dann mit großer Geschwindigkeit aus der Tür. Alle Kinder lachten, Dolly und Ben mit den anderen, Lachen und Abscheu zugleich schüttelte sie alle, sie krümmten sich vor Lachen, bis ihnen die Tränen kamen.
»Er ist ins Eßzimmer gegangen.«
Da waren sie ganz still, nur Mitja lachte roh weiter, als sie einer an den andern geklammert zu den vorderen Räumen des Hauses vorrückten und zuerst ein Zerren und Reißen hörten, dann einen Knall wie von berstendem Eis im Vorfrühling: Der Bär – jetzt konnten sie ihn in den großen Spiegeln an allen Wänden sehen – trampelte auf dem Tisch von einem Ende zum anderen und richtete ein einziges Chaos unter dem Glas und Silber an, zerrte an den Wodkaflaschen, die bei allen Gedecken standen, warf sie wie Kegel durcheinander und leckte gierig auf, was dabei herausspritzte. Die Tür zum Dienerzimmer flog auf, und der Portier Sergej stürzte herein, bekreuzigte sich und griff, ohne sich auch nur einen Augenblick zu besinnen, nach einer Schaufel, öffnete die Tür des weißen Kachelofens, holte

eine Schippe voll rotglühender Kohlen heraus und kippte sie über den Bären. Das Tischtuch, getränkt mit hochprozentigem Alkohol, ging sofort in Flammen auf. Der Bär schrie wie ein kleines Kind. Er versuchte noch, sein Gesicht, das schon brannte, mit den Vorderpfoten zu schützen. Mitja krümmte sich weiter vor Lachen, als man auf dem Gang schon die Baßstimme Kurjatins schallen hörte, der mit sich zufrieden war, weil er so früh nach Hause gekommen war, wie seine Frau gebeten hatte. »Verdammt, muß ich mich selbst in mein eigenes Haus einlassen?« Schon war er an der Tür. »Warum brennt der Bär da? Den werde ich von seinen Schmerzen erlösen. Dem blase ich das Gehirn aus dem Kopf. Euch alle blase ich aus.«

Während Frank Dolly und Ben ruhig aus dem Tumult herausholte, wollte er gern wissen, wo eigentlich Frau Kurjatin die ganze Zeit gewesen war und warum Sergej, dieser Halbidiot, das unglückselige Tier nicht mit Wasser statt glühenden Kohlen überschüttet hatte. Das war die einzige Frage, die die Kinder ihm beantworten konnten. Sergej hatte gewußt, daß Bären Wasser lieben. Wasser hätte den Bären niemals zum Aufhören gebracht.

»Du hast gesagt, wir könnten jeden Tag nach der Schule dort hingehen«, sagte Ben, »solange wir einigermaßen Ruhe hielten.«

»Das meine ich jetzt nicht mehr.«

»Was wirst du sagen?«

»Ich werde morgen zu Arkadij Kurjatin ins Büro gehen und anbieten, mich etwas, aber nicht sehr, an den Kosten für den Schaden zu beteiligen.«

»Fragst du ihn dann, was mit dem Bären geschehen ist?« bat Dolly.

»Nein.«

»Sein Gesicht hat gebrannt.«
»Ich werde ihn nicht danach fragen.«

In Kurjatins Kontor, das etwas absurd Altmodisches hatte und das fast Tür an Tür mit seinem Wohnhaus lag, so als wolle Kurjatin beide gleichzeitig im Auge behalten, hörte Frank wieder – diesmal von einem Schreiber –, der Herr sei nicht da.
»Ich habe ihn heute den ganzen Tag noch nicht gesehen, Frank Albertowitsch.«
Die Schreiber schrieben noch mit Tinte und Feder und durften eine festgesetzte Zahl von Federn pro Woche verbrauchen. Ihre Rechnungen machten sie mit einem Abakus, dessen schwarze und weiße Holzperlen mit großer Geschwindigkeit gegeneinander klickten, still wurden und wieder weiterklickten.
»Ich müßte ihm etwas sagen, aber es dauert nicht lange.«
»Und was soll ich sagen, wenn ich gefragt werde, warum ich Sie vorgelassen habe?« sagte der Schreiber.
»Sag, du hättest mich heute den ganzen Tag noch nicht gesehen.«
Vor nicht allzu langer Zeit hatte Frank festgestellt, daß der Fußboden im Maschinenraum von Reidka abgestützt werden mußte, und Kurjatin hatte sich bereit erklärt, das Holz für die neuen Träger zu liefern. Vier Tage vor dem Lieferdatum schickte Kurjatin eine Nachricht an Frank, er sei krank und könne sich nicht um das Geschäft kümmern. Zwei Tage später war er erstaunt, daß Frank nicht wußte, daß er das Holzgeschäft abgestoßen habe, da es für einen ehrlichen Mann nicht genug Profit abwerfe; und am Tag danach hieß es, er habe sich auf eine Pilgerfahrt begeben. Eine Woche später war er wieder zu Hause, ließ aber ausrichten, er könne Frank jetzt nicht und vielleicht überhaupt nie mehr empfangen,

wegen gewisser Meinungsverschiedenheiten zwischen ihm und Franks Vater. Was das Holz betreffe, das liege in einem der Lagerschuppen. Am selben Abend traf Frank einen volltrunkenen Kurjatin zufällig im Dampfraum des armenischen Badehauses. Kurjatin umarmte Frank unter Tränen und bat um Verzeihung, daß er den Auftrag nicht habe ausführen können. Am Morgen danach sagte er scharf, er hätte die Ware schon einige Zeit zuvor liefern können, wenn der Steueranteil für das Handels- und Gewerbeministerium bezahlt gewesen wäre und natürlich die zusätzlichen Gelder für Grischa, Grigorij Rasputin, der mit Sicherheit regelmäßig Bestechungsgeld bekam, wenn auch niemals von Kurjatin, der Petersburg mied und seine Geschäfte in barem Geld abwikkelte. Als er das Bargeld in Händen hatte, prüfte er jeden Schein, um sich zu vergewissern, daß keine Banknoten aus dem Jahr 1877 und keine Hundertrubelscheine von 1866 dabei waren. Beides waren keine gesetzlichen Zahlungsmittel. Wahrscheinlich hätte er lieber Hühnerfutter oder Benzin genommen. Und endlich hatte Frank sein Holz, nur wenige Stunden später als zunächst erwartet. Seine Kalkulationen waren nicht ganz falsch gewesen.

Kurjatins Privatkontor war so dunkel wie das übrige Haus und nicht viel gemütlicher. Beim Anblick Franks breitete er die Arme aus. Er trug einen schwarzen Kaftan, aus dessen Falten ein kräftiger, gesunder Menschengeruch aufstieg. Ein Unglücksfall? Die Kinder sich selbst überlassen? Schäden? Zerbrochenes Porzellan, ein verpinkelter Teppich, Feuer, Zerstörung, dreiundzwanzig und eine halbe Flasche vom besten Wodka? Meinte Frank denn, daß Kurjatins Kredit nicht hoch genug sei, um einen kleinen Verlust, eine Nichtigkeit zu vertragen? Glaubte er vielleicht, sie seien knapp mit Tischdecken? Nach seiner Rückkehr hatte er nichts weiter zu tun, als Sergej und ein paar Dienstmädchen zu entlassen, Mitja eine Tracht Prügel zu geben, etliche Schlitten zu mieten, den Gästen gleich bei der Ankunft zu erklären, sie sollten ihre Mäntel und Galoschen gar nicht erst ausziehen, und mit der ganzen Gesellschaft zum Restaurant Krynkin zu fahren.

»Ich habe mich gefragt, wo Ihre Frau während der Zeit gewesen sein kann«, sagte Frank. »Meiner Meinung nach hatte sie bei den Kindern sein wollen.«

»Sie hatte sich hingelegt, wie alle Frauen das machen. Sie hat Angst vor Tieren, kann sie im Haus nicht ertragen.« Aber warum, wollte Kurjatin wissen, warum Frank nicht am Abend zum Familienessen kommen wollte, ganz ohne Formalität, nur teilhaben an Gottes Gaben?

»Nein, vielen Dank, Arkadij Filipowitsch, heute abend nicht.«

»Sie wollen nicht unser bescheidenes Mahl mit uns teilen?«

Frank wußte, daß die Einladung nicht ernst gemeint war. Es kam für ihn gar nicht in Frage, einfach so vorbeizukommen, als spontan eingeladener Gast. Kaufleute der zweiten Kategorie pflegten keine Gastlichkeit dieser Art. Erst mußten Vorbereitungen getroffen sein. Andernfalls würde er fast so viel Ungelegenheiten verursachen wie der Bär.

Kurjatin nahm Franks Arm und geleitete ihn die Holztreppen hinunter; dabei achteten beide sorgfältig und geübt auf die schadhaften Stufen.

»Warum lassen Sie diese Treppen nicht reparieren?« fragte Frank. »Und warum gönnen Sie Ihren Schreibern kein Telefon? Die Deutschen werden Sie bald ausbooten.«

»Warum bringen Sie Ihre Frau nicht dazu, daß sie zu Ihnen zurückkommt?« rief Kurjatin und explodierte vor Lachen, als der Portier aus seinem handtuchschmalen Zimmer kam und sie unter tiefen Verbeugungen auf die Straße führte. Für

Kurjatin war das Leben wie das Geschäft ein Spiel, aber kein Spiel um des Spieles willen. Im Gegenteil, er hatte das Spiel so eingerichtet, daß er immer gewann, auch wenn die Regeln nur für ihn galten. Weil er wußte, daß die Kinder in seinem halbwilden Haushalt einer Gefahr ausgesetzt gewesen waren, empfand er Franks Besuch als einen Vorwurf. Aber dadurch, daß er Frank – den er ehrlich schätzte – verletzt hatte, war es ihm gelungen, seine Überlegenheit wiederherzustellen. Das war beinahe eine Entschädigung dafür, daß er sein Tischtuch samt Glas und Porzellan eingebüßt hatte, Dinge, an denen er ganz unvernünftig hing.

9

Frank ging geradewegs zur englischen Pfarrei jenseits der Marossejka, tat also jetzt, was er vielleicht gleich zu Anfang hätte tun sollen. Die Teestunde war eine Zeit, zu der man Mrs. Graham aufsuchen konnte. Vor Mrs. Graham hatte er keine oder wenigstens nicht so viel Angst wie andere Leute. Immerhin erwies er ihr einen Dienst damit, daß er ihr sein Dilemma vortrug. Sie war die Tochter eines Gelehrten, in Cambridge groß geworden und mit dem Leben in Moskau nicht ausgesöhnt. Zwar hatte sie, soweit Frank wußte, selbst kein College besucht, aber in gewissem Sinn war sie trotzdem eine Gelehrte: Sie studierte Probleme, die Probleme anderer Menschen nämlich.

»Mr. Reid?« erklang ihre seltsam hohe, leicht schleppende Stimme fragend. »Dies ist ein erwartetes Vergnügen.«

»Sie wußten, daß ich mit einer Frage zu Ihnen komme?«

»Aber natürlich.«

Sie winkte ihn mit einer Kopfbewegung zu dem Platz an ihrer Seite auf dem Sofa, auf dem sie schon wartete, ungeduldig wie ein Raubvogel, der seit Tagen keine Beute gemacht hat. Bequeme Stühle gab es in der Pfarrei nur in Mr. Grahams Arbeitszimmer.

Mrs. Graham war wie üblich nicht allein. Ihr gegenüber saß eine Frau, ungefähr im selben Alter wie sie, irgendwo zwischen vierzig und fünfzig, mit grauem Rock aus solidem Material, grauer Bluse, die nicht ganz dazu paßte, grauer Strickjacke mit rosa Einsprengseln und einem streng und gerade auf dem Kopf plazierten Filzhut. Tapferkeit im Angesicht des Unheils war der Gesamteindruck ihrer Erscheinung. Sie wurde als Miss Muriel Kinsman vorgestellt. Frank erinnerte sich jetzt, gehört zu haben, daß ihr Kommen erwartet wurde, daß sie aus dem hintersten Rußland angereist kam, wo sie Gouvernante gewesen und zu Unrecht vom Gut ihres Dienstherrn vertrieben worden war; wie in solchen Fällen üblich, hatte man eine Kollekte veranstaltet, um ihr bei der Finanzierung der Heimreise nach England zu helfen. »Sie sieht nicht nur jetzt aus wie eine entlassene Gouvernante, sie ist ganz offensichtlich schon so geboren«, hatte Mrs. Graham ihm erzählt. »Und mir scheint, das belastet sie außerordentlich.« Jetzt gab er ihr die Hand und sagte: »Ich freue mich, daß Sie hier sind, Miss Kinsman. Schade, daß Sie nicht länger in Moskau bleiben.«

Miss Kinsman wendete ihm das wettergegerbte Gesicht mit den großen melancholischen Augen zu. »Ich würde gern hierbleiben, wenn irgend jemand auch nur das mindeste Interesse daran zeigte, ob ich bleibe oder nicht.«

»Aber Sie werden zu Ihrer Familie zurückkehren?«

Sie gab keine Antwort, und Frank fürchtete, unhöflich gewesen zu sein. Pech, wenn man ihm eine Frage übelnahm, auf die er gar keine Antwort haben wollte; es war ihm vollkommen gleichgültig, ob sie nach Hause zurückkehrte oder nicht.

Mrs. Graham sagte: »Manchmal möchte ich beinahe meinen, es ist ein Fehler, daß es die Post gibt. Die Qual, auf Briefe warten zu müssen, die nicht kommen, übertrifft bei weitem das Vergnügen, das man empfindet, wenn sie endlich eintreffen. Ich hoffe, ich habe das in der richtigen Reihenfolge gesagt. Miss Kinsman hat seit Jahren keine Nachricht mehr aus England.«

»Nennen Sie mich doch bitte Muriel, Mrs. Graham, wenigstens ein einziges Mal. Ich möchte den Namen so gern einmal wieder hören.«

»Wie wurden Sie denn da draußen in Vladislavskoje genannt?«

Miss Kinsman erklärte, daß man zwar die deutsche Gouvernante (die zugegebenermaßen jünger als sie war, aber eigentlich nur ein paar Jahre) mit Fräulein Trudi angeredet habe, aber sie selbst sei immer nur Missy gewesen.

»Und wenn schon?« sagte Mrs. Graham. »Ich fände nichts dabei, wenn man mich Missy nennen würde.«

»Alles hat Bedeutung, wenn man dort draußen ist. Nichts kommt, ohne daß man von weitem sieht, wie es unterwegs ist: Aus dem zwei Werst entfernten Wald tritt es heraus, verschwindet in der Bodensenke, taucht wieder auf, erreicht die Straße, und wenn es endlich am Ziel ist, vor dem Haus stehenbleibt, ist man es schon leid; also brütet man den ganzen Tag über den Vorgängen im Haus; man betrachtet sie wie durch ein Vergrößerungsglas; jede kleinste Äußerung, jedes Bellen, jedes Rufen, jeder Laut, und wenn es nur das Tick-Tack der Uhr ist, wird bedeutend. Wahrscheinlich verliert man das Gefühl für Proportionen. Ja, so ist es. Ein Anlaß kommt zum anderen, sie summieren sich, und gehäuft sind sie dann so niederdrückend.«

Die Sache mit dem verlorenen Uhrenschlüssel. Die Sache mit dem verlorenen Weinkühlerschlüssel. Die Sache mit den Baldriantropfen. Die Sache mit der Riesenschwinge. Die Sache mit der Zigarrenschachtel. Die Sache mit der sauren Gurke. Die Sache mit dem Badehaus. Die Sache mit dem zerrissenen Photo ... sie hat Gedankenflucht, sagte sich Frank, und vermutlich ist sie nur deshalb hier, um sich eine Weile gehenzulassen; wie lange sie das darf, wird Mrs. Graham genau festgelegt haben; die Gouvernante tat Frank leid.

»Und eigentlich hatten Sie etwas anderes erwartet?« fragte er.

»Erwartung ist ein Gemütszustand, den es gar nicht geben

dürfte«, unterbrach Mrs. Graham. »Man macht sich damit zu abhängig von der Zukunft.«
Sie bot Krimzigaretten an. Frank lehnte ab, aber Miss Kinsman nicht; sie sagte: »Leider habe ich mir hier in Rußland das Rauchen angewöhnt.«
»Ich auch«, sagte Mrs. Graham. »Meinem Mann ist das gar nicht recht. Aber ich rauche *Machorka.*« Nicht immer, dachte Frank, aber zu diesem Anlaß wohl; sie rollte den grobgeschnittenen Arbeitertabak geübt in ein Stück gelbes Papier. Sie zündete die *Machorka* an und warf den Kopf zurück. Die Zigarette hing ihr im Mundwinkel und ergänzte das einheitliche Bild ihrer Erscheinung: graues, unordentlich zum Cambridgeknoten zusammengestecktes Haar, Sarafan kombiniert mit Tweedrock und Holzperlenketten. »Erzählen Sie«, rief sie und paffte.
Miss Kinsman redete weiter, unzusammenhängend und leise, manchmal konnte man ihr kaum folgen. Obwohl anscheinend ein bestimmter Gegenstand, immer derselbe, entweder die Zigarrenkiste oder vielleicht die Gurke, wiederholt in ihrem Zimmer aufgetaucht war, so daß sie annehmen mußte, der ganze Haushalt sei ihr feindlich gesonnen und drücke das auf schäbige Weise aus – »durch dumme Streiche«, sagte Miss Kinsman –, war doch das Hauptproblem vornehmerer Art, es lag in ihrer anspruchsvollen Vorstellung von Erziehung. Den Lvovs lag selbst offenbar gar nichts an der Erziehung ihrer Kinder; das überließ man Pavel Borisowitsch, einem unverheirateten Onkel, der sich im Haus eingenistet und offenbar nichts Besseres zu tun hatte, als sich dauernd einzumischen. Dieser Pavel Borisowitsch war eigentlich für das Pagencorps bestimmt gewesen, dann aber nach Berlin zur Schule geschickt worden und hielt es nun für richtig, ein absurd strenges Regiment über die Kinder zu führen. Seine Begeiste-

rung dafür hielt natürlich nicht lange vor; nichts hielt bei ihm lange vor; er hatte nur einen Spleen nach dem anderen – Sprachen, Psychologie, Turnen. Während seiner Turnmanie brachte er einen der Tischler auf dem Gut dazu, eine Riesenschwinge im Garten aufzubauen, nachdem das letzte Heu gemäht war. Sie hatte es für ihre Pflicht gehalten zu sagen, daß das Gerät ihrer Meinung nach nicht sicher sei. Man hielt sich dabei an einem von sechs Tauen, sprang ab und wirbelte schneller und immer schneller von einem Landeplatz zum nächsten. Das mußte mit Knochenbrüchen enden. Aber es ist nicht immer gut, recht zu haben.

»Gut ist es schon, aber kaum je eine sichere Sache«, sagte Mrs. Graham.

Sie war eine gutherzige Frau, wahrscheinlich jedenfalls, aber zu scharfzüngig, dachte Frank. Alle scharfzüngigen Menschen, ganz gleich, ob Männer oder Frauen, waren ermüdend.

Die Sache mit der Riesenschwinge. Die Sache mit dem Stundenplan der Lvov-Kinder. Lernen sollte man nicht mit Zwang assoziieren, sondern mit Freiheit und Freude. Die Sache mit dem Badehaus. Nacktheit war in Rußland nichts Weltbewegendes. Der Kutscher hatte keine Respektlosigkeit im Sinn. Der Onkel, Pavel Borisowitsch, hatte wahrscheinlich auch keine Respektlosigkeit vorgehabt. Die Sache mit dem zerrissenen Photo.

»Wie war es denn mit dem Fräulein, der deutschen Gouvernante?« fragte Mrs. Graham. »Wie hat sich dieser Onkel Pavel denn mit ihr vertragen?«

Miss Kinsman zögerte einen Moment. »Die beiden kamen sehr gut miteinander aus.«

Es war beinahe Zeit für die Vesper. In Moskau durften nur die Glocken der orthodoxen Kirchen läuten. Mrs. Graham hatte offenbar eine genaue Zeitwahrnehmung, ohne auf die Uhr zu sehen, denn sie saß mit dem Rücken zur Standuhr. Drei Minuten vor sechs wurde sie unruhig, und Frank sagte: »Ich muß jetzt gehen, Mrs. Graham. Ich hatte eigentlich etwas mit Ihnen besprechen wollen, aber das kann wirklich noch warten.«

»Das hätte ich nicht gedacht«, sagte Mrs. Graham. Sie verabschiedete ihn in ihrer entschiedenen Art, sah dabei einen Moment auf seine Hand nieder, die sie in der ihren hielt, als frage sie sich, wo sie diese Hand eigentlich her habe, drückte sie dann und sah Frank so beruhigend in die Augen, daß er überzeugt sein mußte, man werde an ihn denken.

Im Flur öffnete sich eine Tür, und heraus kam der anglikanische Pfarrer, Reverend Edwin Graham.

»Ah, Reid. Sie sind es, Reid. Schön, Sie zu sehen.«

Ein Diener brachte ihm seine Überschuhe und Hut und Umhang. Der Pfarrer zog sie an, ging wieder in sein Arbeitszimmer, kam zurück mit ein paar Blättern Papier mit Maschinenschrift, die von einer Büroklammer zusammengehalten wurden, winkte dem Diener ab, der wieder auftauchte, bereit, weitere Aufträge auszuführen, drehte sich nach Frank um, weil er sehen wollte, ob der zum Gottesdienst kam, zeigte ihm mit einer ironisch einladenden Geste seinen Papierstapel und schlug dann den Weg über den Platz zur Kirche ein. Auch Frank machte sich auf den Weg in die Dunkelheit.

Er wollte zum Novinskij Boulevard, um von dort mit der Straßenbahn zu fahren. Das war der kürzeste Weg nach Hause, zu dieser Tageszeit schneller als mit dem Schlitten. Ihn trieb jetzt sinnlose Angst, die Kinder könnten, wenn er zu lange ausbliebe, wieder fort sein, bevor er zurück war. Er wandte sich nach rechts in die Nikitskaja, sah sich dabei aber ohne bestimmten Grund um und stellte fest, daß Miss Kinsman ihm auf den Fersen war und sich energisch zwischen den vielen Fußgängern durchschlängelte. Betrunkene gab es in dieser bürgerlichen Straße nicht, und Miss Kinsman kam schnell voran. Frank hatte erwartet, sie sei zum Vespergottesdienst gegangen. Aber jetzt fiel ihm ein, daß Mrs. Graham, die sehr schnell handeln konnte, wenn sie es für angebracht hielt, am Ende in den paar Minuten, als er in der Diele stand, Miss Kinsman von seinen Problemen erzählt hatte. Sie hatte Miss Kinsman den Tip gegeben. Alle wußten, daß Nellie gegangen war, und alle waren offenbar Experten in dieser delikaten Angelegenheit. Jetzt verfolgte ihn Miss Kinsman mit der Entschlossenheit der Furchtsamen und wollte ihm nahelegen, daß sie für die Stellung einer Gouvernante in der Lipkastraße 22 die geeignete Person sei.

Und vielleicht hatte sie sogar recht damit, aber Frank fühlte sich im Augenblick nicht einmal dem Nachdenken über das Ganze gewachsen, und einer Entscheidung schon gar nicht. Er erinnerte sich, daß er etwas gespendet hatte, fünfundzwanzig Rubel waren es wohl, als die Sammlung zur Deckung ihrer Ausgaben und der Reisekosten nach Charing Cross veranstaltet wurde. Das reute ihn auch in keiner Weise, aber er fand, daß er damit, alles in allem, seine Schuldigkeit getan hatte. Er war als gerechter Mann bekannt in Moskau, in der russischen Geschäftswelt und in der englischen Kolonie auch. Er hatte nicht das mindeste gegen Miss Kinsman, im Gegenteil. Aber wenn sie wirklich im Sinn hatte oder wenn man ihr eingeredet hatte, es sei eine gute Idee, in sein Haus zu ziehen und sich um die Familie zu kümmern, dann hatte Dolly dabei mitzureden. Für Dolly war nicht das Wort *gerecht*, sondern das Wort fair wichtig. Sie würde es nicht fair finden, wenn er Absprachen welcher Art auch immer mit Miss Kinsman träfe. Miss Kinsman war so trist mausgrau, auch ein Wort, das man nicht ins Russische übersetzen konnte, weil man nicht verständlich machen konnte, daß sie eine unfrohe Art hatte, sich ohne Eleganz und Geschmack zu kleiden, nicht absichtlich und ohne daß sie schlampig oder ärmlich wirkte; störend daran war nur Miss Kinsmans Art auszusehen, wie sie war. Frank hatte nie so getan, als könne er Dollys Einwände entkräften, aber er wußte meistens, worauf sie sich richteten. Andererseits, was hinderte ihn daran, sich von Miss Kinsman einholen zu lassen und erst einmal genau zu hören, was sie eigentlich von ihm wollte – schließlich konnte seine Vermutung ja auch falsch sein?

Nichts hinderte ihn daran, aber er bog in eine Seitenstraße ab. Er konnte doch wohl genausogut bis zur Povarskaja laufen und weiter unten am Boulevard in seine Straßenbahn einsteigen. Auf diese Weise würde er Miss Kinsman aus dem Weg gehen und brauchte überhaupt nicht mit ihr zu reden. Sie mußte dann nicht über die Sache mit Mr. Reids befremdlichem Benehmen brüten. Man ersparte ihr wirklich nur Kummer.

Alle in Moskau nahmen Abkürzungen. Die Nummern der Straßenbahnen, außer der Linie rund um die Boulevards, wurden oft geändert, und wer nicht einen Schlitten oder eine Kutsche bezahlen wollte, mußte viel Zeit mit Laufen zubringen. Aber sobald man die Hauptstraßen verließ, mußte man den Weg kennen (zu erklären war er kaum). Straßenschilder gab es bald nicht mehr. Dafür lief man gegen Berge von Ziegelsteinen und Abflußrohren oder gegen einen Unterstand, der den Bürgersteig halb versperrte, oder einen dampfenden Kuhstall, dessen durchgefaulte Bretter sich anscheinend nach eigenem Willen wie atmend zusammenziehen oder ausdehnen konnten. All diese Hindernisse hatten kein verbrieftes Recht, da zu sein, und waren auf keinem Stadtplan eingezeichnet; man mußte sie sich aber wegdenken, wenn man die Richtung nicht verlieren wollte. Manchmal blieb nichts anderes übrig, als durch eine Tür in einem provisorisch errichteten Gebäude einzutreten und auf der anderen Seite wieder hinauszugehen. Die Abzweigung, die Frank jetzt erreicht hatte, hieß Kazap Pereulok, das wußte er, obwohl nirgendwo ein Straßenschild zu sehen war. Der Durchgang war schluchtartig, erfüllt von perlmuttfarbener Dunkelheit. An der Ecke schimmerte ein Licht, keine städtische Straßenlaterne, sondern eine Kerosinlampe, die unten an der Mauer angebracht war. Er blickte zurück, Miss Kinsman in ihrem Filzhut und Wintermantel bog gerade in den Durchgang ein.

Nicht nur sein gesunder Menschenverstand, sondern auch eine selbstverständliche Höflichkeit gebot Frank, diese Frau anzusprechen und ihr sein Geleit zurück zur Povarskaja anzubieten. Sie wirkte in dieser zwielichtigen Straße mitleiderregend fehl am Platz, wie sie mit ihrem Schirm kämpfte und ihn aufzuspannen versuchte, obwohl kein Schnee fiel. Aber wenn sie schon so weit gekommen war, mußte sie auch den Rückweg wissen, und wenn sie ihn nicht einholen konnte, würde sie sich schon wieder zur Pfarrei hinfinden. Einen zusammenhängenden Bericht über das, was ich jetzt tue, möchte ich gar nicht erst versuchen, dachte er. Tvjordov zum Beispiel möchte ich keine Rechenschaft geben müssen. Aber ich soll zur Strecke gebracht werden. Sie ist hinter mir her wie ein Geldeintreiber. Statt nach rechts in Richtung der Boulevards bog er nach links ein, ging durch eine enge Gasse auf den Kreml zu. Er lief wegen dieser Verfolgungsjagd doppelt so weit wie nötig. Die arme Frau, aber viel weiter wird sie nun bestimmt nicht kommen.

Kolbasov Pereulok. Der Name war frisch übermalt, aber

Frank konnte die Gasse kaum benutzen, so verengt war sie, weil Berge von Säcken zu beiden Seiten aufgestapelt lagen, so als ob die beiden gegenüberliegenden Häuser, beide schwach beleuchtet, um die Wette versuchten, einander die Fenster zu verbauen. Es roch nach Teer und frischgebackenen Buchweizenpfannkuchen (Frank stöhnte vor Hunger). Als die Häuser der Gasse anfingen, eine gleichmäßige Reihe zu bilden, wurden die Erdgeschosse zu Läden, deren Fenster zur Hälfte unter dem Niveau des Bürgersteigs lagen. Womit in diesen Läden gehandelt wurde, ließ sich nicht erkennen. Wahrscheinlich waren es Reparaturwerkstätten, denn man konnte sich alles reparieren lassen in Moskau, einer Stadt, die auf ihre schusselige, mütterliche Art für alle sorgte, für die Reichen wie für die Ärmsten der Armen. Bring deine zerrissenen Schuhe, deine durchgelegenen Matratzen, die Stühle ohne Beine, die Betten ohne Kopfteil, ich werde sie in einer Kellerwerkstatt oder in einem Loch in der Mauer wieder zurechtflicken, ein paar Monate oder so halten sie dann bestimmt noch. Man kann sie wieder benutzen, wenigstens wird man sie zum Pfandleiher geben können.
An der Ecke war ein Monopol, ein staatlicher Wodkaausschank; klein, aber hell erleuchtet. Im Inneren saß eine Frau von beachtlicher Größe und Stärke, in einen schwarzen Strickschal gewickelt, auf einem Hocker hinter einer Trennwand aus Holz, die ein kleines vergittertes Fenster hatte, wie ein Fahrkartenschalter. Sitzen konnte man nirgendwo. Männer und Frauen warteten mit leeren Flaschen oder suchten schwankend Halt an den Holzwänden. Das Geld mußte man abgezählt bereithalten, erst dann wurden die Füllhähne hinter der Trennwand entriegelt.
Miss Kinsman, das fiel Frank mit plötzlicher Erleichterung ein, würde auf keinen Fall wagen, an diesem Wodkaaus-

schank vorbei weiterzugehen. Wenn sie es doch tat, dann war sie eine Schwindlerin, und damit verspielte sie das Recht auf ihren Filzhut und das mausgraue Aussehen und die rührenden Geschichten, die sie in der Pfarrei erzählt hatte. Und auf einmal wurde ihm klar, daß Miss Kinsman so sehr wie keine andere Frau, der er in Moskau begegnet war, seiner zweiten Kusine Amy in Nottingham glich; Miss Kinsman war jünger als Amy, aber sonst genauso: Amy ging auf die andere Straßenseite, weil sie sich nicht an einer Kneipe vorbeiwagte; da konnten ja vor ihren Augen Männer aus der Tür torkeln und auf die Straße pissen; und durch die offenstehende Tür würde sie womöglich zusehen müssen, wie Frauen mit Hutnadeln aufeinander losgingen und sich gegenseitig erstachen. Ob seine Kusine solches wirklich je erlebte, wußte Frank nicht. Normalerweise schrieb er ihr wie allen Verwandten regelmäßig, aber in diesem Monat hatte er es versäumt, und seine bis dahin nur leichte innere Unruhe, kein Schuldgefühl, aber die Empfindung, er müsse sich eigentlich schuldig fühlen, wurde nun unangenehm deutlich. Trotzdem, jetzt war er fast in Sicherheit. Das Monopol lag, wie bei Schankstellen dieser Art üblich, an der Ecke zur Hauptstraße, für den Fall, daß die Kunden vor dem Laden zu trinken anfingen und die Polizei einschreiten mußte. Er war in der Znamenkaja gelandet, was lächerlich war, wenn man bedachte, daß er um diese Zeit schon zu Hause hätte sein können. Aber wenigstens war er jetzt frei und konnte sich wieder seinen eigenen Problemen zuwenden, oder besser gesagt, sie drangen aus den Winkeln, in denen sie gelauert hatten, wieder an die Oberfläche seines Bewußtseins.

Er ging auf den Fluß zu, und die Luft war erfüllt vom Widerhall der Glocken in den fünf goldenen Türmen der Erlöserkirche, obwohl sie nicht annähernd mit voller Kraft läuteten, sondern nur eine Art Artillerie-Geplänkel vor der

Hauptattacke lieferten. Diese Attacke kam nicht – es war Fastenzeit, und sie schlugen nur einmal, aber vom jenseitigen Flußufer antworteten ihnen hundert andere Glocken, die alle auch nur einmal läuteten. Er blieb stehen und lauschte den Glocken im Freien unter dem klaren Sternenlicht. Vom Domplatz schwang sich eine Rampe zum Wasser hinunter. Der Fluß schimmerte dunkel, noch war er verstopft vom winterlichen Eis, das in mächtigen Schollen mit der Strömung trieb und eine unvorstellbare Menge von Gerümpel aller Art mitführte – Körbe, Kisten, Wegweiser, Waschfässer, Räder, Wiegen, die letzten Spuren des Verkehrs, der sich auf dem Eis abgespielt hatte, als es vier Monate lang eine breite Landstraße gewesen war. In Moskau war es ein besonders beliebter Zeitvertreib, von den Brücken aus zuzusehen, wie das Eis brach. Die *Gazeta Kopejka* berichtete, daß ein Liebespaar, in der Umarmung erfroren und vom Eis eingeschlossen, vorbeigetrieben war. Die *Gazeta* wiederholte diese Geschichte jedes Frühjahr.

An der Stelle hier war keine Brücke, aber irgend jemand hatte irgendwann vom Treidelpfad aus ein Stück des Flusses mit Holzpfählen abgezäunt. Eine ausgetretene Gangway führte von dem Treidelpfad zu einem Floß, das auf leeren Kerosinfässern schwamm. Es hatte eine Art Dach, und Leute angelten vom Floß aus. Auch Frank hatte als Schuljunge dort oft geangelt, ohne Angelschein. Bis weit in den März hinein mußte man natürlich zum Angeln ein Loch ins Eis schlagen. Wenn er auch in Eile war, ließ das Abflauen der Spannung ihn doch langsamer werden, und er stieg zu dem Floß hinunter, um das Eis für eine kleine Weile zu beobachten. Man mußte durch den aufgehäuften Schnee am Flußufer durchkommen, dann war es nur noch eine zwei Fuß tiefe Stufe bis zum durchgeweichten Floß, das unter einem knarrte und triefte.

Da stand er, die noch halbgefrorenen Bretter vibrierten unter seinen Füßen, und die Kirchenglocken läuteten klarer, waren noch ein fernes Summen, als die Erlöserkirche verstummte. Dann ging er die Gangway entlang. Als er stehenblieb, hörte er wieder ein, diesmal leichteres, Knarren, und Miss Kinsman sprang hinter ihm hinunter.
Sie steuerte zielbewußt auf ihn zu, nicht atemlos, und ihr Regenschirm war jetzt zusammengelegt. Frank kam zu Bewußtsein, daß er nun gefangen war. Der Ort war sowieso eine Art Fischfalle, das wußte er schon, seit er zehn war, und nun saß er selbst in der Falle und mußte dazu so gute Miene machen, wie es eben ging.
»Haben Sie versucht, mich einzuholen, Miss Kinsman? Leider habe ich Sie nicht gesehen.«
Die eisige Nachtluft stach wie Nadeln. Miss Kinsman stand da und antwortete sanft, ohne jeden Vorwurf.
»Ja. Ich glaube, Sie haben mich gesehen.«
Sie standen zusammen unter dem schadhaften Dach, und sie richtete sich ein wie ein Huhn auf der Stange, strich erst über die eine, dann die andere Schulter ihres Mantels, obwohl gar kein Schnee gefallen war.
»Ich fürchte, daß Sie dabei durch ziemlich ungemütliche Straßen gehen mußten«, sagte er.
»Ärmlich, aber ungemütlich würde ich sie nicht nennen.«
»Und dann war da auch noch das Monopol.«
»Oh, Monopole machen mir nichts. Die sind nicht wie englische Kneipen. Die Leute dürfen nicht vor dem Haus trinken, wissen Sie. Sie müssen den Wodka mindestens hundert Meter weit wegtragen, bevor sie zu trinken anfangen dürfen. Und das ist ein Zeug, haben Sie es mal probiert?«
Das hatte Frank wohl. »Er wirkt genauso, wie immer behaup-

tet wird, und dazu ist er gemacht. Das ist es ja vielleicht überhaupt.«

»Und die Frau in dem Monopol war eine Tartarin, das heißt, sie ist Mohammedanerin, wissen Sie, und der Prophet hat ihr den Alkohol verboten. Der Prophet, wissen Sie«, sagte sie noch einmal, heftig nickend.

»Aber wollten Sie mit mir reden?« fragte er, und dann noch: »Über etwas Bestimmtes?«

Sie sah ihn scharf an und sagte: »Nein.«

»Sie wollten mir gar nichts sagen?«

»Ach, davor brauchten Sie keine Angst zu haben«, sagte sie noch. »Mit Ihnen wollte ich nicht reden. Ich wollte mit Mr. Frank Reid sprechen.«

»Was hat Mrs. Graham gesagt, wer ich sei?« fragte Frank.

»Das habe ich nicht richtig verstanden. So oft versteht man nicht ganz. Und dann mußte sie auch zur Vesper. Aber, sehen Sie, die Sache ist ziemlich eilig. Wirklich, denn meine Reise nach England ist für morgen gebucht, das heißt, wenn ich hier nicht eine neue Stelle finde. Alles, was ich brauche, ist seine Adresse, Mr. Reids Adresse. Die müssen Sie eigentlich haben, Sie gehören doch zur Geschäftswelt hier, auch wenn er jünger sein muß als Sie.« Sie sah ihn unter der Krempe ihres Hutes hervor an. »Ich hätte mich Ihnen ja nicht aufgedrängt, es ist nur, daß ich ihn unbedingt heute abend noch sprechen muß.«

»Warum meinen Sie, er sei jünger als ich?« fragte Frank.

»Er hat kleine Kinder, das weiß ich. Sonst müßte ich ihn nicht sprechen.«

Frank dachte einen Augenblick nach.

»Es tut mir leid, daß ich Sie enttäuschen muß, Miss Kinsman, aber ich weiß genau, daß dies kein passender Moment für ein Gespräch mit Frank Reid wäre.«

»Ist er denn nicht in Moskau?«

»Also –«

»Sehen Sie, letzten Endes interessiert sich außer mir kein Mensch für mich. Sie, ein vollkommen Fremder, selbstverständlich am allerwenigsten. Aber ich muß eben mit meinen Mitteln zurechtkommen.«

»Miss Kinsman, ich weiß ganz genau, daß es zu nichts führen würde, wenn Sie Frank Reid aufsuchten. Dazu kenne ich ihn gut genug.«

Sie sah ihn forschend an. Er bot ihr seine Begleitung bis zur nächsten Straßenbahnhaltestelle an. Sie schüttelte den Kopf und trottete über die Gangway zurück, die eisglatte Rampe hinauf und weiter in Richtung der Erlöserkirche. Bis sie außer Sichtweite war, blieb ihm nichts anderes übrig, als dazustehen wie ein Idiot und so zu tun, als betrachte er das Eis.

10

Ganz früh am nächsten Morgen fuhr Miss Kinsman zum Alexanderbahnhof; das erfuhr Frank, als er in der Pfarrei anrief. Mrs. Graham sagte: »Ich war wirklich darauf gefaßt, Ihren Namen in der *Gazeta Kopejka* zu finden. Alle haben gedacht, Sie wollten sie in den Fluß werfen.«

»Wieso alle? Da war doch niemand.«

»Oh doch, auf dem Treidelpfad waren Leute.«

»Was haben die gemacht?«

»Das Eis betrachtet.«

»Mrs. Graham, ich hatte den Eindruck, daß Miss Kinsman sich eine Stelle bei mir in der Lipkastraße erhoffte, als Gouvernante meiner Kinder.«

»Oh, das hätte ich niemals von mir aus vorgeschlagen. Ich weiß ja schließlich, warum ihr die andere Stelle gekündigt wurde. Die Sache mit dem Badehaus.«

In der Mittagspause bei Reidka versuchte er, Selwyn seinen Fall darzulegen – vor allem, um selbst damit ins reine zu kommen. Selwyn meinte: »An einen Angelplatz in der Nähe der Erlöserkirche kann ich mich gar nicht erinnern. Ich dachte, das Flußufer sollte freigehalten werden.«

»Man kann sich nur wundern, wieviel die Polizei durchgehen läßt, wenn es keinen Ärger damit gibt. Die Angelstelle ist da schon mindestens seit fünfundzwanzig Jahren, ich nehme an, sie haben sich längst daran gewöhnt. Aber um den Ort geht es nicht; den kann ich dir jederzeit zeigen, wenn du möchtest. Ich wollte nur sagen, ich habe das Gefühl, daß ich mich nicht einmal halbwegs vernünftig gegenüber dieser Frau benommen habe, aber ich weiß nicht, wo sie unterkommen wird, wenn sie wieder in England ist, und selbst wenn ich es wüßte, hätte ich keine Ahnung, was zu machen wäre.«

»Du überlegst, ob du ihr Geld schicken sollst.«

»Geld ist nicht so schlecht, wie behauptet wird.«

»Die Seele heilt es nicht, Frank.«

Frank wechselte das Thema.

»Sie muß fast fünfzig sein. Das scheint kein gutes Alter für Enttäuschungen. Ich will damit sagen, ich meine, wenn man jünger ist, hat man mehr Aussichten, daß die Dinge sich wieder zum Besseren wenden.«

»Wie alt bist du, Frank?«

»Das kommt noch dazu, sie meinte anscheinend, ich sehe älter aus, als ich bin. Vielleicht stimmt das, ich weiß es nicht.«

Es war fünf Uhr. Selwyn schloß den Safe und den Schrank mit den Geschäftsbüchern ab und setzte sich dann wieder, um Ratschläge zu geben, obwohl er nach dem Ende der Arbeitszeit immer irgendeinen Versammlungs- oder Konzerttermin hatte.

»Daß du solche Schwierigkeiten hast, dich zu entschließen, was du in Miss Kinsmans Angelegenheit unternehmen willst, spiegelt nur deine Entscheidungsprobleme in der Sache mit Nellie. Habe ich recht mit der Annahme, daß du nicht alle ihre Beweggründe kennst? Und darf ich dir sagen, daß du schneller zu einem Entschluß kommst, wenn du weniger über dich selbst nachdenkst – wenn du jede Lösung für sich betrachtest und überlegst: Wer wird hierdurch verletzt, und wessen Herz wird dadurch leichter?«

»Ich denke an meine Kinder«, sagte Frank, »und an sie habe ich auch gedacht, als Nellie wegging. Ich habe an die Kinder gedacht, als diese Frau mich durch die Seitenstraßen der Tverskaja verfolgte. Wer sonst denkt an sie?«

»Frank, gib mir deine Hand.«

Selwyns Hand war mager und spinnenfingrig, die Handinnenfläche hart, weil sie im Sommer viele hundert Meilen lang den Pilgerstab umklammert gehalten hatte. Er seufzte und ließ Franks Hand vorsichtig wieder los.

»Frank, es ist noch gar nicht lange her, da habe ich in einer Weise gehandelt, die ich bis dahin für unentschuldbar gehalten hätte. Ich kenne eine Menge Menschen, die genauso gehandelt haben, und wenn ich es auch nicht richtig gefunden hätte, sie zu verurteilen, so würde ich doch nie gebilligt haben, wie sie sich verhielten, und trotzdem hätte ich jetzt getan, was ich konnte, um zu handeln wie sie. Das Seltsame ist, daß ich nun, wie du ja weißt, seit einer Reihe von Jahren unter dem Einfluß von Lev Nikolajewitsch stehe und mich mit dem Kopf und meinem ganzen Sein zu einem würdigeren Leben entschlossen habe, zu einem Leben, das meinen Mitmenschen mehr Nutzen bringt. Und trotzdem bin ich offenkundig wieder in eine frühere Lebensweise zurückgefallen, eine, der ich mich verschrieben hatte, als ich ein jüngerer Mann war. Ich spreche vom Geschlechtstrieb, Frank, und von seiner Befriedigung.«

»Das habe ich mir wohl gedacht«, sagte Frank.

»Damals war ich der Meinung, daß Männer und Frauen mit einer Vielzahl erfüllter Beziehungen glücklich wären. Aber ich mußte einsehen, wie falsch das ist. Dann mußte ich das Problem lösen, wie ich möglichst wenig Schmerzen zufügte, und vor allem, was ich den Beteiligten erzählen sollte.«

»Ich weiß nicht, was da zu erzählen wäre«, sagte Frank.

»Du wärst genauso ratlos gewesen wie ich?«

»Ratlos bin ich jetzt.«

»Aber ich habe dich mit meinen Worten nicht verärgert? Du bist nicht gekränkt?«

»Wie könntest du einen Menschen kränken, Selwyn? Da könnte man geradesogut durch einen Schluck kaltes Wasser gekränkt sein.«

Selwyn setzte ein melancholisches Lächeln auf. »Wir müssen später weiter darüber reden.« Er schien noch nicht willens zu gehen, ein Zeichen, das Frank sofort verstand. Endlich sagte er mit leiser, beinahe ehrfürchtiger Stimme: »Wie weit ist es denn, Frank? Schon gesetzt?«

Frank wußte, was er meinte: die *Birch Tree Thoughts.* »Ich versuche, mir europäische Typen auszuleihen, Selwyn, das weißt du doch. Sytin hat welche, aber sie wollen sie nicht ausleihen. Möglicherweise müssen wir es in Petersburg versuchen. Tvjordov wird das Buch für dich setzen, die Sprache macht ihm nichts aus, und der Junge wird natürlich die Korrekturfahnen nicht lesen können, aber das kann ich dir überlassen. Wir können es mit der Albion im Handdruck machen.«

»Die Satzzeichen sind vielleicht ein Problem, das weiß ich. Zufällig habe ich –« Er zog ein Manuskriptheft aus der Brusttasche, schlug es auf – aber es schien sich von selbst an der nötigen Stelle zu öffnen – und gab es Frank, der, wohl wissend, daß er es an Dankbarkeit über Selwyns offenes Ohr im Fall Kinsman hatte fehlen lassen, nun das Heft nahm und laut las:

»Spürst' die Kälte, Schwester Birke?«
»Nein, Bruder Schnee,
Ich spüre sie nicht.« »Was? Nicht?« »Nein, nicht!«

»Ist das so richtig, Selwyn, weißt du das genau?«

»Was meinst du, was fehlt denn?«

»Ich weiß nicht recht.«

»Ist es mir nicht gelungen, deutlich zu machen, was ich meine?«

»Es kommt mir etwas eintönig vor.«

Selwyn nahm ihm das Heft wieder ab, als sähe er es nicht gern in unkundigen Händen; Frank sagte, er werde alles abschließen, und blieb dann in dem nur noch sparsam beleuchteten Gebäude allein zurück; er wollte die verschiedenen Angebote seiner Papierlieferanten noch durchsehen. Papier aus Finnland war mit Abstand das billigste; aber möglicherweise beschloß der Zar ein Einfuhrverbot. Dann gab es noch ein Angebot, ein Kaufangebot für die Mammutpresse, diesmal von Kurjatin, der meinte, einen Käufer in Tokyo gefunden zu haben; da er aber keine Exportgenehmigung besaß, würde man den Handel über einen Dritten abwickeln müssen.

Das lenkte Franks Denken wieder einen Moment lang auf das zerbrochene Porzellan und die verdorbenen Tischdecken. Er hatte herausgefunden, warum sie für Kurjatin so viel bedeuteten. Er hatte – wie andere größere Kaufherrn auch, Tretjakov, Kuzenov, Botkin – einen Teil seines Besitzes beiseite geschafft, um ihn, wenn nötig, dem Volk zu geben und so seinen guten Willen zu beweisen.

»Alles für das Volk, und auch die Stickereien, die Bilder und das Porträt meiner Frau von Bogdanov-Belskij. Das Volk soll die Sachen zur Erinnerung haben und immer an Kurjatin denken.«

Andere Dinge aber hatte er dazu ausersehen, ihn zu begleiten, falls das Blatt sich wendete und er mit seiner Familie ins Exil gehen müßte – vor allem die Tischtücher aus Damast, auch wenn es nur dreiundzwanzig waren. Solche Dinge hatte Kurjatin erst in der Stadt kennengelernt; zu Hause in seinem Dorf in Orel hatte er sie nie gesehen, nicht einmal zu Ostern auf dem Altar.

11

»Auf jeden Fall mußt du eine Frau ins Haus nehmen, die sich um die Kinder kümmert«, sagte Selwyn, als er am Abend vorbeikam. »Wenn eine Frau ein kleines Kind an die Hand nimmt, schützt sie seine Zukunft, genauso wie sie ihm das Leben ermöglicht, wenn sie ihm zu essen und zu trinken gibt.«
»Das muß sie nicht tun«, erwiderte Frank, »aber ich möchte, daß die Kinder sich weiter wohl fühlen, und das werden sie nicht, wenn sie verwildern. Und ich möchte jemanden haben, der gutes Russisch mit ihnen spricht. Schließlich leben sie in Moskau, jedenfalls noch.«
»Die junge Frau, an die ich denke, spricht sehr reines Russisch, Frank, trotz allem.«
»Trotz allem? Was soll das heißen?«
»Sie hat eine gewisse Ausbildung, eine Zeitlang sollte sie Lehrerin werden. Ich bin mir sicher, daß sie Verantwortung übernehmen kann. Aber sie ist unglücklich.«
»Ich möchte niemanden um mich haben, der allzu unglücklich ist. Was ist schiefgegangen?«
»Sie ist jung –«
»Wie jung?«
»Ich würde sagen, neunzehn oder zwanzig, und sie ist arm. Und wer könnte mit höherem Recht Ansprüche an uns stellen als Jugend und Armut?«
»Wo kommt sie her?«
»Aus Vladimir.«
»Wo die Zimmerleute herkommen?«
»Ja, Lisa Ivanovna ist die Tochter eines Schreiners.« Selwyn wiegte den Kopf ganz leicht, wie im Takt, hin und her.
»Hast du sie in Vladimir kennengelernt?«
»Nein, kennengelernt habe ich sie bei Muir und Merrilee, in

der Taschentuchabteilung. Ja, sie ist für Herrentaschentücher zuständig. Ich habe dir doch gesagt, daß sie eine verantwortliche Stellung übernehmen kann.«

»Du hast sie bei Muirka aufgelesen.«

»Sie vergoß Tränen. Das war mir genug, und es sollte uns allen genug sein, uns allen.«

»Heißt das, daß sie rausgeflogen ist?«

»Nein, gar nicht, es war nur, daß sie das Leben in einer großen Stadt nicht gewohnt ist, sie fühlt sich eingesperrt, wie alle Naturkinder.«

»Hat sie dir das gesagt?«

»Nein, das habe ich gespürt.«

»Die Bezahlung bei Muirka ist ganz ordentlich«, sagte Frank. »Das heißt, im Rahmen dessen, was man hier erwarten kann. Und die Angestellten bekommen Personalrabatt, wenn sie im Kaufhaus einkaufen. Aber ich glaube, ich muß versuchen, jemanden zu finden, der älter und vielleicht etwas glücklicher ist. Was du erzählst, klingt, als brauche sie selbst noch jemanden, der auf sie aufpaßt.«

»Aber du darfst das nicht unter dem Gesichtspunkt deiner eigenen Bequemlichkeit entscheiden.«

»Wonach denn sonst?«

»Versuche, diese Selbstrücksichten beiseite zu schieben.«

Man muß ihn beruhigen, dachte Frank. »Na gut, für lange wird es sowieso nicht sein.«

»Dann hast du Nachricht von Nellie?«

»Nein.«

»Aber du erwartest doch, daß sie wiederkommt?«

»Ich warte immer auf sie.«

»Was soll ich dann also Lisa Ivanovna sagen?«

»Selwyn, das Schlimmste an dir ist, daß du allen anderen Schuldgefühle verschaffst. Jetzt fühle ich mich schuldig. Also sag meinetwegen diesem Mädchen, sie soll sich hier vorstellen.«

»Und wann?«

»Wann hat Muirka Ladenschluß? Um halb sieben. Bring sie zu mir nach Hause, wenn sie mit der Arbeit fertig ist. Im Büro möchte ich sie nicht sehen. Wir müssen abwarten, was sie zu den Kindern meint.«

»Du hast ein gutes Herz, Frank. Viele Männer, die meisten sogar, würden an deiner Stelle sagen: ›Wir müssen abwarten, was die Kinder zu ihr meinen‹, oder sogar: ›Wir müssen erst sehen, was ich zu ihr meine.‹«

»Ich will mir überhaupt keine Meinung über sie bilden müssen, ich bin am Ende mit meinem Latein.«

Frank hatte das Gefühl, ein wichtiger Aspekt der Angelegenheit sei ihnen entgangen, aber er war zu müde, um diesem Gefühl auf den Grund zu gehen.

Als Selwyn Lisa in das Wohnzimmer der Lipkastraße 22 führte, fand Frank sie nicht so wenig versprechend, wie er befürchtet hatte. Es war so ungerecht (oder unfair), zu verlangen, daß ein Mensch Erwartungen erfüllte, die er gar nicht kannte, und doch war eigentlich genau das der Hintergrund eines Einstellungsgespräches. Eine Überraschung für Frank war ihr Haar. Als Verkäuferin hatte sie es bestimmt aufgesteckt tragen müssen; etwas anderes erlaubte der alte Merrilee niemandem hinter dem Ladentisch. Aber jetzt war ihr Haar, schweres blondes Haar, das im elektrischen Licht schimmerte, blaßblond auf der einen Seite, eine Schattierung dunkler auf der anderen, in der Mitte gescheitelt und zu zwei Flachszöpfen geflochten – die Haartracht eines Bauernmädchens, eigentlich sogar eines Bauernmädchens im Ballett. Das, fand er, war zu viel.

Sie hatte ein typisch russisches Gesicht: blaß, breitflächig, geduldig, träumerisch, und ihm fiel ein, daß er ein ähnliches Gesicht noch vor kurzem gesehen hatte, er konnte sich nur nicht erinnern, wann und wo. Sie trug den schwarzen Kittel der Verkäuferinnen mit einem fliederfarbenen Schal darüber und hatte einfache Goldringe in den Ohren. Selwyn hatte sie so beschrieben, daß man erwartete, sie in Lumpen und einer Ohnmacht nahe zu sehen, aber als sie ihren Schal ablegte, sah sie aus wie irgendeine Verkäuferin bei Muirka.
Selwyn schlug vor, man solle sich doch setzen. Lisa Ivanovna sah zuerst erstaunt aus, dann heiter und schließlich wieder ruhig und aufmerksam. Sie setzte sich in den Armsessel, der ihr am nächsten war; das war immer Nellies Platz gewesen. Aber Lisa war größer und breiter als Nellie, so daß ihr Kopf fast den Oberrand der Rückenlehne erreichte. Sie saß gar nicht steif, aber vollkommen still da, sozusagen ganz aus einem Guß. Nellie hatte nie lange still sitzen können. Sie war jemand, der ständig aufspringen und herumgehen mußte.
Wenn Frank Lisa unmittelbar ansprach, wendete sie sich ihm höflich zu, aber ihre Selbstbeherrschung hatte einen merkwürdigen Effekt: Es war, als lauschte sie bei aller Höflichkeit doch eigentlich einer Stimme, die von irgendwoher aus der Ferne kam.
»Haben Sie Übung im Umgang mit Kindern?« begann er, aber Selwyn lehnte sich vor und unterbrach ihn hastig in englischer Sprache.
»Frank, ich arbeite als Geschäftsführer für dich wie zuvor für deinen Vater, und ich tue dabei mein Bestes, aber in dieser Angelegenheit hier mußt du mich als deinen älteren Bruder betrachten.«
Lisa wurde bei diesen Worten, die sie nicht verstand, nicht unsicher. Offenbar hatte sie die Gabe der Ruhe. Sie wartete

ausdruckslos, aber ohne die passive Haltung eines Menschen, über den verfügt wird.
»Ich bitte dich nur um eines«, fuhr Selwyn fort, »nur darum, daß du klarstellst, daß hier die Hoffnung herrscht und daß du nicht den Schatten eines Zweifels daran hast, daß du bald wieder mit deiner eigenen Frau vereint sein wirst. Ich rede offen mit dir.«
»Ich hätte gedacht, das ist selbstverständlich.«
Selwyn lehnte sich beruhigt zurück. Nun, da er sah, daß alles gutging, wendete er seine Gedanken dem nächsten mildtätigen Unternehmen zu. Mit der schrecklichen Planlosigkeit der Wohlwollenden suchte er nach einem neuen Unglück.
Frank setzte noch einmal an. »Lisa Ivanovna, haben Sie Übung im Umgang mit Kindern? Haben Sie schon mal Kinder versorgt?«
»Ja, ich habe jüngere Brüder und Schwestern.«
»Fanden Sie, daß Kinderhüten harte Arbeit ist?«
»Ein Kind zu hüten ist schwer. Wenn mehrere da sind, geht es ganz leicht.«
»So ist das?« fragte Selwyn, wieder aufmerksam geworden. »Ich hätte gedacht, es ist genau umgekehrt.«
»Also, ich habe drei«, sagte Frank beharrlich. »Sie werden sie gleich sehen. Meine Frau mußte dringend nach England reisen. Meine Jüngste muß vernünftig beschäftigt werden, solange die anderen in der Schule sind, und ich denke mir, sie kann ein paar Buchstaben und Zahlen lernen. Wenn die anderen nachmittags aus der Schule kommen, werden sie Schlittschuh laufen wollen, wenn das Eis irgendwo noch hält, oder in der Prechistnaja spazierengehen.«
»Wünschen Sie, daß ich hier im Haus wohne?«
»Wo sind Sie denn jetzt untergebracht?«
»Im Schlafsaal der Verkäuferinnen, im Dachstock von Muir

und Merrilee.« Sie fügte hinzu: »Lieber würde ich in Ihrem Haus wohnen.«

»Wir brauchen nicht in der Prechistnaja herumzulaufen«, sagte Ben beim Hereinkommen. »Dolly will nur hinaus, wenn sie ein Ziel hat, und ich weiß überhaupt nur einen Ort, an den ich will, und das ist die Nobelgarage in der Petrovka.«

»Geh und hol Dolly.«

»Und Anuschka auch?«

»Ja, Anuschka auch.«

Ben verschwand, und Selwyn erhob sich. »Deine Entscheidung ist so gut wie gefallen«, sagte er. »Ich mache mich wieder auf den Weg.« Er wollte zum Hospiz für Findelkinder. Man durfte ihm natürlich nicht mit Ungeduld oder Kritik begegnen, wenn er in Geschäften der Barmherzigkeit weiterhastete, um die Armen, die Mühseligen und Beladenen in ihren verborgenen Zimmern aufzusuchen, zu denen er Zutritt hatte, weil er zwar ein Fremder, aber doch immer von einem Schutzengel behütet war. Das kam sicherlich auch daher, daß man oft glaubte, der Finger Gottes habe ihn berührt.

Als die drei Kinder kamen – Anuschka war unter Dollys strenger Aufsicht ganz still –, wunderte sich Frank plötzlich, daß sie nicht viel stärker die Wirkungen der Mutterlosigkeit zeigten. Sie hätten eigentlich entweder schweigsamer oder lauter als sonst sein müssen, aber sie schienen ganz unverändert, und das war beunruhigend. Es hätte ihm das Herz gebrochen, wenn sie auch nur eine Spur unglücklich ausgesehen hätten, aber daß sie so ganz ungerührt waren, machte ihm auch zu schaffen. Anuschka war vielleicht in zu viele Schals eingewickelt und trug zu viele Schichten warmer Kleidung übereinander, wenn man bedachte, wie gut geheizt das Haus war, und sie hatte außer ihrem Goldkreuzchen noch zwei

Heiligen-Medaillons um den Hals, aber sie sah eher verwöhnt als vernachlässigt aus und fühlte sich offensichtlich sehr wohl.
»Das ist Dolly«, begann er mit der Vorstellung.
»Dolly, heißt das Darja?« fragte Lisa.
»Ja, Darja, Dascha, Daschenka. Aber ich bin Engländerin, und ich bin Dolly.«
»Dolly, das ist Lisa Ivanovna. Sie wird sich eine Weile um euch kümmern, wie lange, weiß ich nicht, solange wie nötig eben, vielleicht ein paar Wochen, vielleicht auch länger.«
Dolly und Lisa gaben einander die Hand, wie es sich gehörte, und standen dann im Licht des grünen Lampenschirms einen Augenblick einander gegenüber, zwei in sich ruhende distanzierte Wesen, die sich ein Urteil noch vorbehielten.
»Ben, gib Lisa Ivanovna die Hand«, sagte Frank.
»Willst du bei uns wohnen?« fragte Ben.
»Vielleicht schon.«
»Es wäre schon besser, wenn du dich entschließt.«
»Du weißt nicht, was besser für mich wäre«, sagte Lisa gleichmütig. »Du hast mich doch noch nie gesehen.«
»Doch, habe ich wohl. Bei Muirka habe ich dich gesehen.«
»In der Taschentuchabteilung«, ergänzte Dolly.
»Sind wir dir mal aufgefallen?« fragte Ben. »Wir sind ziemlich oft da.«
»Nein, nicht daß ich wüßte; es tut mir leid, wenn ich euch enttäusche.«
»Du enttäuschst uns nicht«, sagte Dolly, »wir wollten nur wissen, ob du gut beobachten kannst.«
Frank hatte das Gefühl, daß es Lisa leichter fallen würde, die Kinder zu versorgen, wenn ihr deren Art, zu denken und Schlüsse zu ziehen, erst einmal vertraut war. Nellie hatte ihm oft gesagt, sie wisse nicht, woher die Kinder diese Eigenart

haben könnten; sie wolle zwar nicht, daß die Kinder ihrer eigenen Familie ähnlich würden, aber sie hoffe, daß die drei doch wenigstens anderer Leute Kindern weniger unähnlich würden. Und verlassen hatte sie die Kinder trotzdem, hatte sie wie Gepäck aufgegeben und mit dem Zug von Moschajsk zurückgeschickt.

Er schlug vor, Lisa solle bei Muir und Merrilee kündigen und am nächsten Montag ihre Arbeit in der Lipkastraße aufnehmen.

»Ja, die Woche muß ich noch zu Ende arbeiten.«

»Bringen Sie Montag Ihre Sachen hierher. Sie werden ein Zimmer für sich allein haben.«

Zum ersten Mal sah sie erschrocken aus, und er machte sich klar, daß sie noch nie zuvor, weder in ihrem Heimatdorf noch in Moskau, in einem Zimmer für sich geschlafen hatte.

Die Kinder hatten sich in die Küche zurückgezogen und bestellten sich jetzt, das wußte er, in Tee getunktes Brot und unterhielten sich über Lisa Ivanovna. Man hörte Stimmen von dort, lauter oder leiser, je nachdem, ob die Küchentüren sich öffneten oder hinter neuen Ankömmlingen wieder schlossen. Kinder waren vielleicht besser dran, weil ihnen Mitleidsregungen abgingen. Aber vielleicht brauchte Lisa ja gar kein Mitleid; er erinnerte sich wieder, daß Selwyn die Erklärung, warum er gesagt hatte, sie sei unglücklich, und warum sie hinter dem Ladentisch bei Muirka in Tränen ausgebrochen war, schon auf der Zunge gehabt, aber dann doch nicht ausgesprochen hatte.

Sie hatten sich auf einen Wochenlohn von vier Rubeln und siebenundsechzig Kopeken geeinigt – soviel hatte sie auch im Warenhaus bekommen –, aber natürlich ohne Abzüge für Verpflegung und Unterkunft. Er war nicht gerade stolz auf sein Angebot, aber er konnte sehen, daß sie es für mehr als fair hielt.

»Nur noch eins, Lisa Ivanovna. Ihre Haare.«

»Ja?«

»Mir wäre es lieber, wenn Sie sich keine Zöpfe flechten.« Sie fragte nicht nach dem Grund, und er gab keinen an. Sie nickte zum Zeichen, daß sie verstanden hatte. »Haben Sie noch Fragen an mich?«

»Ja. Haben Sie eine Datscha?«

»Ja, in Berjoznik. Die Kinder sind natürlich gern dort, aber ich fahre nicht oft hin. Eigentlich möchte ich die Datscha loswerden, sie ist so klamm, aber darüber muß ich mir jetzt noch keine Gedanken machen, noch ist Winter.«

»Es ist schon fast Frühling.«

Er hoffte, daß sie nicht anfangen wollte, ihm zu widersprechen; auch, daß sie ab und zu einmal lächelte. In Tränen konnte er sie sich überhaupt nicht vorstellen, weder bei Muirka noch irgendwo sonst. Dazu machte die Außenwelt anscheinend zu wenig Eindruck auf sie.

12

Frank telefonierte mit Kurjatin und fragte, ob es etwas Neues in den Verhandlungen über das japanische Kaufangebot für die Mammutpresse gebe. »Wenn Sie keine Exporterlaubnis bekommen können, muß ich mich nach einem anderen Käufer umsehen. Ich muß das Grundstück leerräumen und dann Gelände und Werkstätten zusammen verkaufen. Seit mein Vater tot ist, habe ich jedes Jahr 3000 Rubel Nutzungskosten für das Gelände zahlen müssen. Natürlich würde ich lieber verkaufen.«

»Und die Bäume, was ist damit?«

»Die gehören natürlich zu dem Gelände; aber die sind nicht viel wert, nur eine Handvoll Weiden und Erlen.«

»Mehr als nur eine Handvoll, Frank Albertowitsch.«

Wie alle Kaufleute und Bauern war Kurjatin ganz wild darauf, Bäume zu fällen. Der Traum, das Gelände selbst zu kaufen, beschäftigte ihn seit kurzem. In der Frage des Verkaufs der Mammutpresse hatte Frank noch keine klare Antwort erwartet. Aber er war weder darauf gefaßt, daß Kurjatin das Thema so plötzlich wechselte, noch auf das Lachen, das nun durch den Hörer kam und das ganze anfällige Telefonsystem zu sprengen drohte: »Sie haben sich also arrangiert? Keine englischen Gouvernanten und keine alten Frauen mehr?«

»Ich habe ein junges Mädchen gefunden, ja. Sie ist keine Gouvernante.«

»Dazu möchte ich Ihnen eine Geschichte aus Orel erzählen, aus meiner Heimat«, brüllte Kurjatin ins Telefon. »Was lehrt sie uns? Was wohl? Ganz einfach, daß man im eigenen Hause das Heft in der Hand behalten muß. Ein Bauer nahm ein junges Weib ...«

Solche Geschichten erzählte Kurjatin oft, obwohl Frank der

Gerechtigkeit halber zugeben mußte, daß er nie dieselbe Geschichte zweimal gehört hatte. Der Grund dafür war vielleicht nur, daß die Geschichten gar nicht, wie Kurjatin immer behauptete, aus der Gegend von Orel stammten, sondern, jeweils passend zur Gelegenheit, selbst erfunden waren.

»Er hatte hundert Frauen zur Auswahl und suchte sich eine faule aus, ein faules Mädchen, das alles im Haus so schlampig erledigte, wie es nur ging; diese Frau brachte ihn auch noch dazu, sein Pferd zu verkaufen und ihr vom Erlös schöne Kleider zu kaufen. Mittlerweile war das Brot, das sie buk, so schwer, daß man es dem Schwein zum Fressen vorwerfen mußte, und das Schwein starb daran unter großen Schmerzen. Und das Leinen, das sie spann, war so grob, daß die Laken dem Ehemann die Haut abschürften, wenn er mit seiner Frau im Bett lag. Am Ende sagte er ihr: ›Deinetwegen mußte ich das Pferd verkaufen, das Schwein ist tot, und Kinder hast du auch nicht bekommen. Jetzt kannst du im Zaum gehen und von Hafer und Roggen leben und die Pferdearbeit tun.‹ So zeigte er, daß er der Herr im Hause war. Denken Sie an meine Geschichte, man kann nämlich viel Nutzen daraus ziehen.«

»Das ist eine ganz unnütze Geschichte«, antwortete Frank. »Ich bin dagegen, im Prinzip und im Detail.«

»Sie verstehen sie nicht. Sie haben keine Bauern in England, also auch keine Geschichten.«

»Wir haben sehr viele Geschichten«, sagte Frank, »aber darin kommt immer die Frau am besten weg.«

»Um so mehr Grund, sich meine Geschichte zu merken.«

In der Druckerei lief die Arbeit in beruhigendem Gleichmaß; unglückliche Zufälle traten nicht auf; alles lief nach eingespieltem Muster, von den Einträgen ins Auftragsbuch bis zu

den erledigten Aufträgen, die geprüft, gezählt und in Stapeln zur Auslieferung bereitlagen. Nur ein Problem gebe es, erklärte er Tvjordov, nämlich die europäische Type für den Handdruck der *Birch Tree Thoughts*. Aber er hatte noch nicht alle Möglichkeiten, sie zu leihen, ausgeschöpft.
Tvjordov füllte seinen Setzkasten auf, und die Lettern klapperten weiter in ihre Fächer, ohne daß Tvjordov auf die Prägung sah, während ihm das Problem geschildert wurde. Offenbar interessierte es ihn nicht, oder etwas anderes interessierte ihn mehr. Immer noch mit seinen Lettern klappernd, sagte er: »Ein Mann lebt unter dem Gesetz der Natur. Er kann sich nicht um seine Kinder kümmern, und er kann nicht allein leben.«
»Wieso nicht?« fragte Frank. »Selwyn Osipitsch lebt allein.«
»Vielleicht, aber er ist ein Gottesmann.«
»Ich kann nicht einsehen, warum ein Mann nicht allein leben soll, ganz gleich, wer er ist, solange er nüchtern bleibt.«
»Das sagen Sie so, Frank Albertowitsch, aber Ihre Ehefrau ist erst seit ein paar Tagen fort, und schon haben Sie eine andere Frau zu sich genommen.«
Tvjordov sagte das ohne einen Beigeschmack von Tadel. Genaugenommen, war seine Meinung nicht sehr verschieden von der Kurjatins.
Viel wichtiger für Franks Seelenfrieden war aber das Urteil des Haushalts in der Lipkastraße. Das bestimmten Toma und die Köchin, und bis zu einem gewissen Grad hing es auch von Blaschl ab, der Hofhündin, einem treuen, aber närrischen Tier; ihre Gefühle waren intensiv. Der Hausmeister hatte keine eigene Meinung; er empfand wie Blaschl. Toma kam und sprach für alle, ohne zu erklären, wie sie zu ihren Beschlüssen gekommen waren; er richtete

Frank aus, daß sie sich freuen würden, wenn Lisa Ivanovna am nächsten Montag käme.

»Na, ist sie gekommen?« fragte Frank am Montagabend. Die Kinder warteten am Eßtisch, der schon gedeckt war: mehrere Sorten Brot und eine Schüssel mit Krautsalat, der wegen der Fastenzeit nicht mit Butter, sondern mit Sonnenblumenöl angemacht war. Ben beschwerte sich, weil Anuschka plötzlich, gegen alle Regeln, das Tischgebet aufsagen wollte. »O Herr Jesus, der mit fünf Laib Brot und zwei Fischen«, plapperte das stämmige kleine Mädchen.

»Sie weiß doch gar nicht, wovon sie redet«, sagte Ben.

Frank spürte wieder das Unbehagen, das ihn schon ergriffen hatte, als der Pfarrer ihm mit seinem Predigtmanuskript einladend, jedoch ohne besondere Erwartungen zugewinkt hatte. Lau, aber nicht ganz kalt, ohne wirklichen Glauben, aber auch nicht ganz ungläubig, war er dazu übergegangen, sich nicht zu fragen, was er eigentlich dachte.

»Es schadet ja weiter nichts, wenn sie das Tischgebet aufsagt«, meinte er.

»Es hat überhaupt nichts zu bedeuten«, sagte Dolly und sah dabei zum erstenmal auf. »Meine Lehrerin sagt, es gibt keinen Gott.«

»O Herr Jesus, der mit fünf Laib Brot ...« fing Anuschka beharrlich von vorn an.

»Dieses Jahr habe ich eine andere Lehrerin«, erzählte Dolly. »Letztes Jahr hatten wir Anastasia Sergejevna, dieses Jahr haben wir Katja Alexejevna.«

»Die ist häßlich«, sagte Ben, »die hat so viele schwarze Haare auf ihren Armen; damit kann man eine ganze Matratze stopfen.«

Dolly ignorierte ihn. »Sie hat lange über alles nachgedacht, und sie sagt, es gibt keinen Gott.«

Lisa kam ins Zimmer. Sie wandte sich Frank zu, nur um klarzustellen, wer für die Disziplin zuständig war, aber schon diese Geste war beredt genug, und die Kinder, die sowieso nicht hatten weiterreden wollen, wurden still. Auch Frank verstummte, denn Lisa hatte ihr Haar abgeschnitten. Vielleicht hatte sie auch jemanden gefunden, der ihr die Haare schnitt; ihre Frisur saß einigermaßen.

»So einen Haarschnitt hat meine Lehrerin«, sagte Dolly. Frank war sich nicht sicher, ob diese Ähnlichkeit sie erschreckte oder nicht.

Ruhe war eingekehrt, im Zimmer herrschte Frieden, und alle setzten sich zum Essen. Frank vermied es, in Lisas Richtung zu schauen. Die kurzgeschnittenen Haare veränderten ihr Äußeres sehr. Wirklich schön an ihr waren die Augen, sie waren nicht besonders groß und standen eng; aber sie waren länglich oval geformt, dunkelgrau, von dunklen Wimpern umrahmt; das untere Lid war ein wenig hochgezogen, als erwarte sie immer sehr helles Licht und mache sich zum Blinzeln bereit. Zu Anfang fühlte sie sich bestimmt unsicher, an einem Tisch mit ihnen allen. Als er kurz zu ihr hinsah, fiel ihm aber auf, wie sehr sich das Gesicht eines Menschen beim Essen ändern kann. Lisas Gesicht, das so blaß, so freundlich, so vollkommen ruhig auch beim Sprechen und Lächeln blieb, war jetzt ganz aus der Form geraten durch das große Stück Weißbrot, das sie im ganzen in den Mund gestopft hatte; die rechte Backe beulte sich aus; ihre kräftigen jungen Kiefer bewegten sich mechanisch auf und ab, und ihre weiße Kehle dehnte sich beim Schlucken der Kartoffelsuppe. »Na ja, das Mädchen muß sich bei Kräften halten«, dachte er. Und vielleicht war sie auch hungrig. Lisa kümmerte es bestimmt nicht, was er von ihr dachte. Vielleicht meinte sie, er solle zufrieden mit ihr sein, so wie sie war, oder, was das Wahrscheinlichste war, sie dachte überhaupt nicht an ihn. Schließlich war sie vorübergehend und zu einem festen Wochenlohn eingestellt, um sich um die Kinder zu kümmern. Und ohne ihr wunderschönes langes Haar müßte sie eigentlich weniger interessant aussehen. Wenn es doch so wäre; das hätte er sich fast gewünscht.

Toma brachte eine Platte mit dem Fisch herein, aus dessen Sud die Suppe gekocht war, und stellte sie auf die Anrichte. Die Platte gehörte wie die Suppenterrine zu dem Service, das Nellie mitgebracht hatte, erst nach Deutschland, dann nach Moskau – es war Staffordshire, ein Geschenk von Charlie. Beim Zoll war es Gott-weiß-wie-lange zurückgehalten worden, weil die Möbelpacker es in englische Zeitungen eingewickelt hatten und man nun warten mußte, bis die russischen Zollbeamten jede Zeile und jedes Wort gelesen hatten – oder behaupteten, sie hätten alles gelesen.

Der Deckel der Terrine wurde gelüftet, und eine Dampfwolke quoll heraus, es duftete nach Fisch wie im Hafen bei Sonnenuntergang. Alle aßen von Suppentellern, nur Anuschka nicht, sie hatte eine kleine Untertasse, die nicht zu dem Service gehörte. Sie fing an zu quengeln.

»Du dürftest überhaupt nicht hier sein«, erklärte ihr Dolly. »Wir mögen dich zwar, aber du bist hier überflüssig.«

Anuschka schrie lauter, Lisa stand wortlos auf und brachte sie aus dem Zimmer.

»Stell etwas für Lisa Ivanovna warm«, sagte Frank.

Als die beiden aus dem Zimmer waren, nutzte Frank die Gelegenheit, Dolly nach der neuen Lehrerin zu fragen.

»Kommt der Priester nicht mehr in die Klassen?«

»Du meinst Batjuschka«, sagte Dolly. »Doch, der kommt, aber er fürchtet sich vor Frauen, die mit Politik zu tun haben. Vor meiner Lehrerin hat er Angst.«

»Wenn sie mit Politik zu tun hätte, würde sie nicht an deiner Schule arbeiten.« Offenbar war diese Lehrerin im Jahr zuvor eine Zeitlang in der Verbannung gewesen, in einem Dorf irgendwo an der Jemtsa, weil sie als Verdächtige galt. »Der Staat zahlte ihr dreizehn Rubel pro Monat und einen Zuschuß für Winterkleider; sie hat aber keine gekauft.«

»Sie ist mausgrau«, sagte Ben.

»Man bekommt als Verbannter nur acht Rubel, wenn man von bäuerlicher Herkunft ist«, erzählte Dolly weiter. »Aber man kann dann immer Geld dazuverdienen, wenn man in den Kartoffelfeldern arbeitet.«

»Lisa Ivanovna ist bäuerlicher Herkunft; das ist ihr Stand. Es steht in ihren Papieren.«

»Hast du die Papiere angesehen?«

»Nein, wir haben sie gefragt.«

»Genug davon«, sagte Frank.

»Wenn sie wieder herunterkommt, ist alles in Ordnung«, sagte Dolly. Und tatsächlich kehrte mit Lisa ein merkwürdiger Friede im Zimmer ein, merkwürdig für Frank, weil er ihn gleichzeitig als Unruhe empfand. Sie hatte Anuschka zu Bett gebracht, und als sie anfing, ihren Fisch zu essen, sah Frank, daß er richtig vermutet hatte: Sie war hungrig. »Aber das müßte nicht sein«, dachte er. Die Verkäufer bei Muirka mußten für ihr Essen zahlen, aber das Restaurant für die Mitarbeiter bekam Zuschüsse, genau wie seine eigene Kantine in der Druckerei. Wenn sie bei Muirka nicht genug zu essen gehabt hatte, dann hatte sie sich das selbst zuzuschreiben; und es lag daran, daß sie ihren Lohn für etwas anderes ausgegeben hatte. Um die Unterhaltung wieder in Gang zu bringen, sagte er: »Wie ich sehe, haben Sie sich die Haare kurz schneiden lassen, Lisa Ivanovna.«

»Wir finden alle, das hättest du lieber bleibenlassen sollen«, sagte Ben.
»Na gut, wenn ich das falsch gemacht habe, kann ich sie ja wieder wachsen lassen«, sagte Lisa.
Eigentlich müßte sie ihn jetzt etwas verwirrt oder vorwurfslos ansehen, fand Frank, oder sie sollte wenigstens die Hand prüfend zum Hinterkopf führen; das machten doch alle Frauen, wenn von ihren Haaren die Rede war.
»Du siehst wie ein Student aus«, sagte Ben. »Jetzt brauchst du nur noch meine Pistole.« Er zog einen Spielzeugrevolver aus Holz und Blech hervor. »Das ist eine Webley, so was haben die Studenten jetzt alle. Ich habe sie aus dem japanischen Laden an der Kusnezkij-Brücke.«
»Ich dachte, in dem Laden gibt es Drachen zu kaufen«, sagte Frank.
»Das stimmt«, sagte Ben. »Ich will bloß keinen Drachen.«
»Lisa hat sich die Haare abgeschnitten, weil sie dir nicht gefielen, wie sie waren, als sie zum erstenmal hier war«, sagte Dolly. »Ich finde, dazu müßtest du was sagen.«
»Ich kann mir vorstellen, daß Lisa keine Lust hat, hier zu sitzen und sich solche Bemerkungen anzuhören«, meinte Frank. »Wer wollte das schon? Ich bestimmt nicht.«
»Es macht mir nichts, wenn jemand sagt, daß ich aussehe wie ein Student«, sagte Lisa. »Studiert hätte ich gern. Aber ich möchte nicht nach etwas aussehen, das ich nicht bin.«
Sie könnten gar nicht nach etwas aussehen, das Sie nicht sind! – Frank wollte das nicht laut herausschreien, das nicht, sondern ganz ruhig bemerken. Wissen Sie, was Sie sind, Lisa Ivanovna: ein blanker, fester Körper in Ihren Kleidern, er ist nur eine Armlänge von mir entfernt, in seiner schimmernden Pracht, die ein bißchen verloren hat, weil Sie sich idiotischerweise Ihr Haar abgeschnitten haben – Sie müssen gewußt

haben, daß ich das nicht meinte, warum haben Sie nur die Schere an Ihr Haar gelassen? Ein bißchen ist vielleicht verlorengegangen, aber immer noch ist es wunderbar fest. Aber was fest ist, kann ich nur durch Berührung wahrnehmen; und das wäre mir in diesem besonderen Fall, wenn ich ehrlich sein soll, längst nicht genug.

»Was hast du damit gemacht?« fragte Ben. »Hast du die Haare verkauft? Man muß sie sich abschneiden lassen, wenn man Typhus hatte, aber dann sind sie nichts wert.«

Bevor er das Haus für die Nacht abschloß, nutzte Frank die Gelegenheit und sagte zu Lisa: »Wenn Sie wirklich gern studiert hätten, dann tut es mir leid, daß Sie keine Möglichkeit dazu hatten. Wenn Sie Hilfe brauchen, oder wenn Sie überhaupt etwas brauchen, sagen Sie es mir doch bitte.« Er erwartete als Antwort eine wohlerzogene Phrase: ›Sie sind sehr gütig, Frank Albertowitsch‹, oder: ›Sehr freundlich von Ihnen‹; aber statt dessen sagte sie, andere Menschen brauchten Hilfe dringender als sie. Das ist ohne Frage richtig, dachte er, und vielleicht gehöre ich auch zu diesen anderen. Aber er war aus der Fassung gebracht.

13

Gegen die Art, wie Selwyn seine Arbeit bei Reidka tat, war nichts einzuwenden, es war nichts Greifbares, aber die unmittelbar bevorstehende Geburt seines ersten Werkes hatte ihn aus dem Gleichgewicht gebracht. Dichter oder Eltern in mittleren Jahren sind ungeschützt. Wenn die *Birch Tree Thoughts* erst einmal gedruckt, geheftet, gebunden, gepreßt und schließlich an die besseren Buchläden in der Lubjanka ausgeliefert waren, würde er wieder ängstlich besorgt sein, aber das waren dann andere Sorgen. Inzwischen hatte er jedoch angefangen, von einer deutschen – dafür mußte man noch einmal einen Satz Typen leihen – und einer russischen Fassung zu sprechen. Wegen dieser beiden neuen Projekte hatte Frank sich mit dem Gedanken angefreundet, noch einen zweiten Geschäftsführer einzustellen. Reidka warf gerade genug Profit ab, um das zusätzliche Gehalt verkraften zu können. Er hatte das vorsichtig ankündigen müssen, er wollte Selwyns Gefühle nicht verletzen, aber Selwyn war nicht eitel.

»Du verstehst, daß Bernov für die Kostenbuchhaltung zuständig sein wird, so etwas hatten wir bis jetzt noch nicht. Die Geschäftsführung ist nicht seine Aufgabe, nur müssen wir natürlich seinen Rat hören.«

»Ja ... ja ... wo hast du ihn gefunden, Frank?«

»Er kommt von Sytin, wechselt also von einem sehr großen Betrieb zu einem sehr kleinen, aber es ist gut möglich, daß er sich hier besser entfalten kann.«

»Von Sytin! Er wird sich vorkommen wie in einer anderen Welt. Wann kommt er?«

»Ich habe ihn zum 27. März, nach dem russischen Kalender, eingestellt.«

»Sehr gut, ausgezeichnet ... aber Frank, das ist der Namenstag von St. Modestus. Da wird die Ikone im Büro gesegnet.«

»Nicht vor dem Nachmittag, sie haben sich verpflichtet, bis vier Uhr normal zu arbeiten. Es ist kein kirchlicher Feiertag. Wir haben den ganzen Tag Zeit, Bernov zu zeigen, wie wir hier alles handhaben.«

Frank wußte, daß Selwyn hätte dabeisein müssen, als sich der wache, ehrgeizige, helläugige Bernov vorgestellt hatte, und er war beschämt, als Selwyn nur noch eine einzige Frage stellte: »Würdest du sagen, daß dieser junge Mann in irgendeiner Weise mit Tolstojs Lehre in Berührung gekommen ist?« Frank mußte zugeben, daß er das nicht wisse, es aber für unwahrscheinlich halte.

»Aber würdest du ihn denn für streitlustig halten?«

»Mit mir hat er nicht gestritten, als wir uns unterhielten.«

All das war verabredet worden, bevor Nellie wegging, also in einer Phase, die, wenn Zeit Raum wäre, zu einem anderen Kontinent gehörte. Jeden Tag seither schickte er einen Brief an sie, immer mit Rückantwort für acht Kopeken. Er hatte schon geschrieben, daß inzwischen ein Mädchen, ein russisches Mädchen, sich um die Kinder kümmerte. Natürlich hatte er keine Adresse von Nellie; er konnte ihr nur über Charlies Adresse schreiben; er stellte sich vor, wie sich dort die Briefe in der Diele stapelten und im vielfarbigen Licht des Buntglasfensters schimmerten, das die Haustür schmückte. Dolly und Ben hatten auch einen Brief geschickt, und Anuschka hatte ein wackeliges A dazugemalt. Was Dolly geschrieben hatte, wußte Frank nicht, wollte auch nicht danach fragen; das hätte er nicht anständig gefunden. Sie hatte wissen wollen, wie man ›verantwortungslos‹ schreibt. Aber auch ihr Brief war wohl mit den anderen auf Charlies Messingteller in der Diele gelandet.

»Sie verlieren Ihre Frau. Sie stellen einen neuen Sekretär ein«, brüllte Kurjatin durchs Telefon, an das er sich immer noch nicht gewöhnen konnte, »wozu brauchen Sie mehr Angestellte?«
»Sie wären genauso mißtrauisch, wenn ich alle entlassen würde«, sagte Frank.
»Es ist nur so, daß ich vom Druckgeschäft was verstehe. Die Großen erweitern ihre Betriebe, kleine Ausländer wie Sie sollten ganz vorsichtig taktieren.«
»Sie verstehen überhaupt nichts vom Drucken, Arkadij Filipowitsch. Sie wären ganz derselbe, wenn das Drucken nicht erfunden wäre.«
»Ich möchte Sie sehen. Wollen wir nicht all diese Fragen bei Rusalochka besprechen?«
»Wir können das gern besprechen, wenn Sie möchten«, sagte Frank. »Aber bei Rusalochka versteht man sein eigenes Wort nicht.«
In den neunundvierzig Tagen der Fastenzeit sollte man seltener ausgehen, und manche Restaurants in Moskau waren geschlossen, aber Rusalochka nicht, weil die Teeräume dem Club der Kaufleute angeschlossen waren. »Kommen Sie zu Rusalochka«, sagte Kurjatin noch einmal, »dann können wir unser Geschäft ein für allemal zum Abschluß bringen.«
Frank mied dieses Lokal, wann immer es ging; der Ort entsprach nicht im mindesten seiner Vorstellung von dem, was vernünftig ist, und kam seiner Vorliebe für ein ruhiges Leben in keiner Weise entgegen. Das Lokal war zum Teetrinken gedacht, deshalb waren die Wände von der rauchigen Decke bis zum Boden in Rotgold und Weißgold gehalten und bemalt mit tanzenden Gestalten, die einander umarmten und vor einem sehr bunten Hintergrund Tee tranken; er bestand aus Pferden, Zaumzeug mit goldenen Glöckchen, Kriegern,

Hütten; die Gestalten tänzelten hinweg über Hühnerbeine, alberne Kinder, Frösche mit Krönchen, sterbende Schwäne, triumphierende Störche und nackte Frauen, die vor erkennbarer Befriedigung lachten und kaum verschleiert waren von den Wolken eines glühenden Sonnenuntergangs. Die Bedienung bei Rusalochka war im Grunde einfach; serviert wurden nur Tee, Gebäck, Wodka und Obstschnäpse: Listovka, Slivanka, Vischnjovka und Berjozoviza, also Johannisbeerblätter-, Pflaumen-, Kirsch- und Birkensaftlikör. Aber die silbernen Teegefäße, groß wie Kesselpauken, rollten auf ihren fahrbaren Untersätzen kreuz und quer zwischen den Tischen durch, auf Bahnen, die enger wurden, je mehr der Raum sich mit Gästen füllte: Zusammenstöße zwischen Teewagen und den Wagen mit hochprozentigen Alkoholika konnten die Kellner, die offenbar eher nach Kraft als nach Geschicklichkeit ausgesucht waren, nur knapp vermeiden; um so mühsamer, als die Gäste mit warnenden und anfeuernden Rufen entweder weitere Bestellungen brüllten oder die Teegefäße, die wie bei einem sportlichen Ereignis um die Wette liefen, zu größerer Eile antrieben. Die Gäste machten sich nur noch durch Öffnen und Schließen ihrer Münder bemerkbar, Stimmen und Worte wurden verschluckt von dem mächtigen Garmoniphon der Rusalochka, dem großen goldenen Harmonium, dessen Orgelpfeifen in aufsteigender Reihe eine ganze Wand der brandroten Teeräume einnahmen. Ein Deutscher im Frack spielte auf dem Harmonium, vielleicht war es auch eine ganze Mannschaft von Deutschen im Frack, die einander zum Verwechseln ähnlich sahen. Daheim hörten die Kaufleute lieber die alten russischen Volkslieder, aber hier doch nicht, nicht bei Rusalochka, einem sehr teuren Etablissement übrigens, wohin man kam, um zu sehen und gesehen zu werden; hier wurde zuerst Grieg und dann Offenbachs *Belle Hélène* gespielt, in einer

Lautstärke, die in einer Werft bei Hochbetrieb nicht schlimmer sein konnte. Aber Kurjatin hatte keine Mühe, auch diesen Krach noch zu übertönen, wenn er wollte.

»Ich bin nur gekommen, weil Sie mich darum gebeten haben«, sagte Frank und zog sich einen schweren vergoldeten Stuhl heran. »Aber ich hatte nicht vergessen, wie es hier zugeht.«

Ihm war wohl bewußt, daß Kurjatin ihn zu Rusalochka teils deshalb eingeladen hatte, weil er sich einen Scherz erlauben wollte, einen Scherz, der seinen natürlichen Weg nehmen würde. Zugleich aber hatte er damit Frank wirklich etwas Gutes tun wollen, weil er glaubte, daß ihm in seinem normalen Geschäftsalltag niemals etwas so Überwältigendes wie das Garmoniphon geboten wurde. Aber dabei konnte Kurjatin es nicht einfach bewenden lassen, weil das Geschäft ihn beunruhigte; und selbst wenn er ein Angebot für die Mammutpresse machte oder vermittelte, bliebe ihm doch das Gefühl, etwas verpaßt zu haben, solange er keine Option auf das Reid-Gelände mitsamt den Gebäuden und den Bäumen hatte. Vor allem aber hatte er den Verdacht, daß Frank eigentlich überhaupt nicht beeindruckt von Rusalochka war (auch wenn viele Dekorationen in echtem Blattgold ausgeführt waren); halb bedauerte er Frank deswegen, doch Neid war dabei auch im Spiel.

Was um Himmels willen hatte aber Selwyn bei Rusalochka zu suchen? Nur Kaufleute und ihre Gäste durften sich hier aufhalten; allen anderen war der Zutritt untersagt, und doch war er hier und steuerte ihren Tisch an, unsicher, aber von niemandem zur Rede gestellt. »Ich würde Frank Albertowitsch gern einen Augenblick sprechen, ich habe in seinem Haus nach ihm gefragt, und man sagte mir, daß er hier eine Verabredung habe.«

»Kommen Sie, nehmen Sie Platz, Selwyn Osipitsch«, rief Kurjatin, »nehmen Sie Platz, mein Freund«, dann, als Selwyn sich unbestimmt lächelnd umsah, sich aber nicht setzte: »Sie wollen nicht mit mir an einem Tisch sitzen!« Selwyn, der so bizarr wie immer aussah, konnte unmöglich von Bedeutung für ihn sein, weder finanziell noch sozial, und doch zitterte Kurjatin vor Eifer von Kopf bis Fuß. »Sie wollen nicht mit mir an einem Tisch sitzen, Sie sind ärgerlich, wenn Sie sehen, wie ein Mann bei Rusalochka Geld ausgibt. Sie wollen mir erzählen, daß in diesem Winter die Bauern in ihren Dörfern das Stroh von den Dächern gerissen haben, um das Vieh zu füttern, und es war sicher auch so. Aber wer ist schon glücklich in Rußland?«

»Nein, nein, Sie irren sich«, sagte Selwyn sanft, »ich kritisiere nicht, was Sie tun. Wie kann ich ein Leben kritisieren, das ich nicht verstehe? Und sicherlich sind Sie glücklich.«

»So ist es, so ist es. Wenn ich sterbe, wird Gott zu mir sagen, nun, Arkadij Filipowitsch, ich habe dir ein Erdenleben gegeben, sogar ein Leben in Rußland. Hast du es genossen? Und wenn nicht, warum hast du deine Zeit vertan?«

»Weshalb wolltest du mich sprechen, Selwyn?« fragte Frank so ruhig wie möglich. »Ist es so eilig? Setz dich um Gottes willen wenigstens hin, wenn du hierbleiben willst.«

Aber Selwyn streifte mit einem Blick die gold- und kupferfarbenen Wände, die bedrohliche Orgelempore, den gefährlichen Rundlauf der Kellner, die aufgedunsenen, dampfenden, schweißtriefenden Gäste, denen eine Toilettenfrau gerade heiße Handtücher nach chinesischer Art zur Erfrischung brachte, damit sie sich die nassen Stirnen abwischen konnten – Selwyn sah dies alles und schüttelte freundlich den Kopf. Die Wirkung auf Kurjatin trat sofort ein. Er faßte Selwyn am Arm und fing an, flehentlich zu bitten, mit einschmeichelnder Stimme.

»Nur ein Gläschen, was Sie wollen ... ein Samowar, ein Samowartschik, ein Samowarchen nur ... ich kann alles bestellen, Johannisbeerkuchen, oder vielleicht möchten Sie Dundeekeks wie in Schottland ...« Er stemmte sich aus seinem Stuhl hoch, umschlang Selwyn mit beiden Armen und reckte sich so hoch er konnte, um ihn zu küssen, erreichte dabei gerade noch das Kinn; im selben Augenblick schoß ein fahrendes Teegefäß genau auf den Tisch zu, schwankte und verfehlte Kurjatin um Haaresbreite.
Selwyn befreite sich aus der Umarmung, nickte Frank zu und verließ das Lokal. Kurjatin gab auf.
»Sie haben sich angehört wie der Reiche in der Bibel, wenn der Prophet auftaucht«, sagte Frank. »Ich weiß ja, daß Ihre Geschäfte gut gehen, aber so reich sind Sie nun auch nicht, daß Sie sich dermaßen aufführen müssen.«
»Selwyn Osipitsch war für mich ein lebender Vorwurf. Seine Absicht war das gar nicht; das weiß ich wohl, aber er hat doch wie ein Vorwurf gewirkt. Jetzt spüre ich, daß ich Ihnen nichts mehr verbergen will.« An diesem Punkt seiner Rede spielte die Musik mit doppelter Lautstärke, und sogar Kurjatin mußte mit erhobener Stimme reden. »Nichts mehr werde ich verbergen!«
Wie konnte Selwyn in ein paar Minuten der Unschlüssigkeit unbeabsichtigt so viel Zutrauen und Reue hervorrufen? Diese Gabe mußte für Selwyn von unüberschätzbarem Wert bei Geschäftsabschlüssen sein, wenn er je welche tätigte.
»Ich habe Sie hierher eingeladen«, sagte Kurjatin, immer noch in Tränen, »und nur das Geschäft im Sinn gehabt, gute Absicht war nicht dabei. Ich habe Sie angelogen, als ich sagte, ich könnte keine Genehmigung für den Export der Mammutpresse bekommen. Ich habe auf Zeit gespielt,

weil ich wußte, daß meine Aussichten auf Profit dann wahrscheinlich steigen.«

»Natürlich haben Sie gelogen«, antwortete Frank. »Ich bin vor allem hierhergekommen, um Ihnen zu sagen, daß ich mir die Genehmigungen vom Innenministerium und vom Handelsministerium selbst beschafft habe. Ich hätte Ihnen die Sache gern überlassen, aber ich kann nicht länger warten, ich muß das Gelände leer räumen, damit ich es vermieten oder verkaufen kann.«

Bei den Worten »vermieten oder verkaufen« hatte Kurjatin einen Augenblick lang wieder sein normales Aussehen, aber dann füllten sich seine Augen erneut mit Tränen, und er erklärte, die Details seien ihm nun nicht mehr wichtig.

»Bloß weil Selwyn Osipitsch hereinkam und sich nicht an den Tisch setzen wollte?«

»Ach, Sie wissen nicht, wie ich als Kind war, Frank Albertowitsch. Wenn ein Mann an seine Kindheit zurückdenkt, so kann das die Seele anrühren, auch wenn sie hart wie Stein ist. Ich habe noch Fotos aus meiner Kinderzeit, sie sind ganz verblichen und unscharf, aber man kann darauf erkennen, wie ich damals war, in meinem kleinen Ziegenwägelchen.«

»Was meinen Sie, wie lange wird dieser Sinneswandel bei Ihnen vorhalten?« fragte Frank und dachte dabei an den einen oder anderen Handel, der noch zwischen ihnen offen war.

»Wer weiß?« Kurjatin schob die Flaschen auf dem Tisch weit von sich.

Frank ging die Treppe hinunter, nahm seinen Mantel und floh vor der drückenden Hitze, dem Krach und dem wenig glaubwürdigen Anblick des reuevollen Kaufmanns. Als er zur Erlöserkirche kam, trat ihm aus dem Schatten eines Portals an der Südwand die dunkle Gestalt eines Stadtstreichers entgegen. Aus der Umgebung der großen Kirchen vertrieb die Polizei die Bettler nicht; das verlangte auch keiner. Frank blieb stehen, um seinen Vorrat an Fünfundzwanzig-Kopeken-Stücken hervorzukramen, den er immer bereithielt. Der Stadtstreicher war aber Selwyn in seinem schäbigen Schafspelz.

»Ich habe auf dich gewartet, Frank. Ich konnte nicht im Beisein Kurjatins mit dir sprechen.«

»Dann frage ich mich, warum du überhaupt bei Rusalochka aufgetaucht bist.«

»Ich hoffte, daß du mit mir weggehen würdest.«

»Also, ich war geschäftlich da. Was ist denn los?«

Die bitterkalte Luft ließ beider Atem als Wolken im Lampenlicht aufsteigen; Selwyns Atem war dünner als Franks.

»Ich bin nach Arbeitsschluß noch einmal zur Druckerei gegangen, Frank, ich hatte heute die Schlüssel, das weißt du ja, weil du wegen deiner Verabredung früher gehen mußtest. Ich ging zurück, weil ich tagsüber keine Gelegenheit hatte, nachzusehen, wie weit sie sind mit ...«

»Mit deinen Gedichten.« Er hätte natürlich Tvjordov fragen können, aber vor Tvjordov hatte Selwyn große Scheu, das wußte Frank.

»Ja, ja, mit den *Birch Tree Thoughts.*« Selwyn sprach den Titel, wie immer, mit der feierlich getragenen Stimme aus, die in England nur religiösen Themen zukommt.

»Den *Birch Tree Thoughts* geht's gut«, sagte Frank. »Du kannst die erste Auflage gleich haben, sowie du morgen kommst. Ich habe Bescheid gesagt, daß sie fünfundsiebzig Exemplare in der Setzerei liegenlassen, damit sie nicht mit ausgeliefert werden. Du hättest sie schon heute abend mitnehmen können, wenn du hinaufgegangen wärst. Ich verstehe nicht, warum du das nicht gemacht hast.«

»Ach, das wollte ich dir ja sagen, deshalb bin ich doch gekommen, Frank. In der Druckerei brannte Licht.«
»Hast du nicht dafür gesorgt, daß alle Lampen ausgeschaltet waren, als du gingst?«
»Ich muß es genauer sagen, Frank. Ein Licht war an, ein einziges Licht im Haus, ich glaube, es war eine brennende Kerze, das Licht bewegte sich von Fenster zu Fenster.«
»Und, wer war das?«
»Das kann ich dir leider nicht sagen. Ich habe nicht nachgesehen.«
»Willst du damit sagen, du hast sie weitermachen lassen, überhaupt nichts unternommen?«
»Ich wußte doch nicht, wer mit dem Licht herumging, Frank. Es hätte ja ein Gewalttäter sein können. Ich bin ein Mann des Friedens, ein Mann der Dichtung.«
Selwyn murmelte offenbar etwas vor sich hin, vielleicht einen Segensspruch. »Jeder Mann ohne Ausnahme, der in dieses Leben hineingeboren wird, schreibt irgendwann einmal Gedichte, Frank. Vielleicht hast du es bis jetzt noch nicht getan.«
»Hör zu, Selwyn. Verstehst du, was ich sage?«
»Ja, selbstverständlich.«
»Jetzt gib mir erst einmal die Schlüssel.«
»Die Schlüssel zur Druckerei?«
»Die Schlüssel zur Druckerei.«
Selwyn zögerte, als ob ihm plötzlich Zweifel oder ein Einfall gekommen seien, gab die Schlüssel dann aber her.
»Und nun gehst du entweder selbst in die Lipkastraße, oder du rufst dort an und sagst Bescheid, daß ich später komme, später, als ich gesagt habe. Ist das klar, und wirst du auch bestimmt nicht vergessen, ihnen Nachricht zu geben?«
»Ja, ja, ich spreche mit Lisa Ivanovna.«

»Richte ihr genau aus, was ich dir aufgetragen habe.«
Es war die ungünstigste Jahreszeit in Moskau, um schnell irgendwohin zu kommen. Die Schlitten fuhren nicht mehr, für Taxis lag noch zuviel Eis, also blieb nur eine Droschke. Es war der Vorabend vor dem Namenstag eines Heiligen, deshalb waren alle Fahrpreise verdoppelt. Worauf er sich gefaßt machen sollte, wenn er in der Druckerei ankam, wußte Frank nicht. In der Droschke warf er eine von seinen Fünfundzwanzig-Kopeken-Münzen. Wenn der Adler oben lag, wollte er an der nächsten Polizeistation halten und zusehen, daß er einen Inspektor fand, der mitkam. Wenn das Bild des Zaren oben lag, wollte er allein weiterfahren. Er fuhr allein weiter.

14

Bei Reidka schimmerte immer noch ein Licht im Fenster der Setzerei. Frank ging an den aufgereihten Karren vorbei, die schon für die Arbeit der Lieferjungen am nächsten Morgen bereitstanden, und drückte den Türgriff am Haupteingang. Die Tür war nicht abgeschlossen. Er ging die Treppe hinauf, ohne sich um besonders leise oder laute Schritte zu bemühen.

Ein junger Mann, noch im Mantel, saß mit dem Rücken zur Tür auf einem Setzerhocker und hatte eine brennende Kerze vor sich. Man konnte fast meinen, er sei eingeschlafen, aber plötzlich richtete er sich auf und wendete Frank ein blasses vorwurfsvolles Studentengesicht zu. Durch die hellen Wimpern wirkte sein Ausdruck verwirrt, als sei er gerade erst geboren, aber so benommen war er wieder nicht, daß er nicht seine Kerze in dem Augenblick ausgeblasen hätte, als das elektrische Licht anging. Wahrscheinlich hatte er sein Leben lang sparen müssen.

»Sie haben mich gefunden.«

»Dabei habe ich Sie gar nicht gesucht«, sagte Frank. »Wer sind Sie?«

Der junge Mann zog einen etwa fünfzehn Zentimeter langen Revolver aus der Manteltasche; das konnte eine Spielzeugpistole wie Bens sein oder auch eine Webley. ›So was haben die Studenten jetzt.‹ In der vorgeschriebenen hochgeschlossenen Studentenjacke konnte man keine Pistole verstecken, man mußte sie in der rechten Manteltasche unterbringen. Er stand auf und schoß zweimal. Der erste Schuß ging weit von Frank entfernt in die gegenüberliegende Wand; dort riß er ein Loch in den Putz. Der zweite Schuß ging noch weiter daneben, wurde aber aus geringerer Entfernung abgefeuert; er traf den

oberen Schriftkasten in Tvjordovs Setzregal, zerschmetterte ihn, so daß die Versalien in einer Metallkaskade zu Boden regneten, schlug dann mitten durch die weiße Schürze, die Tvjordov sich bereitgehängt hatte, und blieb hinter dem Regal stecken.
»Da sehen Sie; Sie sehen, daß ich Sie nicht treffen wollte!«
»Das weiß ich nicht, ob Sie mich treffen wollten!« sagte Frank. Er ging vorwärts, schob den Unterarm unter Kinn und Kehle des jungen Mannes und drückte kräftig. Das hatte er als Junge auf dem Schulhof lernen müssen, als er in Moskau 8 in den Schulzweig für Moderne und Technik ging. Dann nahm er dem Mann die Pistole aus der Hand, sicherte sie und betrachtete sie genauer.
»Diese Dinger müssen immer gut gereinigt sein«, sagte er. »Sonst bricht die Feder am Abzugshahn, und das Ding schießt immer weiter, bis das Magazin leer ist.«
Der Student, der zu Boden gegangen war, hustete. Frank holte ihm ein Glas Wasser aus dem Hahn am Waschbecken in der Ecke.
»Ist das Trinkwasser?«
»Meine Leute trinken es immer.«
»Es geht schon wieder. Ich heiße Volodja Vassilitsch. Meinen Nachnamen sage ich nicht.«
»Ich habe nicht danach gefragt.«
»Das ist Ihr Haus, Frank Albertowitsch. Sie werden wissen wollen, was ich hier mache.«
»Das werden Sie mir schon zur rechten Zeit sagen. Sie sind Student, nehme ich an.«
»Ja.«
»Was studieren Sie?«
»Politische Geschichte.« Frank wußte selbst nicht, warum er das gefragt hatte. Er sagte: »Und wie soll ich meinem Setzer-

meister die ganze Unordnung und Beschädigung erklären, wenn er morgen früh kommt?«

Ohne Umstände ließ Volodja sich auf alle viere nieder und fing an, die Versalien aufzusammeln.

»Nein, lassen Sie das«, sagte Frank. »Das muß richtig eingeordnet werden, sonst hat es keinen Sinn. Wie sind Sie eigentlich hereingekommen? Das möchte ich wirklich wissen.«

»Die Tür war nicht verschlossen.«

»Hat Sie das nicht gewundert?«

»Mich wundert nichts.«

Von unten rief eine Stimme: »Herr, man hat Schüsse aus Ihrem Haus gehört.«

Es war der Nachtwächter. Nichts auf der Welt würde ihn dazu bringen, die Treppe hinaufzugehen, solange nicht auszuschließen war, daß jemand auf ihn schießen könnte. Er war ein durch und durch vernünftiger Mensch.

»Alles in Ordnung, Guljanin.«

»Gut, Herr, sehr gut.«

Guljanin zog sich zurück. »Jetzt wird er sicher die Polizeistreife holen«, sagte Volodja.

»Das wird er mit Sicherheit nicht tun. Er wird abwarten, wieviel ich ihm morgen gebe.«

Volodja, der anscheinend vorbereitet hatte, was er sagen mußte, wiederholte: »Ich heiße Volodja Vassilitsch.«

»Das sagten Sie bereits.«

»Ich habe nur auf Sie geschossen, um zu zeigen, daß es mir ernst war. Lassen Sie mich erklären. Sie haben eine Druckerei, Frank Albertowitsch.«

»Das bestreite ich nicht. Wollten Sie etwas drucken lassen?«

»Ich kann eine Handpresse bedienen, aber ich habe keine mehr zur Verfügung. Ich dachte, wenn ich hier eine Handpresse fände, könnte ich schaffen, was ich brauche, nur ein paar Seiten, die in wenigen Stunden fertig wären. Aber Sie haben hier keine Fensterläden, und ich kann ohne Licht nicht arbeiten; das heißt, ich kann mich nicht verstecken.«

»Ich verstehe, daß das unangenehm für Sie ist. Aber Sie hätten doch kommen und uns einen Auftrag geben können, so wie es üblich ist, das wissen Sie. Ich muß Sie allerdings darauf aufmerksam machen, daß wir nichts Politisches drucken.«

»Was ich geschrieben habe, ist nicht politisch.«

»Was ist denn Ihr Thema?«

»Das Thema ist universelles Mitleid.«

Volodjas Ausdruck war so gespannt, als hätte er sich mit seiner Bemerkung um einen hochdotierten Preis beworben und könne nun nicht glauben, daß er den Preis nicht bekommen sollte.

»Aber dann hätten Sie uns um einen Kostenvoranschlag bitten können«, sagte Frank. »Ich meine, für Ihre paar Seiten. Das hätte uns viel Zeit und Schaden gespart, und ich kann mir nicht vorstellen, daß Sie unsere Forderung unvernünftig gefunden hätten.«

»Preise ... Kosten, davon verstehe ich überhaupt nichts«, murmelte Volodja, hielt inne, dachte nach und sagte nach einer Weile: »Kann sein, daß das, was ich drucken wollte, als politisch angesehen wird.«

»Das wird wohl davon abhängen, auf wen sich das universelle Mitleid richtet«, sagte Frank. »Haben Sie das Manuskript bei sich?«

Volodja zögerte: »Nein, ich habe es im Kopf.« Dann machte er eine weitausholende Bewegung mit beiden Armen – wie um Hühnerfutter auszustreuen – und rief: »Aber was geht Sie das an? Sie sind Ausländer; das Schlimmste, was Ihnen passieren kann, wenn alles schiefgeht, ist die Ausweisung aus Moskau;

Sie müßten dann in Ihr Heimatland zurückgehen. Ein Russe kann nicht außerhalb Rußlands leben, aber Ihnen macht das nichts aus.«

Frank war schon seit langem gewohnt, daß er um Hilfe gebeten wurde, meist von ganz Fremden. Sie waren überzeugt, daß er – als ortsansässiger Geschäftsmann mit gutem Leumund – ihnen helfen konnte, Auslandspässe oder alle möglichen Genehmigungen zu bekommen, oder sie wollten, daß er ihnen Aufschub beim Militärdienst verschaffte oder den Schulleiter unter Druck setzte, damit sie bessere Noten bekamen; oder er sollte eine Bittschrift an die Reichskanzlei unterzeichnen, damit ein armer Verwandter, der in Ungnade gefallen war, begnadigt würde. Manchmal wollten sie kleinere Geldsummen zur Überbrückung von Engpässen leihen, manchmal auch größere Beträge, damit sie ihre Ausbildung als Arzt oder Ingenieur finanzieren konnten. Er stand in dem Ruf, daß er half, wo er konnte, sonst wären diese Leute nicht immer wieder zu ihm gekommen, aber sie alle erinnerten ihn irgendwann im Verlauf des Gesprächs daran, daß er Ausländer war und nichts zu verlieren hatte, auch wenn die Lage sich ungünstig entwickelte.

»Wie kommen Sie darauf, daß es mir nichts ausmachen würde, wenn ich Rußland verlassen müßte?« fragte er. »Ich bin hier geboren, ich habe hier die größte Zeit meines Lebens zugebracht, ich liebe Moskau zu jeder Jahreszeit, sogar jetzt, wo das Tauwetter einsetzt, und ich bin ein verheirateter Mann mit drei Kindern.«

»Ja, aber Ihre Frau hat Sie verlassen.«

Volodja redete ganz zutraulich, schien aber zu merken, daß er nicht ganz den beabsichtigten Eindruck machte.

»Wo wohnen Sie?« fragte Frank.

»Weit draußen. In der Rogoschskaja.«

»Gehen Sie nach Hause.«
»Aber mein Eigentum ...«
»Nicht die Pistole. Hier haben Sie die Kerze, falls Sie sie mitgebracht haben. Kommen Sie nie wieder her.«
Als Frank sich noch einmal im Raum umsah, fiel sein Blick auf die fünfundsiebzig Exemplare der *Birch Tree Thoughts,* die noch sauber aufgestapelt lagen und verschont geblieben waren von den Splittern aus Tvjordovs zerschossenem Setzregal.
»Nehmen Sie dies zur Erinnerung mit«, sagte er zu Volodja und gab ihm den obersten Band vom Stapel.
Volodja steckte das Buch in seine jetzt leere Manteltasche und sprang die Treppen in großen Sätzen hinunter. Frank schaltete die Lampen aus und schloß ab. Keine Aussicht, Tvjodorovs Schriftkasten zu reparieren, unmöglich, das Loch in seiner Schürze auszubessern. Unmöglich auch, vorherzusagen, welche Wirkung die Unordnung und Zerstörung auf Tvjordov haben würde, wenn er seinen Arbeitstag anfing. Das Problem mußte bis zum Morgen warten; andere würden wohl noch dazukommen. Kaum öffnest du die Tür, schon kommen die Schwierigkeiten herein, sagen die Russen.
Auf dem Heimweg ging er zur Moskvorjezkaja hinunter, der Eisenbrücke, auf der Vorübergehende immer noch stehenblieben und das Eis betrachteten; von dort warf er die kleine Pistole in den Fluß. Dann ging er mit einigermaßen erleichtertem Gewissen nach Hause.
Dolly und Ben saßen noch im Wohnzimmmer, dem Anschein nach machten sie Hausaufgaben. Über dem Tisch hing eine Fünfundzwanzig-Watt-Birne, die stärkste, die man in Moskau kaufen konnte; sie schien auf Dollys braunes und Bens rosa Übungsbuch. Dolly pauste eine Landkarte durch, eine leicht hypnotisierende Aufgabe. Ihre vernickelte Federspitze

kratzte eifrig. Außerhalb des Lichtkegels saß Lisa am Tisch und nähte. Frank dachte bei sich, das Licht sei eigentlich nicht hell genug zum Nähen, und diese Art Arbeit hätte auch eine andere Person im Haushalt übernehmen können. Hinter dem Küchenflur war ein kleines Zimmer mit einer Singer-Nähmaschine. Vielleicht wollte Lisa demonstrieren, daß sie weder eine richtige Gouvernante noch eine richtige Haushaltshilfe war. Vielleicht wollte sie gar nichts demonstrieren, und die drei machten sich einen gemütlichen Abend ohne ihn.

»Du kommst spät«, sagte Dolly.

»Hat Selwyn Osipitsch euch nicht angerufen?«

»Doch, schon«, sagte Dolly widerwillig, »aber Lisa ging zum Telefon, und sie hat uns nicht gesagt, wie lange du wegbleibst.«

»Das hat er mir auch nicht gesagt, Dolly.«

»Jedenfalls haben wir gewartet«, sagte Dolly. »Ben war ganz schön unruhig.«

»Ich erzähle euch, warum ich so spät komme. Kein Grund zur Aufregung. In der Druckerei war jemand; da machte sich einer zu schaffen, der nicht dahin gehörte. Ich habe nachgesehen, was los war. Macht euch keine Sorgen, ein Dieb war es nicht.«

Dolly schien leicht enttäuscht.

»Wenn's kein Dieb war, was war er dann?«

»Ein Student, glaube ich.«

»Weißt du es denn nicht?« fragte Dolly. »So warst du sonst nie.«

»Gesagt hat er, er sei Student.«

»Was wollte er denn?«

»Das ist mir nicht ganz klar.«

»Wie hieß er?«

»Volodja So-und-so.«

»Wo ist er hingegangen?«

»Wieder nach Hause, soviel ich weiß.«

»Kommt er noch mal wieder?« fragte Lisa. Frank fing ihren klaren, ausdruckslosen Blick auf. Er war dankbar, daß er wenigstens dieses kleine Zeichen von Interesse hervorgelockt hatte.

»Das halte ich für sehr unwahrscheinlich. Das ganze Unternehmen war wohl eine ziemliche Enttäuschung für ihn, fürchte ich, und jetzt wird er nichts mehr mit der Druckerei zu tun haben wollen.«

»Ich kann sowieso nicht verstehen, warum er so spätabends kommen mußte«, sagte Ben. »Warst du sehr böse mit ihm?«

»Nein, gar nicht, ich habe ihm ein Geschenk gegeben.«

»Meinst du, er hatte eine Pistole?«

»Jetzt nicht.«

15

Als Frank ein kleiner Junge war und die Familie noch auf dem Werksgelände wohnte, war das erste unmißverständliche Anzeichen für den Frühling immer eine Stimme des Protestes gewesen, der Ton des Wassers, wenn das Eis unter dem zugedeckten Holzsteg zwischen Wohnhaus und Fabrik schmolz. An dieser Stelle taute das Eis nicht unter dem Einfluß der Öfen im Haus, auch nicht durch die Wirkung der Brennöfen in der Montagewerkstatt, sondern das Wasser befreite sich aus eigener Kraft, und wenn es erst einmal in einem schwatzenden Strom floß, kippte die ganze Balance des Jahres um. Beim Klang des Wassers hüpfte ihm das Herz. Sein Fahrrad kam wieder aus dem Schuppen, er ölte es, und das Öl im Ölkännchen war nicht mehr steif gefroren. Dann dauerte es nur noch ein paar Wochen, bis die Mandelbäume blühten und die Stadt wieder auf Rädern lief statt auf Kufen.

Am Tag nach dem Einbruch erlaubte er sich, den Frühling wieder wie damals zu erwarten. Er wußte, daß ihm ein unangenehmer Tag bevorstand, auch wenn er bis vor ungefähr einer Woche immer geglaubt hatte, Schwierigkeiten machten ihm Spaß. Vielleicht galt das immer noch. Wie sich der Tag für den neuen Kostenbuchhalter anlassen würde, war nicht ganz vorauszusehen. Das kam später; zuerst mußte er sich mit Tvjordov befassen; seinetwegen ging er früh durch die schneefleckigen Straßen zur Druckerei.

Draußen vor dem Gebäude fand er zwei vierzehnjährige Lehrlinge, die vor Arbeitsbeginn nicht wußten, wohin. Sie unterhielten sich über ein Stück Holz in der Gosse, das wie ein Boot geformt war, und überlegten laut, in welche Richtung es wohl geschwemmt würde, wenn das Wasser taute.

»Hört mal zu«, sagte Frank. »Ich schicke euch beide mit einer Nachricht zum Setzermeister.«
Als er sich bei einem der vielen Barbiere, die schon um fünf Uhr morgens öffneten, rasieren ließ, hatte er entschieden, was zu tun sei. »Seht euch mal diesen Brief an. Lest mir die Adresse auf dem Umschlag vor.«
Der Kleinere der beiden las laut: »Setzermeister I. N. Tvjordov, Kaluga Pereulok 54.«
»Wißt ihr, wo das ist?«
»Ja, Herr.«
»Dann geht zusammen los, behaltet euch gegenseitig im Auge, klopft an die Tür und merkt euch die Antwort, wenn der Setzermeister euch eine gibt, und kommt innerhalb einer halben Stunde wieder.«
In dem Brief hatte er Tvjordov mitgeteilt, in der Nacht sei in der Druckerei eingebrochen worden, die Arbeit müsse deshalb ruhen, er brauche also erst am nächsten Tag wiederzukommen, dann werde alles wie gewohnt weitergehen. Für den arbeitsfreien Tag werde er bezahlt. Alles in allem hielt Frank seinen Brief für unehrlich – eingebrochen war niemand, vielmehr war klar, daß Selwyn vergessen hatte, abzuschließen – und feige, da er einen unangenehmen Augenblick nur hinausschob. Aber Tvjordov ohne Vorwarnung mit seiner durchlöcherten Schürze und dem zerschossenen Setzkasten zu überraschen, wäre unmenschlich gewesen; dazu mußte Frank auch noch bedenken, daß der Tag des Heiligen Modestus gefeiert wurde, der Schutzpatron der Drucker war; Frank mußte dafür sorgen, daß die Segnung der Reidka-Ikonen möglichst ohne Störung vor sich ging. Und schließlich mußte noch der Nachtwächter Guljanin, der Schüsse gehört hatte, überredet werden, daß dem nicht so war. Zu diesem Zweck hatte Frank sich eine ansehnliche Menge Geld in Banknoten eingesteckt.

Doch der Nachtwächter war nicht gleich zu finden. Er wohnte über Markels Bar, ein paar Häuser weiter; dort schlief er den ganzen Tag und hatte sich angeblich schon schlafen gelegt.

Als Frank wieder bei Reidka ankam, waren die Laufburschen eingetroffen, und als er aufgeschlossen hatte, waren auch die beiden Lehrjungen zurück.

»Wir haben Ihren Brief dem Setzermeister gegeben. Seine Frau machte die Tür auf, aber sie holte ihn, und wir haben ihm den Brief in die Hand gegeben.«

Frank wußte, daß Tvjordov eine Frau hatte, weil sie zu dem Essen mitkam, das er alljährlich an seinem Namenstag für die ganze Belegschaft samt Familien gab. Er hätte nicht beschreiben können, wie sie eigentlich aussah, und sie hätte ihn aller Wahrscheinlichkeit nach auch nicht wiedererkannt. Eine Antwort von Tvjordov hatten die Lehrjungen nicht mitgebracht.

Selwyn und der zweite und dritte Setzer kamen zusammen, und als sie noch im unteren Stockwerk ihre Mäntel aufhingen, meldete sich die Polizei. Die Schuld daran schrieb Frank sich selbst zu. Hätte er frühmorgens darauf bestanden, den Nachtwächter zu sprechen und ihm hundert Rubel gegeben – eine Summe irgendwo zwischen Teegeld und Bestechung –, dann hätte Guljanin nicht gemeint, zur Polizei gehen zu müssen, was er jetzt offenbar getan hatte. Von der Polizei hatte er sehr viel weniger bekommen, aber wahrscheinlich brauchte er sofort Bargeld. Vermutlich hatte er sich in dem enggeknüpften Netz von kleinen Krediten, Schulden, Rückzahlungen und gekündigten Darlehen verfangen, das die ganze Stadt, ein Viertel wie das andere, so unausweichlich überzog wie das Verkehrsnetz der Straßenbahnlinien.

Frank bat die Polizisten in sein Büro. Nur ein Polizeiinspek-

tor und ein einfacher Polizist, beide zu Franks Erleichterung in Uniform. Das hieß, daß der Nachtwächter Volodja beim Verlassen des Gebäudes nicht gesehen haben konnte, sonst hätte er an der Mütze erkannt, daß Volodja Student war, und Ärger mit einem Studenten hätte die Sicherheitspolizei auf den Plan gerufen, die in Zivil arbeitete. Tee wurde serviert, und der Inspektor knöpfte seine Uniformjacke auf, der einfache Polizist jedoch nicht. Nur ein paar Fragen, eine kleine Untersuchung, ein ganz harmloses Verhörchen. Warum war Mr. Reid am vergangenen Abend so spät noch hierhergekommen? Ein Licht im Fenster, wer hatte das gesehen?
»Mein Geschäftsführer, Selwyn Osipitsch Crane.«
Der Inspektor lächelte. »Wir kennen Selwyn Osipitsch.«
Es ist immer dasselbe, an allen Enden Moskaus, dachte Frank, wer Selwyns Namen hört, fängt entweder an zu weinen oder zu lachen. Das war in gewisser Weise ein beträchtlicher Erfolg. Nun kam Selwyn in eigener Person durch die Verbindungstür ins Büro, abgezehrt und gramgebeugt. »Frank, seltsame Dinge haben sich zugetragen. Ah, guten Morgen, Inspektor.«
Der Inspektor sah ihn nachsichtig an. »Wenn Sie vorige Nacht hier ein Licht gesehen haben, so hätten Sie uns das sofort melden müssen.« Er wandte sich zu Frank. »Und Sie auch, mein Herr.«
»Das habe ich dem Nachtwächter überlassen«, sagte Frank.
»Guljanin hat vorschriftsmäßig Bericht erstattet. Er hat auch Schüsse gehört.«
»Ist er sich dessen ganz sicher?«
Der Polizeioffizier rührte sich etwas Marmelade in den Tee. »Nicht absolut sicher. Diese Straße hier ist sehr laut. Ein Schmied arbeitet hier, es gibt eine Autowerkstatt, und bis

Mitternacht fährt auch noch die Straßenbahn. Sagen wir mal, er hat irgendwas gehört.«

Das war ein ziemlich deutlicher Hinweis, daß er die Sache auf sich beruhen lassen wollte. Er nahm ein Glas Wodka mit Kümmel an, das im Büro ausschließlich für die Polizei bereitstand. Wie er das so früh am Morgen oder überhaupt trinken konnte, war für Frank ein Rätsel. Aber es markierte Rangunterschiede, denn der einfache Polizist, der wußte, was ihm zukam, lehnte den Wodka ab.

»Haben Sie festgestellt, daß etwas abhanden gekommen ist?«

»Nein, es fehlt nichts.«

»Entschuldigen Sie«, unterbrach Selwyn eifrig, »als ich eben ins Haus kam, habe ich sofort die ersten Druckexemplare der *Birch Tree Thoughts* nachgezählt. Und jetzt sind es nur noch vierundsiebzig. Ja, vierundsiebzig. Eines ist entwendet worden.«

»Was sind *Birch Tree Thoughts*?« fragte der Inspektor.

Frank erklärte es. Normalerweise war Dichtung verdächtig, und wieder hätte das ein Grund für das Eingreifen der Sicherheitspolizei sein können. Aber diese Gedichte stammten von dem harmlosen Selwyn Osipitsch, und der Polizeioffizier fragte nur: »Aber denken Birken denn, mein Herr?«

Selwyn war überzeugt, man müsse alle Fragen beantworten, und entgegnete, Birken dächten in derselben Weise wie Frauen: »Wie der Körper einer Frau mit seinen Bewegungen der Stimme ihres Herzens folgt, Herr Inspektor, so bewegt die Birke sich im Frühlingswind.«

Frank konnte sehen, daß der Inspektor und sein Mitarbeiter nicht zuhörten, da Faulheit und Gier sie fest im Griff hielten. Er zog einen Umschlag aus der Schublade und schob ihn über den Tisch; dabei war ihm klar, daß er nur ein geringes Risiko einging, da die schwerfällige Administration im Lande aller Reußen, die immerhin funktionierte, wenn auch nur gerade noch, davon abhing, daß zahllose solcher Umschläge den Besitzer wechselten. Der Inspektor öffnete den Umschlag ohne jede Verlegenheit, zählte die drei Hundert-Rubel-Scheine darin und steckte sie in eine Ledermappe, ein Zwischending zwischen Brieftasche und Portemonnaie, in der er seine »Nebeneinkünfte« aufbewahrte.

»Selwyn, begleite die Herren nach unten und durch den rückwärtigen Eingang hinaus«, sagte Frank. »Sie möchten sicher noch einen Blick auf das übrige Haus werfen.«

Er gab ihnen fünf Minuten und gesellte sich dann zu seinen beiden Setzern; sie standen wie benommene Trauernde herum und betrachteten fassungslos Tvjordovs zerbrochenes Setzregal, die verstreuten Lettern und die weiße Schürze, die noch am Haken hing und durch das eine, deutlich sichtbare Einschußloch zum Opfer geworden war. Diese Unordnung konnte dem Inspektor nur entgangen sein, wenn er sie absichtlich übersehen hatte.

»Zieht die Schutzhüllen darüber«, sagte er.

Die Schutzhüllen wurden nur Samstag abends und vor Feiertagen über die Setzregale gelegt. Jeder Setzer machte das selbst. Die Setzregale waren sakrosankt, und die beiden Männer bewegten sich wie unbefugte Eindringlinge.

Frank erklärte ihnen, es habe in der Nacht einen Zwischenfall gegeben, einen kleinen Zwischenfall, eine Art Einbruch; er habe Tvjordov gebeten, heute nicht zu kommen. Offenbar war jemand eingedrungen, aber er hatte sich wohl rechtzeitig aus dem Staub gemacht. Ein Dieb war es nicht, gestohlen war nichts, jedenfalls – Frank mußte sich korrigieren – nichts Unersetzliches. Sie sollten jetzt die laufenden Bestellungen bearbeiten, allen voran den Osterkatalog für Muir und Merrilee, der vollständig handgesetzt werden mußte. Das war eine Arbeit, die die Setzer gern übernahmen, weil sie nach der Seitenzahl bezahlt wurden und weil die Abbildungen sehr viel Raum auf den Seiten einnahmen. Aber was war nun aus den offenen Diskussionen geworden, den Entscheidungen, die Leitung und Arbeiter gemeinsam treffen sollten? An dieses Vorhaben hatte Frank sein Herz gehängt, als er Reidka übernahm, und jetzt mußte er sich fragen, was davon noch übriggeblieben war.

»Die Polizei ist zufrieden«, sagte er, »ihr habt ja selbst gesehen, sie sind gekommen und wieder gegangen. Wir müssen nun nur den normalen Arbeitstag in Angriff nehmen.«

Aber sie konnten sich nicht auf Tvjordovs Abwesenheit einstellen. Das Handsetzen, dessen Arbeitsrhythmus immer noch vom menschlichen Körper bestimmt wurde, kam aus dem Takt, weil der Schrittmacher fehlte; denn daß er immer an seinem Platz war, galt als die selbstverständliche, unumgängliche Voraussetzung für den ganzen Arbeitsablauf.

16

Wie verabredet, nahm der neue Kostenbuchhalter an seinem ersten Tag bei Reidka die Arbeit um neun Uhr auf. Frank hatte Selwyn schon gesagt, daß Alexander Alexandrowitsch Bernov vorher bei Sytin, einem Riesenbetrieb, gearbeitet hatte. Glattrasiert, mit scharfem Blick und schneller Auffassungsgabe, war er mit seinem Posten als Erster Sekretär nicht mehr zufrieden gewesen, aber seine Vorstellungen – wenn es seine waren – richteten sich, vielleicht unabänderlich, auf eine große Firma. Geschäft war für ihn immer ein verdeckter Krieg gegen alle Angestellten, die es nicht mindestens zum Kostenbuchhalter gebracht hatten.
Frank wollte besprechen, ob man möglicherweise die Setzer für das Auffüllen der Setzkästen und Einordnen der Typen bezahlen könne; schon seit Gutenberg hatten Setzer immer wieder und immer vergeblich diese Forderung gestellt. Bernov gab zu, daß die Setzer vor der Umstellung auf Maschinensatz die gebrauchten Typen einfach mitgenommen und auf dem Heimweg in den Fluß geworfen hatten, statt sie in unbezahlter Arbeitszeit wieder einzuordnen.
»Aber, Frank Albertowitsch, das möchte ich von Anfang an klarstellen: Das Kleben an den Resten der Vergangenheit sollte man nicht unterstützen. Der Handsatz wird jetzt mit Tolstojanern, revolutionären Studenten und Aktivisten in Mansarden und Kellern assoziiert. Die Zukunft gehört natürlich dem Bleimaschinensatz.«
»Für kleine Aufträge ist der Handsatz immer noch brauchbar, und unersetzlich ist er für künstlerische Arbeit«, sagte Frank. Er hatte immer noch das Bild von Tvjordovs ruiniertem Eigentum und seine zerschossene Schürze vor Au-

gen. Bernov aber drängte darauf, daß Reidka die kleinen Aufträge ganz und gar aufgeben sollte. Mehr Lagerhäuser mieten, mit der Linotype arbeiten und Zeitungen drucken. »Jeden Tag kommt eine neue Zeitung oder Zeitschrift auf den Markt. Und mit einer Zeitung drucken Sie in so hoher Auflage, daß Sie sofort in großem Rahmen kalkulieren können.«

»Ich möchte keine Zeitungen drucken«, sagte Frank. »Mit dieser Firma muß ich sehr vorsichtig und risikofrei kalkulieren, so daß sie kurzfristig und ohne Verlust verkauft werden kann, wenn die internationale Lage sich verschlechtert.«

»Oder wenn Ihre Frau, Elena Karlovna, nicht wiederkommt«, sagte Bernov und nickte energisch. Offenbar wurde auch schon bei Sytin darüber geredet. Selwyn beugte sich unauffällig und taktvoll vor.

»Wie schätzen Sie unsere Zukunft ein, Bernov?«

»Sehr einfach. Ich freue mich, daß Sie mich danach fragen. Mehr Lohn für mehr Leistung. Englische und deutsche Firmen haben ein Prämiensystem für ihre Arbeiter. Ich weiß nicht, ob wir das hier je einführen werden. Aber man kann damit anfangen, daß man die Geldstrafe für Trunkenheit erhöht und die vereinbarten Zahlungen für Wartezeiten – wenn zum Beispiel das Papier ausgegangen ist – niedriger hält; und vor allen Dingen darf es keine Ausnahmeregelungen mehr geben, keine Zugeständnisse aus humanitären Gründen. Das bedeutet Prosperität: Jedem das Geld geben, das er verdient hat.«

»Aber wieviel Geld ihnen zusteht, dürfen wir nicht überlegen«, sagte Selwyn. »Überlegen sollten wir nur, ob wir, die Geschäftsleute, es verdienen, das Geld zu haben, das wir ihnen geben.«

Bernovs Gesicht, das so viel mehr verriet, als gut für ihn war, fiel etwas zusammen.

»Ich bin natürlich nur als Kostenbuchhalter hier. Entscheidungen muß die Geschäftsleitung treffen. Vielleicht darf ich aber doch anmerken, daß die Frage, ob die Geschäftsleitung den Profit verdient, den sie macht, keine Bedeutung für ihr ökonomisches Verhalten hat.«

»Daß Sie das sagen, finde ich bedauerlich«, murmelte Selwyn, »sehr bedauerlich sogar.«

Frank registrierte, daß Bernov verstört aussah, und er ließ aus der Bar etwas zu essen holen. Die *zakuski* auf einem zugedeckten Tablett wurde vom Besitzer selbst gebracht, der unbedingt herausfinden wollte, was es mit dem Skandal auf sich hatte, den sein Schlafgast, der Nachtwächter, gemeldet oder nicht gemeldet hatte.

»Ist er jetzt wach?« fragte Frank.

»Er hat etwas von Schüssen gesagt, die er letzte Nacht während seines Rundgangs gehört haben will«, sagte der Besitzer.

»Vergessen Sie nicht, daß die Straße sehr laut ist.«

Bernov aß hastig und entwickelte sofort einen neuen Vorschlag. Offenbar hatte er bei Sytin und vielleicht in seinem ganzen Leben nie genug Aufmerksamkeit erfahren. »Sehen Sie sich den Staatshaushalt in diesem Jahr an! Einhundertundzehn Millionen Rubel Ausgaben für die Eisenbahn, achtzig Millionen für Erziehung. Erziehung heißt billige Bücher. Die könnte man in diesem Haus herstellen und sogar binden, wenn man festen Zeichenkarton als Einband benutzt.« Frank erinnerte ihn daran, daß Zeichenkarton in Notzeiten mit Sicherheit sehr knapp werden würde. Bernov griff nach einem Silberstift und spielte damit. Für 1915, das übernächste Jahr also, war in Berlin eine internationale Druckerei-Messe geplant, die größte, die es je gegeben hatte. Er sei überzeugt, daß diese Industrie-Messen eine Garantie für die Fortdauer des Friedens in Europa darstellten. Die kleinen Druckereien in Moskau, die wie Reid zum Beispiel dreißig bis sechzig Leute beschäftigten, müßten sich mit den Großbetrieben von der Art Sytins zusammentun und eine gemeinsame Ausstellung vorbereiten. Bevor es dazu kommt, hat er sich wahrscheinlich schon vor Aufregung zerrieben, dachte Frank.

Um vier Uhr kamen zwei alte Männer – sie gehörten zu den ältesten im Betrieb – in die Setzerei hinauf. Es waren Kollationierer, die die Druckbogen stapelten, zusammentrugen und dann mit Hilfe zweier Jungen und eines Eimers Wasser durch die hydraulische Presse schickten. Dieselbe Arbeit hatten sie schon mit der alten Schraubpresse gemacht, und etwas Schwierigeres würden sie wohl nie mehr tun müssen. Jetzt traten sie mit Autorität auf.

Sie hatten die Filzpantoffeln, die sie während der Arbeit trugen, gegen Lederschuhe vertauscht, gingen nun mit knarrenden Schritten quer durch den Raum in die Ikonen-Ecke und zogen einen Tisch vor die Ikone. Ein dritter, noch älterer Mann aus dem Lagerraum kam mit einem weißen Tischtuch, zwei Kerzen und zwei Leuchtern aus angelaufenem Silber. Sie breiteten das Tuch aus, strichen die Falten glatt, schlugen ein Kreuz und verbeugten sich. Frank kam aus seinem Büro und wurde gebeten, die Kerzen anzuzünden. Als er mit einem Zündholz über die Reibfläche strich, dachte er mit Unbehagen an Volodja, der sich Streichhölzer mitgebracht haben mußte.

Das Kerzenlicht wäre eindrucksvoller gewesen, wenn sie das elektrische Licht gelöscht hätten, aber das war für die Belegschaft von Reidka nicht wichtig, da ein Priester den elektrischen Strom bei der Installation geweiht hatte und die Leute sehr stolz darauf waren. Von dem Augenblick an, da die Kerzen angezündet waren, kamen sie nach und nach schweigend herein, stellten sich nicht in Grüppchen zusammen, stießen einander nicht an, vielmehr nahmen dieselben Menschen, die sich sonst an der Trambahnhaltestelle rücksichtslos vordrängten und auf den Brücken beim Beobachten des Eises immer versuchten, sich in die vorderste Reihe zu kämpfen, jetzt jeder seinen Platz ein, als sei eine bestimmte Stelle für ihn markiert. Als sie der Ikone gegenüberstanden, bekreuzigten sie sich, indem sie zuerst die Stirn, dann die beiden Schultern, eine nach der anderen, dann die Brust berührten.

Die Männer standen rechts, die Teefrau und ihre Hilfe links, Frank und Selwyn wie immer in der Mitte. Bernov hatte sich entschuldigt, er war nach Hause gegangen und hatte sich einen großen Stapel Papiere zum Durcharbeiten mitgenommen.

Die Versammlung orientierte sich zur rechten Seite hin und heftete die Augen auf die Kerzen, die, wie das Öl für das Ikonenlämpchen auch, aus einer freiwilligen wöchentlichen Spende aller Mitarbeiter über sechzehn Jahre finanziert wurden. Die Ikone war nicht alt, sie war ein Produkt des neuen phototechnischen Verfahrens, das angeblich die genaue Simulation eines Ölgemäldes war, mit Rot- und Blautönen, die weder die Zeit noch der Lampenrauch verdunkeln konnten; der strahlende Heiligenschein des St. Modestus und die Buchstaben des Alphabetes in seinem gebundenen Buch glänzten viel stärker als das alte Silber der Kerzenleuchter. Sie stammten noch aus dem alten Haus auf dem Werksgelände. Frank erinnerte sich, daß es schon damals geheißen hatte, es bringe Unglück, sie zu putzen.

Der Hausmeister öffnete schwungvoll die Tore, und herein

kam der allen vertraute Pope mit schwerem Schritt und schwer atmend, gefolgt von einem Diakon und einem Subdiakon. Im Eingang machte er eine segnende Gebärde. Alle drei wurden in Franks Büro geführt, das sich für diese Gelegenheit in eine Sakristei verwandelte. Der Priester kam angetan mit seiner Stola wieder heraus, die Diakone trugen Chorhemden. Das Weihrauchgefäß wurde mit einem Stück rotglühender Holzkohle aus dem Kantinensamowar entzündet. Der Duft der glimmenden Libanonzeder drang in alle Winkel des Raumes, in dem Männer, Frauen und Kinder bewegungslos standen.

Frank wußte, daß einige von ihnen Agnostiker waren. Der Lagerverwalter hatte ihm einmal erklärt, er glaube, Seele und Leib seien wie der Qualm über einer Fabrik, eines könne ohne das andere nicht bestehen. Aber auch er stand bewegungslos. Der Priester sprach ein Gebet für den Zaren und seine Familie, die unter Gottes besonderem Schutz standen, für die zaristische Armee, damit sie alle Feinde Rußlands unterwerfe, für die Stadt Moskau und das ganze Land, für die Menschen auf See, die Reisenden, die Kranken, die Leidenden, für die Gefangenen, für die Begründer der Druckerei und ihre Arbeiter; er betete um Barmherzigkeit, Leben, Frieden, Gesundheit, Erlösung und um Bestrafung, Vergebung und Tilgung der Sünden.

Daß ich an all das nicht glaube, bedeutet nicht, daß es nicht wahr ist, dachte Frank. Er versuchte, sich selbst zur Ordnung zu rufen. Thomas Huxley hatte geschrieben, wenn es nur die Spur eines Beweises für die Wahrheit der Religion gäbe, würde sich die Menschheit daran klammern wie ein Ertrinkender an einen Strohhalm. Aber solange die Menschheit nicht vortäuscht, an etwas zu glauben, ohne daß sie Grund für einen Glauben sieht, nur weil das Vortäuschen Gewinn bringen könnte – solange die Menschheit das nicht tut, ist sie noch nicht ganz tief gesunken. Von Frank allerdings konnte man sagen, er täusche etwas vor; erst recht galt das für ihn, seit er in die Anglikanische Kirche gegangen war, Nellie zuliebe. Warum er eine gewisse Beunruhigung spürte, als Dolly ihm erzählte, ihre Lehrerin sage, es gebe keinen Gott, das wußte er selbst nicht. Die Beunruhigung konnte ein Anzeichen dafür sein, daß er als rationales Wesen gescheitert war. Entweder war es das, oder aber er war soweit gekommen, daß er meinte, Religion sei gut genug für Frauen und Kinder; dann wäre er noch tiefer gesunken, als Huxley für möglich gehalten hatte. Vielleicht bin ich gläubig, dachte Frank, auch wenn mir religiöse Überzeugungen fehlen.

Der Priester hielt eine kleine Predigt. »Ihr seid Arbeiter, und euch ist nicht nur aufgetragen, zusammen zu arbeiten, sondern ihr sollt auch einander lieben und Mitgefühl miteinander haben. Wie kann das sein? Ihr werdet sagen: Ich habe mir nicht ausgesucht, neben diesem oder jenem Mann zu arbeiten; er war eben schon da, als ich kam, es war der reine Zufall. Aber wenn ihr das meint, dann denkt daran, daß es zufällige Begegnungen nicht gibt. Wir begegnen uns nie nur zufällig. Entweder ist dieser Mann oder diese Frau uns geschickt, oder wir sind ihnen geschickt.«

Der Schlußsegen begann. Bei den Worten: »Segne diesen Ort und dieses Haus und die Seelen derer, die hier wohnen«, öffneten sich die Türen – und herein kam Tvjordov. Alle Köpfe drehten sich zu ihm hin und dann wieder in die alte Richtung. Er bekreuzigte sich und blieb stumm stehen, mit dem Rücken zu seinem Setzregal.

Der Priester hielt ein versilbertes Andreaskreuz empor, dessen unterer Querbalken nach rechts geneigt war und das Geschick des guten und des bösen Schächters symbolisierte.

Die Versammlung stellte sich in einer Reihe auf, und einer nach dem anderen, die Männer zuerst und dann die beiden Frauen, trat vor und küßte das Kreuz. Die Teefrau und ihre Hilfe küßten dem Priester auch die Hände. Obwohl sie wahrscheinlich die frömmsten Seelen in der Gruppe waren, liefen sie doch sofort danach aufgeregt davon. Das *pjertchestvo* nach dem Weihen der Ikone lag ganz und gar in ihrer Verantwortung, und es konnte ja sein, daß, während sie oben an der Feierlichkeit teilnahmen, unten die Gläser durcheinandergeraten oder die kleinen Kuchen und Plätzchen vorzeitig herausgeholt waren, die doch bis später zurückgehalten werden mußten. Tvjordov küßte ebenfalls das Kreuz, aber nicht die Hand des Priesters.

»Mach du weiter«, sagte Frank zu Selwyn, »ich komme später nach.«

Selwyn nickte und geleitete den Priester, den Diakon und den Subdiakon die Treppen hinunter zur Teestube. Sie waren zwar verwundert, weil sie erwartet hatten, daß man sie wie sonst im Büro bewirtete, aber im Augenblick bot sich keine Gelegenheit, ihnen zu erklären, warum die liebgewordene Gewohnheit nicht beibehalten wurde. Die ganze Versammlung folgte, nur Tvjordov nicht, und der Raum war von einer eigenartigen Stille erfüllt, er schien sich zu strecken und größer zu werden, wie es geschehen kann, wenn Menschen in großer Zahl eben noch im Raum waren und gerade gegangen sind. Frank ging zu seinem Setzermeister und sah ihn an.

Tvjordov redete nicht gleich mit ihm. Er nahm die Schutzhülle von seinem Setzregal, so als wolle er seinen Arbeitstag beginnen, erblickte die Unordnung, und sie tat ihm weh, verwirrte ihn aber nicht. Er nahm eine Letter aus dem zerschlagenen oberen Setzkasten, dann noch eine und ließ sie aus Gewohnheit an die Stelle zurückfallen, wo sonst die richtigen Fächer gewesen waren. Dann nahm er seine weiße Schürze vom Haken, sah das Einschußloch, steckte einen Finger durch und faltete die Schürze säuberlich zusammen.

»Sie haben mir eine Botschaft geschickt, daß ich nicht kommen soll. Aber die Segnung der Ikone habe ich noch nie versäumt.«

»Sie haben überhaupt nie etwas versäumt«, sagte Frank, »in all den Jahren nicht, seit mein Vater die Firma aufgemacht hat und alles von Hand gesetzt wurde.«

Er konnte Tvjordov schlecht sagen, was er der Polizei verschwiegen hatte. Vielleicht hätte er es riskiert, wenn er gewußt hätte, was Tvjordov von Studenten und deren politischen Aktivitäten hielt; aber er wußte es nicht.

»Ich muß Ihnen erklären, warum Ihr Setzregal so zugerichtet ist«, fing er endlich an. »Es ist alles gestern abend geschehen.«

»Mein Regal ist es nicht«, entgegnete Tvjordov, »es gehört der Druckerei. Die Werkzeuge waren meine, der Schwamm gehörte mir, die Schürze war meine.«

»Alles wird ersetzt.«

»Das ist nicht nötig. Was geschehen ist, interessiert mich nicht. Ich werde nie mehr in diesem Raum arbeiten. Sie müssen jemanden finden, der meinen Lehrling weiter anlernt, und einen, der die Uhr Samstag abends aufzieht und das Glas Montag morgens putzt. Ich arbeite ab morgen unten an der Monotype.«

Oben auf die zusammengefaltete Schürze legte er seinen Winkelhaken, seine Setzlinie, die Schere, den Schwamm und die Ahle zum Austauschen falscher Lettern; ihre Spitze war mit einem Korken gesichert; mit zwei Handbewegungen wickelte er alles zu einem handlichen Paket zusammen. Dann ging er.

»Wo wollen Sie denn hin mit den Sachen?« fragte Frank.

»Die werfe ich in den Fluß.«

17

Charlie meldete seine Ankunft für den 31. März mit einem Telegramm. Das war der 18. nach Moskauer Zeitrechnung. Die Schneeschmelze war dann fast vorbei, aber die zugekitteten Fenster in der Stadt waren noch nicht wieder geöffnet, um den Frühling einzulassen. Von der besten Seite würde er das Land mit Sicherheit nicht sehen. Franks Gastgeber-Instinkte sträubten sich gegen den Zeitpunkt. Schießen und Eislaufen würden nicht mehr möglich sein. Aber Charlie war kein Jäger, und Schlittschuh laufen konnte er auch nicht. Im März gab es keinen Pferdemarkt, aber für Pferde interessierte sich Charlie sowieso nicht. Für gute Photos würde das Licht noch nicht hell genug sein; aber er hatte ohnehin nie Glück mit seinen Schnappschüssen. Blieb das Problem, wie Charlie den Moskauer Frühling im Vergleich zu Norbury empfinden würde; dort schlugen jetzt sicher schon alle Hecken aus, und der Frühlingsrasen fing an zu sprießen. Vielleicht würde er finden, daß man Nellie nie hätte nach Rußland verpflanzen dürfen.

Die Dienstboten fragten, was für den englischen Gast vorbereitet werden müsse. Frank erinnerte sie daran, daß auch er Engländer war.

»Ja, schon, aber Sie sind Russe, Ihnen ist alles Russische ganz vertraut«, sagte Toma, »Sie machen Fehler und finden unsere Fehler nicht schlimm. Gott hat Ihnen anstelle Ihres verflossenen Glückes jetzt Geduld geschenkt.«

»Karl Karlowitsch wird zu allen Tageszeiten viel heißes Wasser und jeden Morgen ein gekochtes Ei haben wollen.«

Der 18. März, der Tag der Verkündigung, war ein Feiertag. Das traf sich günstig, weil die Druckerei an diesem Tag geschlossen war und er Charlie ohne Schwierigkeiten vom Bahnhof abholen konnte.

»Wen von uns nimmst du mit zum Bahnhof?« fragte Dolly. »Unser Onkel wird erwarten, daß wir ihm einen herzlichen Empfang bereiten.«

»Ich nehme euch alle nicht mit. Er hat eine anstrengende Reise hinter sich, und wenn er ankommt, wird er eine Verschnaufpause brauchen, damit er alles in Ruhe aufnehmen kann.«

Er redete, als sei sein Schwager ein kranker Mann, und prompt fragte Dolly, ob Onkel Charles ganz richtig im Kopf sei.

»Natürlich, aber vielleicht findet er am Anfang alles ein bißchen verwirrend. Reisen hat er nie gemocht. Und überhaupt, es ist ganz normal, daß man etwas Ruhe und Frieden braucht.«

»Bringt er Mutter wieder mit?« fragte Ben betont gleichmütig.

»Nein.«

»Wenn Mutter kommt, mußt du dann Lisa wieder loswerden?«

Frank sah Dolly nicht an, aber er fühlte förmlich, wie sie den Kopf abwendete und zu Eis erstarrte.

»Den Ausdruck ›loswerden‹ mag ich überhaupt nicht«, sagte er.

»Warum denn nicht?«

Frank überlegte, was man eigentlich loswerden konnte. Cholera-Epidemien, Zugluft, Mäuse, politische Gegner, schlechte Angewohnheiten. Ben hatte es nicht böse gemeint, im Gegenteil. »Loswerden« war ein Lieblingswort von Nellie gewesen.

Als Lisa kurz nach den anderen Hausangestellten ihren Wochenlohn abholte, fragte er sie, wie lange sie bei ihnen bleiben könne.

»Wie kann ich darauf antworten?« sagte sie und zählte ihr Geld sorgfältig nach. »Ich weiß keine Antwort.«

»Sie könnten sagen: ›Solange ich möchte.‹«

»Ich müßte sagen: ›Solange Sie möchten.‹ Aber das brauche ich Ihnen nicht zu erklären.«

Frank schloß noch eine Schreibtischschublade auf. »Sehen Sie, hier sind Ihre Papiere, hier Ihr Inlandspaß. Ich bin gesetzlich verpflichtet, die Papiere einzubehalten, aber ich gebe sie Ihnen zurück. Sie können frei gehen, wann Sie möchten, wenn es sein muß. Jetzt können Sie sagen: ›Ich werde solange bleiben, wie ich möchte.‹ Aber ich möchte sehr gern, daß Sie bleiben, Lisa Ivanovna.«

Charlie stieg dick verpackt in Plaids und Schals aus dem Zug und erwartete – was ganz verständlich war –, daß man ihn auf dem schnellsten Wege zur Lipkastraße brachte, aber Frank gab das Gepäck einem Träger zur Aufbewahrung und steuerte Charlie in das Bahnhofscafé; dabei vermied er eine Begegnung mit dem Stationsvorsteher; er hatte das Gefühl, in diesem Augenblick könne er den Mann nicht ertragen.

»Kann man hier Tee bekommen?« fragte Charlie.

»Charlie, sag mir jetzt bitte, was mit Nellie ist.«

»Was, jetzt sofort? Ach, weißt du, ich habe mich noch gar nicht waschen können, seit wir die Grenze passiert haben.«

»Wie geht's Nellie?«

Charlie seufzte. »Ich habe schlechte Nachrichten, nein, warte mal, du drängst mich so, ich habe mich nicht richtig ausgedrückt, Grund zur Aufregung besteht nicht. Soweit ich weiß, ist Nellie ganz gesund, sie ist eben nur nicht bei mir, auch nicht in Norbury.«

»Soll das heißen, daß du die ganze weite Reise gemacht hast, bloß um mir zu sagen, daß du nicht weißt, wo sie ist?«

»Materielle Sorgen hat sie nicht, Frank, nicht daß ich wüßte.«

»Das möchte ich auch hoffen. Ich habe sofort Geld abgeschickt.«

»Ja, das ist mit der Post gekommen, schon vor ihr. Ich habe es ihr gleich gegeben, als sie kam. Ich dachte, sie sei nur zu Besuch, verstehst du, obwohl ich schon ziemlich lange nichts mehr von ihr gehört hatte. Sie blieb nur über Nacht, dann war sie wieder weg.«

Frank bestellte Tee. »Und wo ist sie jetzt?«

»Sie unterrichtet wieder an einer Schule, Frank. Ihr Examenszeugnis gilt ja noch. Frag mich nicht, wo sie unterrichtet, ich weiß es wirklich nicht. Ich wollte sagen, sie hat mir geschrieben, sie sei wieder an einer Schule, und in ihrem Alter könne man nichts mehr lernen, also müsse sie lehren. Aber der Brief war ohne Adresse, sie hat ihn postlagernd an den Tabakladen geschickt, erinnerst du dich an den Laden am Ende unserer Straße?«

»Kannst du den Ladenbesitzer nicht dazu bringen, daß er dir sagt, woher der Brief kommt?«

»Das wäre nicht recht, wenn ich versuchte, ihn zu einem Vertrauensbruch zu überreden. Dafür wird er schließlich bezahlt, daß er den Briefumschlag vernichtet. Außerdem ist er Wesleyaner.«

»Ich verstehe.«

»Ich habe ihren Brief mitgebracht, falls du ihn sehen willst.«

»Nein, Charlie. An mich ist er nicht gerichtet.«

Charlie setzte sich in seinem Stuhl zurecht und schob die Zitrone in seinem Tee hin und her – fest entschlossen, sich fremden Gewohnheiten anzupassen. Da half nichts, jetzt mußte er mit der Sprache heraus, dachte Frank, der ihn beobachtete; Charlie tat ihm leid.

»Frank, hattet ihr irgendwie Streit, du und Nellie?«

»Hast du sie danach gefragt?«

»Ja, schon, aber sie hat mir keine Antwort gegeben. Sie war nicht kurz angebunden, so wie früher oft, das will ich damit nicht sagen. Wenn ich sie beschreiben sollte, würde ich sagen, sie war halb im Schlaf, wie traumverloren.«

»Hat sie die Kinder erwähnt?«

»Das habe ich getan, aber sie nicht.«

»Was hast du gesagt?«

»Ich habe sie gefragt, welche Vorkehrungen und Verabredungen sie wegen der Kleinen getroffen hat. Darauf hat sie auch keine Antwort gegeben.«

»Hast du daran gedacht, daß ihr die Kinder vielleicht verlorengegangen sind, wirkte sie so schlafwandlerisch?«

»Nein, Frank, das ist mir nicht in den Sinn gekommen, sonst wäre ich ganz starr vor Schreck gewesen. Sonst hat sie ja schließlich nichts verloren.«

Charlie hatte die ganze lange Reise von über zweitausend Kilometern gemacht, um Nachrichten zu bringen, die sehr kümmerlich waren; das war nun klar. Nur dafür hatte er Gewohnheiten durcheinanderbringen müssen, an denen er sein Leben lang festgehalten hatte; die Südbahn nach London hatte er nehmen müssen, ein Visum im russischen Konsulat besorgen, Geld in Mark und Rubel umtauschen; er hatte sich die Durchsuchung an der Grenze gefallen lassen müssen, seine Bücher (*Raffles* und *Sentimental Tommy*) und seine Patience-Karten hatte er eingebüßt; die Zollbeamten in Verschbolovo hatten sie beschlagnahmt. »Was kann denn ein Päckchen Karten schon schaden?« Frank erklärte ihm, daß der Staat ein Monopol auf Spielkarten habe und die Einnahmen dem Kaiserlichen Hospiz für Findelkinder zugute kamen. »Immerhin, das zeigt, daß der Zar das Herz auf dem rechten Fleck hat«, sagte Charlie.

Was ihn eigentlich in Bewegung gesetzt hatte, war, soweit Frank es verstand, der Schreck gewesen. Er war verstört, als Bertha starb; entsetzt, als Lloyd George die *National Insurance* einführte (als sich herausstellte, daß Verbrecher keine Rente bekommen, beruhigte er sich wieder); sehr beunruhigt – so hatte er Frank gesagt – durch das Verhalten der englischen Frauen, der englischen Eisenbahner und Drucker; aber nichts von alledem hatte ihn so erschüttert wie die Tatsache, daß Nellie, anstatt in Moskau zu sein, plötzlich an seiner Tür in der Longfellow Road klingelte und dann gleich am nächsten Tag auch noch wieder verschwand. Möglicherweise stand hinter Charlies Entschluß auch ein lang gehegter, nie zugegebener Wunsch, seine weltläufige Schwester zu übertrumpfen. Wer hätte gedacht, daß Charlie Cooper bis nach Rußland kommen würde? Aber einen praktischen Zweck hatte seine Reise ganz und gar nicht. Nur eine Idee sei ihm gekommen, sagte er: Sie könnten doch eine »Anzeige aufgeben«. Frank machte ihm klar, daß man Anzeigen aufgab, wenn jemand verlorengegangen war oder vermißt wurde, aber das traf genaugenommen für Nellie nicht zu. Charlie hatte aber mehr an etwas von der Art gedacht, was die *Lost Boys* in *Peter Pan* geschrieben hatten, die ihre Mütter baten, wieder nach Hause zu kommen. Frank war ganz erstaunt über diesen plötzlichen Anfall von Phantasie, aber dann sagte Charlie, der Pfarrer habe sich das ausgedacht.

»Dann hast du meine Probleme also ausführlich in Norbury breitgetreten.«

»Nicht ausführlich, Frank, nur mitfühlenden Ohren habe ich sie anvertraut.«

Sobald sie in der Lipkastraße waren, gab Charlie seine Absichten bekannt: Er wollte eine Woche oder zehn Tage bleiben und sehen, was es so zu sehen gab, und er wollte seinen Horizont erweitern, dafür sei Reisen ja schließlich da. Er hatte erst Sorgen gehabt, daß er sich ein sehr beschwerliches Unternehmen aufgeladen habe, aber nun sah er, daß diese Bedenken unnötig gewesen waren – Frank konnte sehr gut zurechtkommen, und sein Haus wurde gut geführt, das war auch zu merken. Die Wärme eines russischen Haushaltes und die freudige Erregung, mit der die Dienstboten den hohen Gast und Verwandten aus einem fremden Land willkommen hießen, beeindruckten ihn sehr, so daß er weniger einem Mann in schwieriger, betrüblicher Mission als einem Reisenden auf einem Tagesausflug glich.

»Auf mein Wort, Frank, schlecht geht's dir wirklich nicht. Alles reichlich vorhanden, Leute, die dich versorgen, ein immer gut geheiztes Haus, vielleicht sogar etwas überheizt. Ich kenne kein einziges Haus in Norbury, das nicht mit Kohlefeuerung auskommen muß.«

»Mit dem Wodka wäre ich an deiner Stelle vorsichtig, Onkel Charlie«, sagte Ben ganz besorgt. »Er schmeckt nach gar nichts, aber er ist ganz schön stark.«

»Onkel Charlie braucht etwas ganz Starkes«, sagte Dolly.

»Also gut, ein Schlückchen nehme ich«, sagte Charlie liebenswürdig, »wenn euer Vater meint, daß es mir guttut.«

»Das tut dir gar nicht gut«, sagte Frank. Aber der Wodka war so wohltuend ausgeglichen und feurig, daß er ihnen den Augenblick leicht machte, wie schon Millionen Menschen vor ihnen.

Taub war Charlie nicht, aber er bekam nicht alles mit, was man zu ihm sagte. So geschah es zwar manchmal, daß er überrumpelt wurde, aber andererseits blieb ihm eine Menge erspart. Beim Essen griff er fleißig zu und sagte: »Ich hoffe nur, daß ich es nicht übertreibe.«

»Das kannst du gar nicht«, sagte Frank, »die Köchin ist enttäuscht, wenn du nicht ordentlich viel nimmst.«

»Da kann sie ganz unbesorgt sein. Es ist ausgezeichnet, und dann hat das Essen dieses gewisse Etwas, diese Gurkenscheibchen meine ich, das nenne ich das gewisse Etwas. Ich hätte nie gedacht, daß der Haushalt so weiterläuft, seit du sozusagen auf dich selbst gestellt bist.«

»Er ist nicht auf sich selbst gestellt«, sagte Dolly, »er hat ja Lisa.«

»Wir haben ein russisches Mädchen, das sich um die Kinder kümmert«, sagte Frank. »Ich weiß nicht, warum sie jetzt nicht da ist.« Er hatte erwartet, sie zu sehen, und obwohl sie vermutlich nur in einem Nebenzimmer war, überfiel ihn das Gefühl des Verlustes wie ein körperlicher Schmerz, gegen den er sich nicht wehren konnte.

»Du warst so lange am Bahnhof«, sagte Dolly. »Da hat Lisa mit Annuschka oben gegessen.«

»Na, dann lerne ich eure Miss Lisa morgen kennen«, sagte Charlie. »Gut, daß sie einen englischen Namen hat, nicht? Dann plaudern wir morgen ein bißchen.«

»Leider wird Lisa nicht mit dir plaudern können«, sagte Dolly. »Sie kann gar kein Englisch.«

»Ach, das ist aber schade. Dann müßt ihr versuchen, ihr etwas Englisch beizubringen. Nur ›Wie geht es Ihnen?‹ und ›Danke‹ und ›A wie Apfelkuchen‹ – nur ein paar Redewendungen, mit denen man sich weiterhelfen kann.«

Dolly und Ben verließen das Zimmer.

»Welch ungewöhnliche Kinder«, sagte Charlie. »Sie haben eine originelle Art. Man weiß nie, was in ihren Köpfen vorgeht, aber das weiß man bei Kindern ohnehin nicht. Diese beiden reden ganz unbefangen mit, aber das heißt nicht, daß man weiß, was sie denken. Ich kann mich nicht erinnern, ob

Nellie und ich jemals so frei mitreden durften. Bei uns zu Hause herrschte strenge Disziplin, wenn du verstehst, was ich meine.«

Der Tee wurde gebracht, und Toma, der sich den Schwager genauer ansehen wollte, brachte wieder einmal eine alte Klage vor, die Frank schon lange kannte: die Anschaffung eines fünften Samowars. Einer war nun oben bei Lisa Ivanovna, und die beiden großen standen in der Küche. Der Streit war keine bloße Formalität und ging eine Weile hin und her; Charlie saß dabei, schwitzte in der Wärme des Zimmers und drehte den Kopf von einem zum anderen der beiden unverständlich redenden Männer. Die Tür war offengeblieben, und Lisa kam herein.

Charlie erhob sich, wurde als Karl Karlowitsch vorgestellt und konnte nur stumm lächeln. Auch Lisa lächelte und sagte auf russisch zu Frank: »Bitte, denken Sie nicht, ich wollte mich hier niederlassen. Ich weiß, daß Sie sich mit Ihrem Schwager unterhalten möchten.«

»Nein, ich möchte mich nicht mit ihm unterhalten«, sagte Frank auf englisch. »Bleiben Sie hier, ich liebe Sie.«

»Wie bitte, ich habe nicht ganz verstanden?« sagte Charlie.

Lisa ging schweigend hinaus.

»Sie sieht wie eine vornehme junge Dame aus, Frank. Ein Jammer, daß sie das Haar kurzgeschnitten trägt, es hat so eine schöne Farbe. Zu Hause hätte ich sie für eine Suffragette gehalten.«

»Sie ist hier nur vorübergehend angestellt«, sagte Frank. »Das heißt, nur solange Nellie fort ist.«

»Ach so, dann ist sie also keine junge Dame, sondern eine junge Frau.«

»Ihr Haar ist bestimmt bald wieder nachgewachsen«, sagte Frank.

18

Charlies unerwartete Bereitschaft, sich wohl zu fühlen, hielt vor. Das fing ganz konventionell mit einem Besuch in der Pfarrei der englischen Gemeinde an; Frank, der ihn begleitete, hatte das Gefühl, daß er seit Miss Kinsmans Abreise dort ziemlich kühl empfangen wurde. Wenn das der Fall war, so bemerkte Charlie es nicht. Er erzählte auch Mrs. Graham, wie angenehm überrascht er von dem Haushalt in der Lipkastraße war.

»Das muß an Rußland liegen. Sie werden den Unterschied merken, Sie und Ihr Gatte, wenn Sie nach dem Ende Ihres Moskau-Aufenthaltes wieder in die Heimat zurückkommen. Ich habe Frank schon gesagt, im Vergleich zu England kommt man sich in seinem Haus vor wie in Tausendundeiner Nacht.«

»Freut mich zu hören, Frank«, sagte Mrs. Graham, während sie sich eine ihrer scheußlichen Zigaretten anzündete, »daß es in Ihrem Haus zugeht wie in Tausendundeiner Nacht.«

»Da gibt es einen, der die Tür öffnet«, redete Charlie unbeirrt weiter, »und einen anderen, der die Tür wieder für Sie schließt, und ein Dritter bringt Ihnen alles, was Sie möchten. Und mit einem Lächeln, verstehen Sie. Und die Kinder erst, die machen überhaupt keine Mühe.«

»Ach ja?« sagte Mrs. Graham. »Ich habe gehört, daß Frank ein junges Mädchen eingestellt hat, das sich um die Kinder kümmern soll.«

»Sie spricht natürlich Russisch, und ich verstehe kein Wort«, erzählte Charlie weiter. »Aber man muß sie nur ansehen, dann weiß man gleich, daß sie die Richtige ist. Sie ist ›ein Geschöpf ganz im Sinne der Natur‹. Kennen Sie das Lied, Mrs. Graham?«

»Nein, kenne ich nicht«, antwortete Mrs. Graham rasch, vielleicht aus Angst, Franks Schwager könnte anfangen zu singen.
»Es ist ein irisches Lied. Es heißt: ›Ich traf sie im Garten, wo die Wiesenblumen blühn.‹ Aber so scharf kann man die Grenzen zwischen den Nationalitäten nicht ziehen. Das Lied beschreibt sie bis aufs I-Tüpfelchen genau.«
»Lisa hat früher als Verkäuferin bei Muir und Merrilee gearbeitet«, sagte Frank, »ich hoffe –«
»In welcher Abteilung?«
»Herrentaschentücher.«
»Aha.«
»Ich hoffe, daß Sie sich ein wenig mit ihr unterhalten, wenn Sie und der Pfarrer uns nächstes Mal besuchen.«
»Ach, Sie müssen sich jetzt nicht mit Einladungen belasten«, sagte Mrs. Graham, »warten wir doch, bis Ihre Frau wieder da ist.«

Charlie fand Mrs. Graham eine gütige, freundliche Frau, die für jeden ein gutes Wort hatte. Auch von Selwyn war er beeindruckt, das sei ein kluger Bursche, sehr belesen. Er wunderte sich, daß Nellie ihn nicht häufiger in ihren Briefen erwähnt hatte.
»Er hat mir erzählt, daß er ein Dichter ist, Frank. Wußtest du das eigentlich?«
»Ja, das wußte ich.«
»Und Vegetarier ist er auch, wie George Bernard Shaw. Aber Shaw ist kein Dichter. Für ihn muß es leichter sein, nur von Gemüse zu leben; er schreibt bloß Prosa.«
»Selwyn ißt nie viel«, sagte Frank.
»Es kommt mir seltsam vor, daß ein Geschäftsführer dichtet. Aber der Geist weht, wo er will; da kann man nichts machen.

Als er mich gestern mitnahm zu dem Klavierabend mit diesem Pianisten, Skrjabin, glaube ich, ja, in der Konzerthalle, und als wir dann zusammen zurückgingen, da sagte er plötzlich, ich sollte stehenbleiben, und wir blieben auf der Stelle stehen, mitten auf den Trambahnschienen.«

»Warum denn das?«

»Einen Grund hat er nicht angegeben. Er hat nur den Kopf zurückgeworfen und die Sterne betrachtet, und dann gingen wir gleich wieder weiter.«

Selwyn hatte Charlie auch ein Exemplar der *Birch Tree Thoughts* zu lesen gegeben. Da lag es in seinem wohlbekannten Ledereinband.

»Als Andenken hätte es besser gepaßt, wenn es in russischer Sprache geschrieben wäre, aber andererseits hätte ich gar nichts davon verstehen können, wenn es nicht englisch wäre. Ich habe es durchgeblättert. Das hier ist so eine Art Wiegenlied, glaube ich, damit kann man ein Kind in den Schlaf singen. Ich wußte gar nicht, daß Crane verheiratet ist.«

»Da spricht nicht der Dichter«, sagte Frank. »Wenn wir dasselbe meinen, dann spricht eine Birke.«

»Hm, ich finde, es ist wirklich ein Privileg, daß man so von gleich zu gleich mit einem Dichter bekannt wird. Das muß dir genauso gehen, mitten in der alltäglichen Arbeit.«

Als Selwyn und Charlie zusammen zum Konzert ins Konservatorium gegangen waren, hatte Frank die Gelegenheit dazu genutzt, noch einmal Mrs. Graham aufzusuchen. Er hatte sie vorher angerufen und gefragt, ob er noch auf ein Wort zu ihr kommen könne, am Abend zuvor habe sich keine Gelegenheit dazu ergeben, aber nun sei sein Schwager ausgegangen.

Im Salon war niemand sonst, offenbar hatte sie es der Mühe wert gefunden, den Raum für ihn freizuhalten. Er fing ohne Umschweife an: »Ich wollte Sie fragen, ob Sie Nachrichten von Miss Kinsman haben. Mir ist, ehrlich gesagt, gar nicht wohl beim Gedanken an sie.«

»Dazu haben Sie auch allen Grund; was haben Sie denn erwartet?« fragte Mrs. Graham.

»Ich wüßte nicht, warum ich besondere Verantwortung ihr gegenüber fühlen sollte. Aber ich weiß, daß sie ihre Stelle verloren hatte und eine neue suchte, und vielleicht hat sie ja erwartet ... ich will damit sagen, daß es mir leid tut, wenn sie enttäuscht war.«

»Ach, tatsächlich?« sagte Mrs. Graham. »Würden Sie mich für übertrieben altmodisch halten, wenn ich Sie darauf aufmerksam mache, daß es die Pflicht eines Mannes ist, eine Frau, auch oder gerade eine ältere Frau, sicher zu geleiten, ganz gleich, wohin sie gehen möchte, wenn er sie in einer fremden Stadt trifft?«

»Nein, altmodisch finde ich Sie nicht, Mrs. Graham. Ich finde Sie verwirrend, aber das ist etwas anderes. Ich finde alle Frauen verwirrend, sogar Dolly, und zwar deshalb, weil Sie sich immer verschieden verhalten, wenn ich so sagen darf, je nachdem, mit wem Sie zusammen sind. Das würde Ihr Gatte niemals tun.«

»Das sollte er aber können, das gehörte zu seiner Ausbildung als Pfarrer«, sagte Mrs. Graham lebhaft. »Ich für mein Teil mußte es nicht erst lernen, das gebe ich zu. Wie dem auch sei, die arme Miss Kinsman fanden Sie wohl nicht verwirrend?«

»Oh, doch. Aber trotzdem war ich nicht höflich genug zu ihr, ich habe mich nicht einmal vernünftig benommen.«

»Jedenfalls ist sie heil in Harwich angekommen. Sie war vollkommen harmlos oder so harmlos, wie jemand sein kann, der ohne einen Pfennig dasteht. Die Armen sind immer unbequem, mein Vater war Hilfspfarrer auf dem Land, und wir waren arm wie die Kirchenmäuse. Wohin sie gegangen ist? Nun, ich habe ihr einen Brief an den Verein der verarmten Damen von Stand mitgegeben, und Mr. Crane hatte die Adresse einer Gründung der Tolstojaner in der Nähe von London, mit fließend Wasser natürlich. Aber eigentlich sind Sie nicht gekommen, um etwas über Miss Kinsman zu erfahren, stimmt's? Mein Mann hätte Sie nicht beraten können, weil es ihn nichts angeht. Mich geht es genauso wenig an, aber das ist mir gleichgültig.«

»Geheimnisse habe ich nicht«, sagte Frank. »In Moskau weiß jeder alles, was ich tue.«

»Vielleicht sind Sie schon zu lange in Moskau.«

»Hoffentlich nicht.«

»Ich will nicht sagen: Kommen wir zur Sache. Bei der Sache sind wir schon lange. Diese junge Frau. Auch so eine gute Tat des großen Vermittlers Mr. Crane: Er hat sie empfohlen. Das ist ein Idealist. Etwas Schlimmeres lege ich ihm nicht zur Last. Er ist nicht aus Erde gemacht, nicht handfest, er ist aus den Wolken gefallen, trüb verhangen ist er. Aber was meint Ihr Schwager dazu?«

»Charlie hält sehr viel von Lisa Ivanovna, das hat er Ihnen doch schon erzählt«, sagte Frank.

»Und ob er viel von ihr hält«, schrie Mrs. Graham auf, so grell, wie es Frank noch nie gehört hatte. »Nennen Sie mir einen einzigen Mann in dieser Stadt, dem es nicht so geht. Schweigsam, blond, beschränkt, gut gebaut, willig, spricht kein Englisch, spricht überhaupt kaum, läßt die Schultern hängen, hält die Augen halb geschlossen, noch ist sie nicht in die Breite gegangen, das kommt aber, darauf können Sie sich verlassen, demütig ist sie, wie sich's gehört, benimmt sich einigermaßen, das wird man ihr beigebracht haben, als sie bei Muirka hinterm Ladentisch stand.«

»Ich glaube, die Augen hält sie normalerweise nicht halb geschlossen«, sagte Frank.

»Ihr seid doch alle im Grunde eures Herzens Sklavenhalter. Jawohl, dieser Schwager auch! Fünfzig Jahre Emanzipation, und ihr treibt die Frauen immer noch ins Heu.«

»Vergessen Sie sich nicht, Mrs. Graham«, sagte Frank. »In Norbury hat es nie Sklaven gegeben.«

»Meine Frage haben Sie mir immer noch nicht beantwortet. Dieser Schwager. Wahrscheinlich doch hier aus Sorge über das Verschwinden seiner Schwester. Was denkt er sich denn bei der Situation, die er in Ihrem Haus vorgefunden hat?«

»Dabei braucht er sich gar nichts zu denken. Wenn Lisa zum Arbeiten zu uns gekommen wäre und Nellie deshalb das Haus verlassen hätte, dann könnte man etwas dagegen haben, aber es war ja genau umgekehrt.«

»Ja, richtig, genau umgekehrt«, sagte Mrs. Graham heiser. Sie stieß dicke Rauchwolken aus. Frank war bestürzt.

»Sie machen sich unnötig Sorgen. Es tut mir leid, wenn ich der Grund dafür bin.«

»Habe ich Sie verärgert?« fragte Mrs. Graham und versuchte tapfer, ihre Fassung wiederzufinden.

»Noch nicht.«

»Ich habe noch etwas. Ihre Lisa kann ich schwer einordnen. Wir sagten, Selwyn sei ein Idealist, damit meinten wir, jedenfalls ich meinte, daß er leichtgläubig ist. Wieviel hat er von ihr gewußt? Ich vermute, sie ist die Tochter eines Diakons, eines Psalmsängers, eines Glöckners; jedenfalls wird der Vater irgendwas mit der Kirche zu tun haben.«

»Ich glaube, ihr Vater war Schreiner.«

»Sie haben natürlich ihre Papiere gesehen.«

»Natürlich.«

»Ich stelle Ihnen nur die Fragen, die Sie sich selbst hätten stellen müssen. Das werden Sie wohl auch getan haben. Schließlich sind Sie hier aufgewachsen. Sie haben bestimmt mir sehr vielen jungen Russen zu tun, mit Studenten, aber schließlich können Russen auch jung sein, wenn sie keine Studenten sind – Sie kommen jedenfalls sehr viel häufiger mit jungen Leuten zusammen als wir hier in der Pfarrei. Die Tochter eines Schreiners! Ich weiß ja nicht, ob ich je mit einem Schreiner gesprochen habe. Milchmänner, Näherinnen, Photographen – schreckliche Menschen! –, deutsche Zahnärzte kenne ich, aber keine Schreiner. Zum Glück kann ich sagen, daß die Schreinerarbeiten in der Pfarrei bis jetzt noch halten und wir noch keinen Schreiner bestellen mußten.«

»Wir sprachen von Lisa Ivanovna«, erinnerte sie Frank.

»Also gut, ich will es ganz unverblümt sagen. Vielleicht bin ich auf einer völlig falschen Fährte, aber ich habe den Verdacht, daß irgendwas mit ihr nicht stimmt. Halten Sie es eigentlich für möglich, daß sie irgendwie mit einer revolutionären Gruppe in Verbindung steht?«

»Mrs. Graham, ich halte es für möglich, daß Ihnen die Phantasie durchgeht. Ich kann mir nicht helfen, ich habe das Gefühl, Sie wollen unbedingt etwas finden, was mit Lisa nicht in Ordnung ist, und wenn es noch so unwahrscheinlich klingt. Für politische Aktivitäten braucht man Freizeit, und wer sich Tag und Nacht vierundzwanzig Stunden um meine drei Kinder kümmern muß, der kann nicht mehr viel Freizeit haben.«

»Aber mein lieber Frank«, sagte Mrs. Graham und beugte sich in ihrem Stuhl vor, »schläft sie denn im Haus?«

›Mein Lieber‹ hatte sie ihn noch nie genannt. Er sprach schnell weiter: »Außerdem setzen politische Aktivitäten ein bestimmtes Temperament voraus, glaube ich. Dollys Lehrerin zum Beispiel –.«

»Ach, die Gottlose!« sagte Mrs. Graham, »ja, von *der* habe ich sehr wohl gehört. Aber um Dolly brauchen Sie keine Angst zu haben, da bin ich mir ganz sicher. Mir ist noch kein Kind in ihrem Alter begegnet, daß einen so klaren Kopf hat.«

Frank fragte sich, was genau Dolly wohl gesagt hatte, als sie wieder einmal zum Tee in der Pfarrei gewesen war. Mrs. Graham rollte sich noch eine Zigarette und reckte ihre schmalen Schultern. Gleich wird sie zerspringen, dachte Frank. »Nichts für ungut«, sagte er, und dieser Gemeinplatz erfüllte sie mit solcher Verachtung, daß es ihr gleich besser ging und sie sich beinahe freundschaftlich voneinander verabschiedeten.

19

»Ihre Frau muß sehr, sehr an ihrem Bruder hängen und der Bruder an ihr!« rief Frau Kurjatin enthusiastisch.

»Das glaube ich kaum«, sagte Frank. »Sie haben sich Jahre nicht mehr gesehen.«

»Kein Band ist so stark wie das zwischen Bruder und Schwester, keines. Nur Gefangenschaft und Hunger sind stärker, sagt man. Was weiß denn ich, was Arkadij jetzt macht? Aber was im Herzen aller meiner sechs Brüder in Smolensk vorgeht, das weiß ich wohl.«

Auch Kurjatin schien ganz außerordentlich erfreut über die Ankunft des Schwagers, den er unbedingt für einen Rechtsanwalt oder womöglich für einen Staatsanwalt aus einem wichtigen Bezirk halten wollte. »Norbury. Was heißt das auf russisch?«

»Nördliche Stadt, vermute ich«, sagte Frank zögernd.

»Dasselbe wie Peking also«, sagte Kurjatin triumphierend.

Diesem Neuankömmling müsse er zeigen, wie ein Russe sich unterhält; davon habe man im Westen keine Ahnung, meinte er. Normalerweise hätte er sich zu diesem Behufe ein Taxi zu den Zigeunerbordellen im Petrovskij-Park genommen. Ob es in Norbury gute Zigeunerbordelle gebe? In diesem Punkt konnte Frank ihn beruhigen. Aber solche Etablissements waren während der Fastenzeit zwangsweise geschlossen, und Frank bestand darauf, daß Charlie, der schließlich musikalisch war, nicht zu Rusalochka geschleppt wurde. Blieb also das Automobil. Man konnte mit Kurjatins Wolseley Star, einem 50-PS-Modell mit auswechselbaren Rädern – eine kluge Vorsichtsmaßnahme in Franks Augen –, einen Ausflug machen, zum Beispiel zur Kirche

der Kaufleute zwischen Kursk und Rjazan, knapp vierzehn Kilometer von Moskau. Die Straßen waren allerdings noch nicht schneefrei; der Schnee war erst halb geschmolzen.
»Aber das macht nichts, ich habe Kolumbus-Reifen von Provodnik. Die Firma Provodnik führt nur erste Ware und macht mir Extrapreise. Die Reifen laufen auf jeder Straße und bei jedem Wetter.« Ben bestätigte das, obwohl Michailo, Kurjatins Fahrer, der vorher sein erster Groom gewesen und nun zu dieser neuen Position aufgestiegen war, ihn noch nie einen gründlichen Blick auf die Maschine hatte werfen lassen; aber er kenne sich selbst auch nicht so ganz damit aus, meinte Ben.
Kurjatin war bester Laune. Er wußte, daß Charlie kein Wort von dem verstand, was er sagte, aber er tat so, als sei das nur ein Witz, und wollte dem Sprachproblem durch Lautstärke und Beharrlichkeit abhelfen. »Wenn du wiederkommst, wirst du taub sein«, sagte Frank. »Nellie wird mich dafür verantwortlich machen, das weißt du wohl.«
Bernov, der Unterricht in Englisch als Geschäftssprache nahm – das gehörte zur Planung seiner Karriere –, wurde von Frank als Dolmetscher mitgeschickt.
»Sie erstaunen mich, Frank Albertowitsch. Ein ganzer Arbeitstag geht verloren, wenn ich an dieser Expedition teilnehmen muß, und wenn sie den Abendgottesdienst im Kloster abwarten wollen, müssen wir auch noch über Nacht bleiben.«
»So weit werden Sie gar nicht kommen.«
»Rechnen Sie damit, daß das Auto zusammenbricht?«
»Wenn das passiert, müssen Sie dafür sorgen, daß Michailo den Vergaser nachsieht. Dieser russische Kraftstoff hat nur einen geringen Benzinanteil.«
»Was ist ein Vergaser? Ich wünschte, Sie kämen mit«, sagte

Bernov, und eine Welle von Sympathie für ihn stieg plötzlich in Frank auf; sie brach sich und wurde zu Reue, als er mit der Arbeit anfing. Reidka hatte sich sofort an die Umorganisation gewöhnt; und Frank empfand dabei dasselbe unbeschreibliche Gefühl beruhigter Aufregung und gegenwärtiger Befriedigung, das er als kleiner Junge hatte, wenn er einen Bienenstock oder einen Baumwipfel beobachtete. Während des Tages kamen neue offizielle Bestimmungen heraus, die festsetzten, daß von nun an alle Geldstrafen für Fehlen oder Trunkenheit nicht mehr von den jeweiligen Firmen einbehalten, sondern auf ein Staatskonto eingezahlt werden sollten; das Innenministerium sollte dann verfügen, wie das Geld am besten zum Nutzen der Arbeiter zu verwenden sei. Die Strafgebühren waren keine große Summe, aber Frank wußte, daß Bernov sich gefreut hätte, jeweils entscheiden zu können, ob der kleine Abzug vom Lohn unter Betriebskosten, veränderliche Kosten oder Sonderausgaben fiel. Sorgfältige Detailarbeit betrachtete er als Entschädigung für die großangelegten Pläne, die sich bei Reidka wohl leider nie in die Tat umsetzen lassen würden; das wurde ihm schon langsam deutlich. Und jetzt mußte er in peinlicher Verlegenheit mit Kurjatin durch die eiskalte Landschaft rattern, statt sich einen Tag voller angenehm genauer Auswertungen und Umrechnungen zu gönnen. Aber Frank wußte, daß er Selwyn nicht hätte bitten können, mitzufahren. Kurjatins Sinneswandel hatte zwar nicht lange vorgehalten, genaugenommen nur bis zum nächsten Werktag, aber trotzdem konnte man nicht wissen, ob Selwyns Gegenwart einen Rückfall auslösen würde, und daß ein erneuter Sinneswandel sich mit einem Ausflug im Wolseley vereinbaren ließ, das konnte Frank sich kaum vorstellen.

Er kam spät nach Hause, weil er noch die Fahnenkorrektur

der *Drei Männer in einem Boot* mitgelesen hatte. In Markels Bar hatte er schnell etwas gegessen. Als er zu Hause war, brachte Lisa die Kinder zum Gute-Nacht-Sagen herein; das war ihm noch nie vorgekommen, so daß er meinte, es sei nur in anderen Familien üblich. Allein, daß alle drei bereit waren, zur selben Zeit schlafen zu gehen, war schon sehr ungewöhnlich.

»Ist Onkel Charlie wieder da?« fragte Dolly.

»Nein, noch nicht.«

»Meinst du, sie hatten eine Reifenpanne?«

»Sehr wahrscheinlich«, sagte Frank. »Alle Autos haben Reifenpannen.«

»Sie müssen mal Autos mit festen Rädern bauen, wie die Trojaner.«

»Vielleicht, aber Menschen haben es gern bequem.«

»Es gibt keinen Grund, warum Onkel Charlie immer noch hierbleiben muß«, sagte Dolly. »Mutter hat er nicht wieder mitgebracht, und wann sie kommt, kann er uns auch nicht sagen.«

»Magst du deinen Onkel eigentlich?« fragte Frank mit unverhüllter Neugier. Anuschka, die eine angeborene Fähigkeit hatte, sich das Leben leichtzumachen und aus jeder Situation nur den größtmöglichen Gewinn für sich zu ziehen, rief: »Ich habe meinen Onkel Charlie gern!«

»Es scheint, als ob er alles immer nur wunderbar findet«, sagte Ben, um ausgleichende Gerechtigkeit bemüht, »das kennen wir gar nicht.«

»Und sein Besuch war zu gar nichts gut«, sagte Dolly, »so war es doch nicht gedacht, daß er sich hier nur ein schönes Leben macht.«

Frank erklärte ihnen, daß Charlies Rückfahrkarten nach London über Warschau und Berlin für den 28. März nach russischem Kalender ausgestellt waren, und nun müsse die Familie dafür sorgen, daß er sich bis dahin gut unterhielt. Lieber wäre es ihm gewesen, Dolly hätte ihn umarmt, aber offenbar hatte sie dazu keine Neigung. Soweit seine Erinnerung zurückreichte, war Frank in Moskau physische menschliche Wärme gewohnt gewesen, nicht nur in seiner Kindheit. Auch jetzt noch umarmten ihn seine russischen Geschäftspartner, ebenso seine Dienstboten und Angestellten, und die Teefrau und der Hausmeister küßten ihm die Hände, wenn er sie nicht rechtzeitig davon abhalten konnte. Und Dolly hatte nur einen furchtlosen, liebevollen Blick für ihn übrig.

Frank schickte alle Dienstboten zu Bett und sagte, er werde selbst auf Karl Karlowitsch warten. Um halb elf kam Kurjatin mit seinen Gästen zurück, nicht in dem Wolseley – der hatte ein paar Kilometer vor Moskau angefangen, Rauchwolken auszustoßen, weshalb man ihn mit Michailo stehenließ –, sondern in einer ramponierten, von einem ausgemergelten Pferd gezogenen Kutsche; etwas anderes hatten sie nicht finden können. Kurjatin war laut und eifrig bemüht zu zeigen, daß das Unternehmen ein Erfolg gewesen war, Bernov sah müde aus, und Charlie war wie immer. Er fand an dem Tag nichts auszusetzen. Wodka hatte er nicht getrunken, seiner Verdauung wegen, wie er sagte, aber ein paar Gläser Kvass hatte er genossen, russisches Bier; das wurde aus Brot gemacht, hatte man ihm erklärt; wenn man es recht bedachte, war das genauso erstaunlich, als könnten sie Brot aus Bier herstellen. Kluge Leute, diese Russen. Daß sie nicht bis zur Kirche gekommen waren, machte überhaupt nichts. Wenn man eine orthodoxe Kirche gesehen hat, weiß man, wie die anderen aussehen. Und in der Wirtschaft hatten sie eine Spezialität gegessen, Fischpiroggen mit einem Loch an der Spitze; dahinein stopfte man Kaviar.

»Mr. Kurjatin hat mich den ganzen Tag sehr großzügig eingeladen«, redete er weiter. »Langsam lerne ich, daß das Wort ›Freund der Familie‹ wirklich bedeutet, was es sagt.«
»In England genauso«, sagte Frank.
»Ohne unseren Mr. Bernov hier und ohne seine hilfreichen Sprachkenntnisse hätte ich das natürlich nicht verstanden. Auf dem Rückweg hat er mir erklärt, was Mr. Kurjatin sagte, also, wie sehr er dich schätzt und wie gern er mehr für dich tun würde.«
Kurjatin, der seinen Namen verstanden hatte, nickte, lachte, rollte die Augen und gab Töne von sich, wenn auch etwas unkoordiniert. Er wirkte wie ein Automat in einem Laden für gebrauchtes Spielzeug, etwas angeschlagen und nicht mehr ganz funktionsfähig.
»Er möchte die drei Kinder zu sich nehmen, Frank, solange es nötig ist, so daß du von der Verantwortung für sie befreit bist. Was hältst du davon? Seine Frau ist offenbar eine mütterliche Seele, sie kann gar nicht genug Kinder im Haus haben. Und es würde dich gar nichts kosten. Er hat die Arme weit ausgebreitet, genau wie jetzt, und dann hat er gesagt: ›Sie sollen mich als ihren zweiten Vater betrachten.‹ Das stimmt doch, Mr. Bernov?«
»Ja«, sagte Bernov, »er hat es mehrfach wiederholt.«
»Was sagt er jetzt?« fragte Charlie.
»Er sagt, ein Mann, der Wodka getrunken hat, ist wie ein Kind: Er trägt das Herz auf den Lippen.«
»Ist das eine Volksweisheit?«
»Mag sein«, sagte Bernov, »ich habe nie in einem Dorf gewohnt, und mit Volksweisheiten kenne ich mich nicht aus.«
»Das ist auch ganz gleichgültig«, sagte Frank. »Er will meine Kinder nicht im Ernst adoptieren. Das ist nur so dahin gesagt,

er will seinen guten Willen ausdrücken oder eigentlich eher das Gegenteil davon.«

»Aber als Geschäftsmann steht er doch wohl zu seinem Wort!« rief Charlie aus, »er ist doch bestimmt eine Seele von einem Gastgeber!«

»Aber natürlich.«

Kurjatin hatte auf einmal genug, langweilte sich, erhob sich schwankend vom Sofa, ging zur Tür, ohne den Samowar abzuwarten, und brüllte nach Mantel und Stiefeln. Die Kutsche hatte man draußen im Nieselregen warten lassen. Er fuhr ab, ohne Bernov eine Mitfahrgelegenheit anzubieten.

»Das macht gar nichts aus, Frank Albertowitsch, ich wollte sowieso lieber mit der Trambahn fahren.« Bernov mühte sich mit seinen Galoschen. »Aber diesmal haben Sie zu viel von mir verlangt. Ich bin Ihr Kostenbuchhalter und würde mich lieber auf meine täglichen Pflichten beschränken.«

Charlie war müde und ging sofort zu Bett, immer noch Worte des Lobes und Dankes murmelnd. Dieses feuchte Wetter war so viel gesünder als ein heißes, trockenes Klima. Ein Glück, daß der Wolseley zusammengebrochen war, denn Mr. Bernov war es wohl etwas übel vom Autofahren geworden. Aber Mr. Kurjatin hatte gewußt, was dagegen half, und im Wirtshaus hatte er ihm ein Spezialheilmittel verabreicht, einen Trank aus Mottenkugeln, in Wodka aufgelöst.

»Das war wirklich eine nutzbringende Fahrt. Man sollte das alles irgendwo aufschreiben, wo man es immer wieder nachlesen kann. Also Frank, ich sage gute Nacht für heute.«

Am Tag vor Charlies Abreise schien es, als sei er schon immer dagewesen, solange ihre Erinnerung zurückreichte. Er hatte sich angewöhnt, zum Frühstück Kascha zu essen, zwei oder drei Schüsseln voll, jede mit einem Klumpen Butter. »Das werde ich zu Hause nicht essen können«, sagte er. Er fand, er habe einen recht guten Gesamteindruck von Rußland bekommen. Auf der Fahrt mit Bernov und Kurjatin war er nicht weit aus der Stadt herausgekommen, aber weit genug, um sich vorstellen zu können, wie der Rest des Landes und seine Agrikultur aussahen, meinte er.
»Ich habe überall Kohlstrünke gesehen. In Rußland ist man zu abhängig vom Kohl, Frank. Wenn ich überhaupt eine Kritik habe, dann ist es diese: Die Leute hier sind nicht wie unsere Kleinpächter zu Hause. Ein Bauernhof oder eine Fabrik können Verlustgeschäfte machen, aber ein englischer Schrebergarten nie. Und damit bin ich schon bei meinem zweiten Punkt.«
Der zweite Punkt mußte jedoch zurückgestellt werden, weil man in Norbury wichtige Dinge prinzipiell nicht vor den Ohren der Dienstboten besprach.
»Auch wenn sie mich nicht verstehen, könnten sie doch den Sinn des Gesagten aus meinen Gesten und meinem Gesichtsausdruck erraten. Du möchtest doch nicht, daß sie über deine Angelegenheiten Bescheid wissen.«
»Jedermann weiß darüber Bescheid«, sagte Frank.
Charlie begleitete ihn bis zur Trambahnhaltestelle. »Schade, daß ich nicht gesehen habe, wo du arbeitest. Aber ein Ruhetag könnte mir eigentlich nicht schaden. Und Dolly hat versprochen, nach der Schule mit mir durch das Einkaufszentrum zu gehen und für mich zu übersetzen, damit ich kleine Mit-

bringsel für zu Hause kaufen kann. Damit bin ich wieder bei dem Thema, das ich während des Frühstücks nicht besprechen konnte.«

»Was war es denn?«

»Es handelt sich um die Kinder. Dieses Angebot von Kurjatin – in dem Mann hast du einen ungeschliffenen Diamanten, wenn du willst – hat mich nachdenklich gemacht. Du hast es abgelehnt, aber was hältst du von folgendem Vorschlag – wie wäre es, wenn ich die drei morgen mitnehme, wenn ich nach England zurückfahre?«

»Sieh mal, Charlie –«

»Da habe ich dich überrascht, was, Frank? Aber es macht mir wirklich Kummer, daß deine Kinder ihr Heimatland nicht kennen. Wir haben von Schrebergärten gesprochen – und denk doch mal, so etwas kennen sie gar nicht. Ich kann mir gut vorstellen, daß sie noch nie auch nur einen Gartenkürbis gesehen haben. Und weißt du, manchmal bin ich auch etwas einsam, so ganz allein in dem Haus.«

»Du möchtest sie für immer bei dir haben?«

»Denk drüber nach, Frank. Ich weiß, du hast es jetzt nicht leicht, auch wenn wir nicht viel darüber geredet haben. Denk darüber nach und überleg dir, wie es dir gefällt.«

»Dein Vater sah ganz böse aus«, sagte Charlie zu Dolly, als sie in das Einkaufszentrum kamen. »Hoffentlich habe ich nichts Unpassendes gesagt.«

»Mach dir darüber jetzt keine Gedanken«, riet ihm Dolly. Sie war in Hochstimmung, weil sie den neuen pelzgefütterten Mantel über ihrer Schuluniform anhatte und ganz allein die Verantwortung für alles trug. »Zuerst besorgen wir deine Geschenke. Dann kannst du mich zum Tee einladen, und ich erkläre dir, was ich dazu meine.«

Sie stiegen die Treppe zum obersten Stockwerk des großen

Kaufhauses hinauf, das nach beiden Richtungen durch verglaste Durchgänge unterteilt war; von dort aus konnte man die Masse der Käufer sehen, die – ebenfalls hinter Glas – ausschwärmten und zurückkamen. Im mittleren Stockwerk wurden herabgesetzte Waren verkauft. Im obersten Stock fanden sie sich vor einer fast einen Kilometer langen Reihe von Verkaufsständen, an denen Ware für Kauflustige ausgebreitet lag. Dollys Augen leuchteten.

»Nur ein paar Kleinigkeiten«, sagte Charlie schwach. »Für Nachbarn, die freundlich zu mir waren, für das Pfarrhaus, für den Gesangverein auch, denke ich, und für ein oder zwei Arbeitskollegen.«

»Und was bringst du Mutter mit?«

»Ich weiß nicht recht, wo sie eigentlich ist, Dollychen. Sonst, weißt du, hätte ich wohl ...«

Dolly nahm ihm die Liste weg und zerrte ihn schnell weiter. »Das hier ist die Lebensmittelabteilung. Nicht die Importabteilung, nur die russischen Sachen. Stör in Büchsen, in Wein eingelegt, gepökelter Elch, getrockneter Elch, Kaviar natürlich, aber das ist nicht die beste Sorte, Rebhuhn in Cognac. Da vorn, hier entlang, geht's zu den Galanterie-Waren, Bernsteinperlen, Glacé-Handschuhe, seidene Fächer mit Perlmuttgriffen, Samtschuhe für Babys, lauter solche Sachen; du kannst hier auch die Festtrachten der Bauern kaufen: Du mußt nicht alles auf einmal nehmen, du kannst auch nur einen *kokoschnik* oder eine *schugaj* kaufen. Und jetzt kommen wir zur Gold- und Silberabteilung und zum Schmuck und den religiösen Gegenständen.«

»Dolly, das kann ich mir alles nicht leisten. Können wir das nicht überschlagen? Als Geschenk eignen sich diese Sachen sowieso nicht; ich kann doch keine religiösen Gegenstände ins Pfarrhaus bringen, das wäre ganz fehl am Platz.«

»Es gibt hier auch Perlenohrringe. Aber die Perlen sind nur Süßwasserperlen.«
Beim Sprechen wandte sie ihm ihren Kopf zu, und Charlie sah zu seiner großen Überraschung, was ihm noch nie aufgefallen war, daß nämlich ihre Ohrläppchen auf ganz fremdartige Weise durchstochen waren und daß sie kleine goldene Ohrringe trug.
»Seit wann hast du die denn, Kind?«
»Ach, seit ich ungefähr zwei Wochen alt war, nehme ich an. Anuschka hat genau dieselben.«
Er sagte umständlich: »Wenn das so ist, darf ich dir dann vielleicht ein paar von diesen Perlen schenken?«
Dolly lachte: »Zu Hause habe ich ganz viele davon. Wir dürfen sie nur in der Schule nicht tragen.«
Sie hatte Erbarmen mit ihm und führte ihn an der nächsten Kreuzung der Glaskorridore nach links; dort kauften sie ein paar kleine Sachen aus Birkenholz und ein Zigarrenkistchen. Sie zählte das Wechselgeld, das man ihm herausgegeben hatte, und bekam ohne ein Wort noch dreißig Kopeken dazu. Charlie müsse ganz vorsichtig mit seinen Erwerbungen umgehen; sie waren inzwischen alle in festes Papier eingewickelt, aber sie könnten leicht zerbrechen, sagte Dolly.
Tee trinken konnte man im Restaurant unten im Keller eines der Sandsteintürme des Kaufhauses; aber dort war es schrecklich voll, die Luft zum Ersticken schlecht, und man wurde ständig von der Menschenmenge hin- und hergepufft, die sich mit Ellenbogen Platz zu schaffen suchte.
»Hier bleiben wir nicht; wir wollen zu Selwyn Osipitsch gehen und mit ihm Tee trinken.«
»Ich weiß gar nicht, wo er wohnt, Dolly, außerdem arbeitet er sicher in der Druckerei.«
»Nein, heute nicht. Mein Vater geht jeden Tag hin, nur

Samstag manchmal nicht. Selwyn geht Donnerstag nicht. Am Freitag sind beide dort, weil das der Zahltag ist. An Samstagen und an den Vorabenden von Feiertagen ist es gesetzlich verboten, Lohn auszuzahlen, damit die Leute sich nicht am nächsten Morgen betrinken.«

»Das ist alles gut und schön, aber wir können doch nicht einfach vor der Tür stehen, ohne uns vorher anzumelden.«

Selwyn lebte im Ostteil der Miasnitskaja, gerade auf der Grenze zwischen dem gepflegten und dem zweifelhaften Viertel. Eine Straße weiter befand man sich schon mitten in der Gegend der Bordelle – für Männer und für Frauen –, am Rand des Chitrovo-Marktes, der wenig Ähnlichkeit mit dem großen Kaufhaus hatte, und bei den Billigpensionen, wo Gelegenheitsdiebe, Choleraverdächtige, Fahnenflüchtige und gesuchte Verbrecher tagsüber Unterschlupf fanden. Normalerweise durfte Dolly nicht so weit ans Ostende der Miasnitskaja laufen. Aber sie kannte das Haus und klingelte kühn nach dem Portier.

»Sehen Sie nach, ob Selwyn Osipitsch zu Hause ist.«

»Zimmer hat er in diesem Haus, aber er ist fast nie da.« Selwyn kam jedoch schon selbst herunter und begrüßte sie.

»Hätten Sie mir doch gesagt –«

»Ich weiß«, sagte Charlie, »aber heute nachmittag habe ich nichts zu sagen. Wir konnten in dem Kaufhaus keinen Tee bekommen.« Während er hinter den beiden anderen her die Treppen hinaufstieg, gab er immerfort Erklärungen ab.

»Selbstverständlich sind Sie beide willkommen«, versicherte Selwyn immer wieder. Dolly war zuerst oben. Selwyns Zimmer hatte Licht nur vom Schein der Paraffinlampen und der roten Glut aus dem Ofen.

»Ich habe kein elektrisches Licht hier«, sagte er, »auch keinen Tee, jedenfalls keinen eigentlichen Tee. Ich mache einen Aufguß aus den neun Heilkräutern – Butterblume, Männertreu, Margerite, Taubnessel, wilde Petersilie, Johanniskraut, Klee, Springkraut und Gras. Ich sammle sie im Sommer und trockne sie, wenn ich wieder hier bin.«

»Diese Heilkräuter sind für kranke Kühe«, sagte Dolly.

»Heilen kennt keine Grenzen, Dolly.«

»Taubnesseln, uuh! Schicken Sie doch den Pförtner nach Tee; und eine Zitrone soll er auch mitbringen.«

Der Pförtner lauerte aber nur darauf, daß er etwas von seinen eigenen Vorräten verkaufen konnte. Er hatte sofort, als er sah, daß Selwyn Besuch bekam, schon etwas bereitgelegt. Den Neun-Kräuter-Aufguß wollte kaum einer trinken. Charlie hatte das Gefühl, sie seien zu wählerische Gäste; deshalb bemerkte er, die Gras-Butterblumen-Mischung klinge interessant; man habe ihm etwas Ähnliches schon gegen Asthma empfohlen.

»Jede Pflanze steht unter dem besonderen Schutz eines anderen Heiligen«, erklärte Selwyn. »Diese Dinge wirken nicht rein medizinisch.«

Der Raum hatte eine mit Schnitzereien verzierte Holzdecke; das Schnitzwerk nahm das Muster des Giebels wieder auf. Das Zimmer war weißgestrichen, und Selwyn hatte einen Schreiner gefunden, der ihm immer mehr Bücherregale baute, darin standen nicht nur seine Bücher, auch seine Schusterwerkzeuge, Nadel und Faden und Kräuterbüchsen bewahrte er dort auf. Derselbe Schreiner hatte auch die einfachen Holzstühle und den Tisch gebaut und ohne einen einzigen Nagel zusammengefügt. Charlie sah sich suchend um, weil er etwas loben wollte, aber er mußte sich beschränken auf ein: »Hübsch haben Sie's hier.«

»Hübsch? Ich weiß nicht«, sagte Selwyn ruhig. »Ich habe eine

Wohnung hier in der Gegend gesucht, weil sie am Rand des Chitrovo-Marktes liegt.«

»Kann man da gut einkaufen?«

»Das kommt darauf an, was Sie suchen. Wenn Sie etwas wiederfinden wollen, was Ihnen in den letzten sechs Monaten gestohlen wurde, oder wenn Sie sich tätowieren lassen wollen, oder jemanden brauchen, der eine Abtreibung macht, dann schon.«

Charlie runzelte die Stirn und warf einen Seitenblick auf Dolly: »Bitte nichts mehr davon. Ich nehme an, die Miete ist ziemlich niedrig hier.«

»Die Miete ist Selwyn Osipitsch nicht so wichtig«, sagte Dolly. »Er wohnt hier, weil er sich nachts gern unter die Unglücklichen mischt.«

»Es stimmt schon, viel Schlaf brauche ich nicht«, sagte Selwyn. »Und zu Zeiten, spät nachts, öffnen sich die Seelen von Männern und Frauen ganz natürlich wie manche Blumen auch.«

»Soll ich den Wasserkessel aufsetzen?« fragte Dolly. Selwyn besaß einen der ganz wenigen Wasserkessel in Moskau. Im Russischen gab es nicht einmal ein Wort dafür. Er hatte ihn vor etlichen Jahren von einer Reise in seine Heimatstadt, Turnbridge Wells, mitgebracht.

»Sie haben wohl nicht so viele Dienstboten?« erkundigte sich Charlie.

»Nein, die Beziehung zwischen Herr und Diener scheint mir falsch zu sein.«

»Unsere Dolly kennt sich offenbar gut in der Küche aus.«

Selwyn erklärte ihm, was er von Tolstoj gelernt hatte: Wenn erwachsene Männer und Frauen ein einfaches Leben führen und die Arbeiten erledigen, die getan werden müssen, dann werden Kinder bald dabei helfen wollen.

»Meinen Sie, Nellie hat ein einfaches Leben geführt?« fragte Charlie.

Als Dolly für Tee gesorgt hatte, setzte sie sich und sagte abrupt: »Onkel Charlie will uns mit nach Norbury nehmen. Ich weiß nicht, was er sich dabei gedacht hat.«

»Aber, mein Kind, jetzt redest du schärfer, als du eigentlich möchtest, das weiß ich doch. Ich habe es nur gut gemeint, als ich deinem Vater diesen Vorschlag gemacht habe; das habe ich dir doch erklärt. Ich war ganz überrascht, daß er sich darüber so aufgeregt hat.«

»Ich glaube, das verstehe ich«, sagte Selwyn und lehnte sich vor, ganz Interesse und Mitgefühl. »Dolly möchte nicht ohne ihren Vater sein.«

»Wir möchten nicht aus Rußland fort«, sagte Dolly, »der Frühling fängt an. Wir möchten in die Datscha.«

Sie lutschte an der letzten Zitronenscheibe, saß im gedämpften Lampenlicht da und sah sie nachsichtig an.

»Wir wollen nicht ohne Lisa Ivanovna sein.«

21

Am selben Abend wiederholte Charlie zu Franks Erstaunen sein Angebot.
»Du willst doch nicht schon wieder davon anfangen?«
»Doch, Frank, weil mir nämlich eingefallen ist, daß du gegen meine Idee bist, weil du glaubst, ich könnte die Reise allein mit den Kindern nicht schaffen, und da hast du recht, ich habe nicht viel Erfahrung mit Kleinen. Aber jetzt ist mir eine Lösung eingefallen, und sie hat noch einen weiteren Vorteil, ich habe ja schon erwähnt, daß ich manchmal ziemlich einsam in der Longfellow Road bin. Wie wäre es, wenn Miss Lisa mitkäme? Natürlich biete ich ihr dasselbe Gehalt, das du ihr gibst – und du zahlst ordentlich, davon gehe ich aus.«
Frank starrte ihn ungläubig an, mußte aber erkennen, daß Charlie es ernst meinte. »Ich weiß nicht, Charlie«, sagte er. »Wie soll das gehen? Hast du sie gefragt?«
»Du vergißt, daß ich mich nicht auf russisch verständigen kann. Natürlich müßtest du sie für mich fragen.«
Im stillen dachte Frank sich eine kleine Rede für Lisa aus. ›Liebe Lisa, bitte erwägen Sie doch die drei möglichen Angebote, die ich Ihnen nun im Auftrag meines Schwagers unterbreite: Erstens: Karl Karlowitsch begehrt Sie, aber das weiß er selbst noch nicht. Er möchte, daß Sie ihn nach England begleiten und sich während der Reise um die Kinder kümmern; er bietet Ihnen dasselbe Gehalt, das ich Ihnen gebe (und geht davon aus, das ich ordentlich zahle), später dann, wenn er seine eigentlichen Bedürfnisse erkennt, möchte er, daß Sie mit ihm ins Bett gehen; die Nachbarn werden entrüstet, ablehnend und neidisch sein. Zweite Möglichkeit: Karl Karlowitsch begehrt usw. usw., aber er ist heller, als ich

dachte, also *weiß* er das selbst. Die Ergebnisse wären dieselben, und Ihr Gehalt wäre auch dasselbe, das ich Ihnen gebe (und er geht davon aus, das ich ordentlich zahle), aber sie würden viel früher eintreten. Eine dritte Möglichkeit: Karl Karlowitsch begehrt Sie nicht, hat aber den Verdacht, daß ich Sie begehre. Das beunruhigt ihn, teils wegen seiner Schwester, teils auch meinetwegen, glaube ich, da ich überzeugt bin, daß ihm mein sittliches Heil am Herzen liegt; deshalb ist er darauf gekommen, daß er mich von der Versuchung erlöst, wenn er Sie nach England schaffen kann (immer noch gegen dasselbe Gehalt).‹

Laut sagte er: »Ich weiß nicht recht, wie ich ihr das erklären soll. Ist dir denn klar, ob die Kinder nach Norbury wollen?«

Charlie wirkte kleinlaut: »Nicht so ganz«, gab er zu.

Frank schloß daraus, daß sein Schwager ein ehrenwerter Mann war und ihn darin übertraf, aber er merkte auch, wie gleichgültig ihm das war, und spürte Erleichterung; sie wuchs noch, als er Charlie mitsamt seinem Gepäck, Reisetasche, Handkoffer, Mitbringseln und dazu noch den zwölf Flaschen Wodka und fünfzig Tafeln gepreßten grünen Tee, die Kurjatin im letzten Augenblick zum Bahnhof geschickt hatte, endlich verabschieden konnte. Zwar waren nur zehn Tage seit seiner Ankunft vergangen, aber Charlie hatte die technischen Einzelheiten der Reise offenbar weitgehend wieder vergessen. Zollbestimmungen, Zeitzonen, Alarmklingeln fuhren in seinem Kopf wirr durcheinander. Mit Sicherheit hatte er den Hauptgrund seiner Reise nicht mehr im Kopf. Nellie wurde nicht mehr erwähnt.

»Ich gebe dir Bescheid, wenn ich gut angekommen bin, Frank, darauf kannst du dich verlassen. Ich kann dir gar nicht genug danken. Und es täte mir schrecklich leid, wenn ich auch nur die kleinste Verstimmung verursacht haben sollte, als ich vorschlug ... Ich meine, wenn du findest, daß davon ein Schatten geblieben ist, dann bin ich bereit, auf der Stelle wieder mit dir in die Lipkastraße zu kommen, und meine Rückfahrkarte zerreiße ich sofort.«

Er wollte beweisen, daß es ihm ernst mit dem Angebot war, und zog seine Brieftasche, aber die Rückfahrkarte war gar nicht mehr da. Also durchsuchten sie alles, Frank kam sich vor wie ein Amateurtaschendieb, als er alle Taschen von Charlies Mantel prüfte und die Fahrkarte am Ende doch wieder aus der Brieftasche fischte. Das dritte Klingelzeichen ertönte. Charlie erklomm die hohen Stufen zu seinem Abteil und versuchte einen Blick zurück aus dem Fenster zu werfen, als der Zug anfuhr, aber zu viele andere Reisende standen davor; man konnte ihn nicht mehr sehen.

»Ist er weg?« fragte Dolly.

Dasselbe Zimmer, dieselbe Suppe, dasselbe Brot, aber kein Charlie mehr. Als sie alle zusammen um den Tisch saßen, hatte man das Gefühl, eine Drohung sei von ihnen genommen. Endlich klang der Tag wieder einmal friedlich aus. Lisa kaute immer noch energisch und redete immer noch nur, wenn sie angesprochen wurde, sie verbreitete immer noch Entspannung ohne Langeweile, so als sei Frieden die natürliche Verfassung des Lebens. Ich muß sie aufstören, dachte Frank, um jeden Preis.

»Ich heirate nie, glaube ich«, sagte Dolly. »Lisa wahrscheinlich auch nicht.«

»Lisa, warum erzählen Sie Dolly so etwas?«

»Erzählt habe ich ihr, daß es auf dem Dorf früher, vor zehn Jahren vielleicht, als Unglück galt, wenn eine Frau allein blieb.«

»Das ist aber ganz und gar nicht dasselbe.«
»Nein, dasselbe ist es nicht.«
»Meine Lehrerin ist nicht verheiratet«, sagte Dolly, »und Miss Kinsman war nicht verheiratet.«
»Ihr Kinder habt Miss Kinsman doch nie gesehen«, sagte Frank, »ich wußte gar nicht, daß ihr überhaupt ihren Namen gehört habt. Lisa, Sie haben mein Einverständnis, wenn Sie Dolly zurechtweisen, falls sie mich auch unterdrücken will; offenbar haben alle Frauen ohne Ausnahme einen Hang dazu.«
»Warum ist es jetzt für Frauen besser als vor zehn Jahren?« fragte Ben.
»Es ist besser«, sagte Frank. »Warum das so ist, möchte Lisa vielleicht erklären.«
Lisa wechselte nie die Farbe, aber jetzt legte sie ihren Löffel beiseite und sagte: »Ich habe nicht viel Übung im Erklären. Es ist herzlos, von jemandem mehr zu verlangen, als er geben kann.«
»Herzlos!« sagte Frank bestürzt.
Am nächsten Tag in der Druckerei nutzte er den ersten Augenblick, als Bernov nicht im Zimmer war, um Selwyn zu fragen, ob er ihn je für einen herzlosen oder inhumanen Menschen gehalten habe. Selwyn verneinte nicht sofort, sondern dachte in seiner sanften, irritierenden Art über die Frage nach. Also sagte Frank ergänzend: »Du hast mir klargemacht, es sei meine Pflicht, mich um Verständnis für Lisa Ivanovna zu bemühen.«
»Ob ich das Wort Pflicht benutzt habe, weiß ich nicht mehr«, sagte Selwyn, aus seinen Gedanken aufgestört. »Das unterstellt notwendig etwas, was man nicht tun möchte. Ich hatte eher etwas anderes im Sinn, einen Augenblick, wie wenn man in den wärmsten Raum des Badehauses kommt, in das

Dampfbad; da werden Wunsch und Pflicht eins. Kannst du mir folgen?«
»Und ob«, sagte Frank. »Das Problem ist nur, daß ich nicht viel tun kann in dem bißchen Zeit, das mir bleibt. Ich sehe sie nur am Morgen und dann erst wieder am Abend.«
»Ich muß dir ehrlich sagen, das ist mehr, als ich erwartet hätte. Da solltest du dir keine Vorwürfe machen. Aber es ist immerhin möglich, daß Lisa Ivanovnas Leben bis zu einem gewissen Grad freudlos ist. Wenn das stimmt, will ich sie gern einmal abends ausführen, das habe ich ja auch mit deinem Schwager getan. Alle größeren Versammlungen sind natürlich vor allem für junge Leute verboten, aber wir könnten zu einem Temperenzler-Treffen gehen, oder vielleicht veranstalten die Russischen-Pilger-auf-dem-Weg-zur-Demut eine Zusammenkunft, oder wir finden einen literarischen Zirkel. Alle diese Veranstaltungen kosten keinen oder nur sehr wenig Eintritt, und solange sie nur wenige Teilnehmer haben, läßt die politische Polizei sie auch zu.«
Frank reagierte nicht auf diese Vorschläge. »Zuerst, als sie kam – als du sie zu uns brachtest, weißt du noch –, fiel mir auf, wie still sie war.«
»Sicher war sie still. Man merkte kaum, daß sie im Zimmer war.«
»Ich merke es wohl, wenn sie im Zimmer ist. Aber ich hatte gedacht, sie würde mitteilsamer werden, wenn sie erst einmal eine Weile bei uns ist.«
»Nun war, so wie ich es verstanden habe, nie die Rede davon, daß sie sehr lange bei euch bleiben soll.«
»Darum geht es mir. Ich finde, ich müßte wissen, was sie vorhat, wenn sie von uns weggeht, ob sie überhaupt weiß, wohin.«
»Danach kann man sie natürlich fragen. Aber Frank, warum

willst du das nicht mir überlassen? Ich muß sagen, ich habe es übernommen, dich darauf aufmerksam zu machen, daß Lisa materielle Unterstützung braucht; ich habe deine Aufmerksamkeit ja schon vorher auf viele Unglückliche gelenkt. Aber diesmal empfindest du vielleicht keine Dankbarkeit gegen mich.«

»Darüber bin ich mir jetzt noch nicht im klaren«, sagte Frank. »Ich erzähle es dir später.«

»Um auf deine erste Frage zurückzukommen, die Frage, ob ich dich für herzlos halte oder meine, daß du eine Tendenz zur Herzlosigkeit hast: Das hängt von der Phantasie ab, Frank, ich meine von der Fähigkeit, sich das Leiden anderer vorstellen zu können. Nun bist du kein phantasievoller Mensch, Frank. Wenn du einen Fehler hast, dann den, daß du nicht begreifen kannst, wie wichtig das ist, was jenseits von Sinnen und Vernunft liegt. Und doch ist es eine ganze Welt für sich. ›Wo ist der Strom?‹ rufen wir weinend. Aber schau nur nach oben, und siehe, da fließt der blaue Strom sanft über unseren Köpfen.«

»Ich weiß nicht recht, ob sie mir traut«, sagte Frank. »Eigentlich hoffe ich, sie traut mir nicht.«

22

Am Abend vor Palmsonntag machten die Dienstboten im Haus und bei den Nachbarn die Runde und baten um Vergebung für alle Sünden, die sie gegen andere wissentlich oder unwissentlich begangen hatten; das gehörte zur Vorbereitung auf die Osterbeichte. Einzeln aufzählen mußte man die Sünden nicht.

Frank war ganz betroffen, als Lisa ihm erklärte, sie brauche seine Vergebung für Werke, Worte und unausgesprochene Gedanken.

»Um alles in der Welt, welches Unrecht könnten Sie getan haben?« fragte er. »Ihre Gedanken kenne ich nicht, aber über das, was Sie tun, kann ich mich nicht beklagen.«

»Wo ist der, der auch nur einen einzigen Tag ohne eine schlechte Tat sein kann?«

»Also, wenn das ein edler Wettstreit sein soll, dann ist mein Gewissen auch nicht rein.« Sie wartete schweigend. »Ich vergebe Ihnen, Lisa«, sagte er.

Am Palmsonntag legte sie ihren schwarzen Schal um und nahm die Kinder mit; sie wollten die Menge anschauen. »Ich komme nach, ich werde nach euch Ausschau halten«, versprach er ihnen. Kaum waren sie fort, da wurde er am Telefon verlangt. Der Anruf kam aus der Politischen Abteilung des Verteidigungsministeriums, oder genauer, von der Sicherheitspolizei.

»Wir haben hier einen Vladimir Semjonitsch Grigorjev, einen Studenten, der gestanden hat, daß er in der Nacht zum 16. März in Ihr Haus eingebrochen ist. Können Sie diesen Mann identifizieren?«

»An der Universität sind sechstausend Studenten«, sagte Frank.

»Aber nur einer von ihnen ist in der Nacht zum 16. März in die Druckerei Reidka eingebrochen, in der Absicht, entweder subversive Texte zu drucken oder Typen und anderes Material zu stehlen und den Druck an anderem Ort vorzunehmen.«

»Es wurde nichts gestohlen.«

»Warum war er dann dort? Er hatte ganz Moskau zur Auswahl. Jedenfalls ersuchen wir Sie, in die Nikitskaja 210 zu kommen und ihn abzuholen.«

»Ihn abzuholen! Heute ist Palmsonntag: Ich will ihn nicht haben!« sagte Frank. »Immer verlangt man von mir, etwas oder jemanden abzuholen. Ich bin Drucker, kein öffentliches Transportunternehmen.«

»Die Straßen sind verstopft. Heute werden Sie kein Taxi bekommen. Wir werden Ihnen in sechs Minuten jemanden schicken.«

Frank war noch nie im Präsidium der Sicherheitspolizei in der Nikitskaja gewesen; es unterschied sich in nichts von den anderen vierstöckigen Gebäuden links und rechts daneben. Im dritten Stock, der nichts von der teppichgepolsterten, tabakduftenden Gemütlichkeit der lokalen Polizeistation hatte, fand er drei Männer; einer redete, einer stenographierte mit, und einer blieb an der Tür stehen. Volodja, der erbarmungswürdig aussah, saß rittlings auf einem Holzstuhl und stützte das Kinn auf die Rückenlehne. Er trug seine zerknitterte dunkelgrüne Studentenuniform.

Frank wurde aufgefordert, den Häftling zu identifizieren; er sagte, Familienname und Adresse dieses Mannes kenne er nicht.

»Nun, wir kennen sie«, sagte der Untersuchungsrichter. »Können Sie bestätigen, daß zu Ihrem Haushalt in der Lipkastraße Sie selbst und Ihre drei legitimen Kinder gehören, ein

Diener für alles, der auch die Tür öffnen muß, eine Köchin, eine Hilfsköchin, eine vorübergehend angestellte Gouvernante, deren Geburtsort Vladimir ist, ein Hausmeister und ein Hausbursche, der früher die Lampen geputzt hat, aber seit Sie elektrischen Strom haben, Schuhe putzt und kleinere Arbeiten verschiedener Art erledigt?« Frank bestätigte das und wollte erklären, daß er trotz der Länge dieser Liste nicht auf so großem Fuß lebe, wie es den Anschein haben mochte. Aber man erwartete diesen Lebensstil von ihm, sonst wäre er als Unternehmer unglaubwürdig gewesen, gerade so, wie wenn er sich selbst rasierte, statt zum Barbier an der Ecke der Lipkastraße zu gehen. Der Frager drehte die Karte um, von der er abgelesen hatte, und sagte noch: »Ihre Frau, Elena Karlovna, hat Sie vorübergehend verlassen.«
»Ich bestreite nichts von alledem«, sagte Frank.
Der Mann schrieb etwas auf die Karte und fuhr fort: »Als Grigorjev in Ihre Geschäftsräume eindrang, wollte er etwas drucken; was war das?«
»Ich glaube, das gab es gar nicht, allenfalls möglicherweise in seinen Gedanken.«
»Meine Gedanken gehören mir!« schrie Volodja und hob den Kopf, »daran können Sie nicht rühren.«
Niemand beachtete ihn; eine Enttäuschung für Frank, der hoffte, man werde ihn ein für allemal wegführen.
»Frank Albertowitsch Reid, wir wissen, daß Sie Ihre Firma verkaufen wollen, weil Sie die Absicht haben, nach England zurückzukehren. In den letzten achtzehn Monaten haben Sie eine notariell beglaubigte Erklärung abgegeben, die besagt, daß Sie keine unbeglichenen Schulden haben; Sie haben sich eine polizeiliche Genehmigung verschafft, die bestätigt, daß Ihrer Ausreise aus dem Russischen Reich nichts entgegensteht; auch besitzen Sie eine spezielle Genehmigung vom

Generalgouverneur für den Verkauf eines Druckereibetriebes. Diese Dokumente sind ins Englische übersetzt; die amtlichen Gebühren für die Beglaubigung der Übersetzung und für die Bestätigung, daß die Übersetzung von einem vereidigten, nach dem Gesetz des Landes zugelassenen Übersetzer angefertigt wurde, haben Sie bezahlt.«

»Auch diese Angaben sind zutreffend; ich lege keinen Widerspruch dagegen ein«, sagte Frank. »Im Augenblick will ich Rußland noch nicht verlassen, aber ich meine, es ist richtig, eine Ausreise vorzubereiten. Alle diese Dokumente wurden rechtmäßig erworben und bezahlt.«

»Und sie können rechtmäßig für ungültig erklärt werden. Es wäre nicht ohne weiteres möglich, sie ein zweites Mal zu bekommen.«

»Ich vertraue darauf, daß das nicht nötig wird«, sagte Frank.

»Sie werden uns dafür bürgen, daß Vladimir Semjonitsch Grigorjev nicht wieder straffällig wird. Selbstverständlich werden wir ihn unter Beobachtung halten, aber Sie sind uns dafür verantwortlich, daß er sich nicht auf subversive oder politisch bedenkliche Aktivitäten einläßt.«

»Sie haben doch nicht vergessen, daß er in meine Geschäftsräume eingebrochen ist?« fragte Frank. »Daß ausgerechnet ich für ihn gutsagen soll, hatte ich mir eigentlich nicht vorgestellt.«

»Sie haben erklärt, daß Sie mir alles Gute wünschen«, sagte Volodja mit gebrochener Stimme.

»Wir werden Sie benachrichtigen, wenn Grigorjev seine Adresse ändert. Wir rekapitulieren: Wenn er noch einmal auffällig wird, sehen wir uns gezwungen zu erwägen, ob Ihre Ausreiseerlaubnis zurückgezogen werden muß; solange Grigorjev noch an der Universität ist, werden Sie ohnehin Mos-

kau nicht verlassen können. Wenn Sie keine weiteren Fragen mehr haben, dürfen Sie gehen.«
Der dritte Offizier, der nur zum Öffnen und Schließen der Tür dazusein schien, öffnete sie.

23

Niemand hatte angeboten, ihnen auch für den Rückweg ein Taxi zu besorgen, also liefen sie zusammen durch die Straßen, die sich nach der Morgenmesse allmählich leerten, je weiter sie sich dem Roten Platz näherten. Hoch oben und am Horizont wurden die Nebel, die der letzte Schnee verursacht hatte, dünner und verschwanden. Die Glocken läuteten den Einzug Christi nach Jerusalem ein. Frank sah sich überall nach Lisas schwarzem Schal um. Er sah Hunderte, vielleicht Tausende schwarzer Schals und sehr viele junge Frauen, die auf Kinder aufpaßten. Sie mußte dasein, aber für ihn war sie in der Menge verloren.

»Warum ich Sie neulich nicht bei der Polizei abgeliefert habe, weiß ich selbst nicht«, sagte er. »Sie haben mir unglaublich viel Ärger gemacht. Wer hat Sie eigentlich doch noch angezeigt?«

»Ich verstehe Sie nicht«, sagte Volodja. »Ich bin selbst zur Polizei gegangen, ich habe alles gestanden, ich wollte es loswerden, da habe ich erzählt, daß ich in Ihre Geschäftsräume eingebrochen bin.«

In der Menge waren viele Weidenkätzchen-Verkäufer vom Land; sie liefen durch alle Straßen oder standen an den Straßenecken. Es war Brauch, daß sie kein Wort mit ihren Kunden wechselten und keinen Preis nannten, wenn sie ihre rotstieligen Weidenkätzchen feilboten. Dies waren ernste Begegnungen. Frank hielt es für unwahrscheinlich, daß Volodja Geld hatte; also kaufte er Zweige für sie beide. Ohne Palmzweige weiterzugehen wäre ganz unmöglich gewesen.

»Wir wollen einander vergeben!« rief Volodja.

»Ich will's versuchen«, sagte Frank.

»Sie meinen vielleicht, ich wäre ein Verrückter.«

»Nein, das meine ich nicht.« Aber Volodja ließ sich nicht von seiner Idee abbringen. »Als Sie so alt waren wie ich jetzt, waren Sie genauso verrückt.«
»Dazu hatte ich keine Zeit«, sagte Frank. »Es wäre komisch, wenn ich das jetzt nachholen wollte.«
An der Kremlmauer entlang waren weißgedeckte Tische auf Böcken aufgereiht. Die Standbesitzer boten Ware in Mengen, aber ohne Vielfalt an. Sie verkauften alle dasselbe, und die Menge der Kauflustigen drängte sich an den Ständen und staunte offenbar, weil es immer nur zweierlei zu sehen gab: Kvass in Fäßchen oder Krügen – und Brötchen, auf lange Schnüre aufgezogen, Kvass, Brötchen, Brötchen, Kvass. Frank kaufte eine Schnur Brötchen; er war aber nicht hungrig und gab sie an Volodja weiter; der fing an zu essen und hängte sich die Schnur an den Zeigefinger der linken Hand. Er legte Frank noch einmal nahe, daß sie einander verzeihen müßten.
»Ich möchte Sie nur daran erinnern, daß ich gewissermaßen von Ihrem Verhalten abhängig bin«, sagte Frank. »Wollen wir's dabei belassen. Ich halte Sie nicht für gefährlich. Zum Beispiel bin ich mir ziemlich sicher, daß Sie mich neulich abend im Büro nicht umbringen wollten.«
»Da irren Sie sich aber sehr, Frank Albertowitsch«, sagte Volodja eifrig. Er war noch so jung, daß er auch mit vollem Mund deutlich sprechen konnte. »Und ob ich Sie töten wollte! Das hatte ich nur nicht erklärt. Ich wollte Sie erschießen, aber leider funktionierte die Pistole nicht.«
»Was Sie meinen, wenn Sie jetzt ›leider‹ sagen, weiß ich nicht«, sagte Frank, aber Volodja ließ sich nicht unterbrechen. »Sie haben Lisa Ivanovna in Ihr Haus aufgenommen. Deshalb habe ich versucht, Sie umzubringen.«
»So gehören Sie also zu keiner politischen Gruppe?«

»Nein, nein.«
»Und Sie wollten gar nichts drucken?«
»Nein, überhaupt nichts.«
»Auch nicht ein paar Seiten über universelles Mitleid?«
»Was ist universelles Mitleid?« fragte Volodja zweifelnd.
»Aber aus irgendeinem Grund fühlen Sie sich verantwortlich für Lisa Ivanovna, und mich wollten Sie loswerden. Warum sind Sie dann nicht bei mir zu Hause vorbeigekommen; da hätten Sie auch auf mich schießen können.«
»Das wäre ein Skandal gewesen. Es hätte für Lisa sehr unangenehm werden können, daß sie im Haus eines ausländischen Geschäftsmanns wohnte, als er erschossen wurde.«
»Lisa arbeitet in meinem Haus genauso, wie sie bei Muir und Merrilee gearbeitet hat. Dort sind Sie auch nicht hingegangen und haben auf den Geschäftsführer geschossen. Glauben Sie im Ernst, daß sie bei mir irgendwelchen Schaden nimmt?«
»Weiß ich nicht, vielleicht nicht, das ist mir aber ganz egal. Ich möchte laut herausschreien, daß es zu viel für mich ist; ich kann es nicht mehr aushalten. Hören Sie, bitte, verstehen Sie doch. Ich kann die Vorstellung nicht ertragen, daß sich jemand Lisa nähert, mit ihr spricht, sie anhaucht, sie wahrscheinlich auch berührt, so einer wie Sie zum Beispiel, Frank Albertowitsch.«
Volodja schrie nun wirklich so laut, als ob er in einer verbotenen Studentenversammlung redete. »Haben Sie je selbst mit ihr gesprochen?« fragte Frank. Ja, offenbar hatte Volodja mehrmals mit ihr gesprochen, aber immer in der Öffentlichkeit. Er war ihr bei drei verschiedenen Gelegenheiten in der Stadtbücherei, der Pretschistenskaja, begegnet. Er ging dorthin, weil die Universitätsbibliotheken während der Studentenunruhen geschlossen blieben, die sich lange hinzogen. Lisa ging nach ihrem Arbeitstag hinterm Ladentisch in die Büche-

rei und las Zeitungen und Magazine. Leise Unterhaltungen waren in der Bücherei nicht verboten, überlegte Frank, man konnte aber wohl davon ausgehen, daß die Vorschriften das Anhauchen und Anfassen nahezu unmöglich machten.
Volodjas Augen standen voller Tränen, es wurden immer mehr, sie flossen schließlich über, und Volodja weinte wie Anuschka manchmal, ohne einen Laut. Ohne Vorwarnung ließ er Weidenkätzchen und Brotreste los und fiel Frank um den Hals.
»Haben Sie geglaubt, was ich sagte? Haben Sie's geglaubt?«
Frank wußte nicht, wie ihm geschah.
»Ich wollte Sie gar nicht umbringen. Ich habe nicht die Wahrheit gesagt. Ich wollte Sie nur erschrecken.«
»Wie kommen Sie darauf, daß ich mich erschrecken lasse?«
»Ich dachte, Sie wären ein Feigling«, sagte Volodja, »aber das war falsch, ganz falsch.«
»Warum dachten Sie das?«
»Weil Sie vor der englischen Gouvernante davongelaufen sind.«
Frank befreite sich aus Volodjas langen klammernden Armen. Er hatte Lisa, Dolly, Ben und Anuschka gesehen; sie gingen mit dem Rücken zu ihm und entfernten sich immer weiter, waren schon an der Inverskaja-Kapelle vorbei. Tauben trippelten zwischen den Beinen der dichtgedrängten Menge durch, um sich das Brot zu holen, das Volodja verloren hatte. Frank lief über den Platz, gegen den Strom, auf Lisa zu. Als er sie eingeholt hatte (es war dann doch gar nicht so schwer gewesen, weil das Pflaster vor der Inverskaja ein Muster aus rosa und grauen Granitsteinen hatte und Anuschka nur auf die rosa Steine treten wollte), bestürmten ihn die Kinder, die Arme voller Weidenzweige. Er müsse erlauben, daß sie mit Lisa in den Schulferien von Osterdiens-

tag bis zum Namenstag der Zarin in die Datscha fuhren. Frank erklärte ihnen, daß in den Wäldern noch Schnee lag, daß in Moskau die Fenster noch verkittet waren, daß er bei Reidka gebraucht würde, weil dort kein Feiertag war. Er fragte, was er eigentlich ohne sie anfangen solle. Dolly meinte, Mrs. Graham würde sich bestimmt um ihn kümmern und ihn oft in die Pfarrei einladen.

»Du mußt schwören, bei der Gesundheit Seiner Majestät des Zaren, daß du uns fahren läßt!« schrie Ben.

»Aber vielleicht kommt eure Mutter wieder, wenn ihr weg seid.«

»Rechnest du damit?« fragte Dolly.

»Nein.«

Anuschka sagte, er solle sie tragen. Lisa sagte nichts. Schließlich wären sie nur ein paar Tage fort. Und wenn sie noch so kalt und naß würden, er mußte sie wohl ziehen lassen; er konnte ihnen die Bitte nicht abschlagen.

24

Der Himmel war blaßblau, fast weiß. Am Karfreitag blieben die Kirchen dunkel und still. Am Ostersamstag wurden in allen Gemeinden Zehntausende von Käsekuchen zur Weihe gebracht. Am Montag fing der große Hausputz an. Jede Decke mußte ins Freie getragen und ausgeschüttelt werden, die Teppiche mußten aufgehoben, die Vorhänge abgenommen, pelzgefütterte Mäntel weggepackt, Matratzen aufgerissen und Feder für Feder neu gestopft werden. Frank wurde von Toma befragt, ob man nicht die Fenster öffnen solle. Das überlasse ich euch, sagte er. Und sollen die Hühner herausgelassen werden? Macht, was ihr wollt. Am Ostermontag wurde keine Post ausgetragen, deshalb holte er sie im Hauptpostamt an der Westseite der Miasnitskaja ab. Nichts aus England, nur eine Osterkarte von Charlie, ein handkoloriertes Foto, auf dem Küken, Lämmer und kleine Kinder und ein gedruckter Spruch zu sehen waren:

»Die Welt wäre ein öder Ort,
gäbe es keine kleinen Leute dort.«

Auch ein ordentlich frankierter Brief von Volodja war gekommen. Darin stand:

Sehr geehrter Frank Albertowitsch,
ich fürchte, ich habe mich am Palmsonntag in der Eile in einem Punkt nicht klar genug ausgedrückt. Ich habe Ihnen unter Umständen nahegelegt, daß in Wirklichkeit wie der Möglichkeit nach eine sexuelle Beziehung zwischen Ihnen und Lisa Ivanovna bestand. Erlauben Sie mir nun zu sagen, daß ich nach gründlichem Nachdenken über diese Frage und über Ihre Reputation in der Kolonie der ausländischen Geschäftsleute hier in Moskau und besonders über Ihr Alter zu dem Schluß gekommen bin, daß meine Verdächti-

gungen grundlos sein müssen. Deshalb möchte ich sie zurücknehmen. In allen anderen Punkten unserer Auseinandersetzung bleibe ich bei meiner Meinung; daran wird sich nichts ändern.

Mit vorzüglicher Hochachtung

Vladimir Semjonitsch Grigorjev

Ganz gegen seine Gewohnheit las Frank den Brief zweimal. Die Schrift war für einen Studenten jammervoll.

In der Lipkastraße 22 hatte das Packen für die Tage in der Datscha schon begonnen. Keiner von den Dienstboten sollte mitfahren; aber sie wären gern dabeigewesen, und um das zu zeigen, hatten sie sich in unnötige Aktivitäten gestürzt, die Kinderkleider in Sackleinen eingenäht und das Porzellan in strohgepolsterte Kisten gepackt. »Das alles brauchen wir doch gar nicht«, sagte Dolly. Es war ganz anders als in den Sommerferien; dann kamen alle mit, und man schleppte so viel mit, als müsse man einen Belagerungszustand überdauern. »Außer Igor und Matrjona ist doch niemand da.« Sie meinte die beiden Alten aus dem Nachbardorf, die sich als Hausmeister um die Datscha kümmern sollten. Toma gab ihr recht, es hatte keinen Sinn, Tassen und Untertassen für Bewohner mitzunehmen, die sie nicht zu schätzen wußten. Die beiden Alten waren dumm geboren, sagte er, und die Dummheit war ihnen nicht auszutreiben; und wenn man sie sieben Jahre im Kessel kochte, könnte man die Dummheit doch nicht auskochen. »Das habe ich damit überhaupt nicht gemeint, Toma, das weißt du ganz genau«, sagte Dolly. Als es dunkel wurde, stand das Porzellan, wieder halb ausgepackt, immer noch in der Diele.

Frank bat Lisa, noch nicht schlafen zu gehen. »Ich möchte Sie etwas fragen, und wenn Sie jetzt fünf Tage lang fort sind, frage ich besser gleich.«

Sie blieb gelassen an der Tür stehen.
»Lisa, kennen Sie einen Mann, ich meine, einen jungen Mann, namens Volodja Semjonitsch Grigorjev?«
»Ja, den kenne ich. Ist er in Schwierigkeiten?«
»Warum fragen Sie das?«
»Er ist Student«, sagte sie achselzuckend.
Frank wollte sie eigentlich fragen, wo sie Volodja kennengelernt hatte, um herauszufinden, ob sie dieselbe Geschichte wie der Student erzählte, aber dann fand er das schäbig und unwürdig.
»Woher kennen Sie ihn?« fragte Lisa.
Auf die Frage war Frank nicht gefaßt, deshalb wechselte er das Thema. »Sie haben ganz recht, er ist in Schwierigkeiten. Ich wäre bereit, ihm zu helfen, wenn er ein Freund von Ihnen ist.«
Lisa schien verwirrt zu sein.
»Das würden Sie tun, Frank Albertowitsch?«
»Nein, ehrlich gesagt, eigentlich nicht.«
»Ich kann mir nicht denken, was er über mich gesagt hat. Was hat er denn gesagt?«
»Daß er Sie nur dreimal gesehen hat.«
»Vielleicht kann man sagen, es waren drei Male, ich weiß nicht. Er kam immer zu Muir und Merrilee und trieb sich in der Handschuhabteilung herum. Die Studenten konnten sich nicht leisten, etwas zu kaufen. Aber es war warm dort und in der Pretshsistenskaja auch.«
Volodja hatte ihr einen Zettel geschrieben und in das Magazin gelegt, das sie gerade las, erzählte sie weiter, und dann, als sie die Seiten umblätterte, hatte er gewartet, bis sie den Zettel fand. »Das ist nichts Besonderes in einer öffentlichen Bücherei. Man muß nur mit Bleistift schreiben. Als ich den Zettel auseinanderfaltete, las ich: ›Sie sind lebendig. Ich auch.‹«
»Ich habe nicht gefragt, was auf dem Zettel stand.«

»Was sind das für Schwierigkeiten? Ich glaube, er ist erst zwanzig.«

»Und ich bin keine zwanzig mehr. Das hat er mir auch zu verstehen gegeben.«

Lisa sah ihn mit höflicher Aufmerksamkeit an. Sie schien aber wie gewöhnlich nur soweit zuzuhören, daß sie das Gesagte verstehen und richtig und verständig darauf antworten konnte, während sie zugleich unter einem geheimen inneren Zwang stand, der ihr gebot, noch einer ganz anderen Stimme zu lauschen.

»Hören Sie mir zu, Lisa«, sagte Frank und hielt sie am Arm, »da wir schon dabei sind, uns zu erzählen, was in unseren Privatbriefen stand, möchte ich noch etwas weitergehen. Dieser Grigorjev hat mir erklärt, es sei unerträglich für ihn, daß Sie angehaucht, angerührt, durch die Nähe bedrängt und angesprochen werden, nein, anders, daß Sie angesprochen, angehaucht, durch Nähe bedrängt und berührt werden von einem Mann wie mir. Was sagen Sie dazu, Lisa? Sie sind lebendig. Ist das zu ertragen? Sagen Sie doch!«

Zum erstenmal besaß er ihre ganze Aufmerksamkeit oder, wenn er sich selbst betrog – und es kann gut sein, daß ich einer Selbsttäuschung unterliege, dachte er –, immerhin mehr Aufmerksamkeit als je zuvor. Es war außerdem das erste Mal, daß er eine Frau mit kurzen Haaren liebte. Was für ein Gewinn, wenn einmal der endlose Kampf mit den Haarnadeln ausfiel. Und mit allen Fasern seines Körpers spürte er, daß sie nicht unvorbereitet war.

»Dies darfst du nie bereuen, Frank. Wenn du dir sicher bist, wenn du über allen Zweifel erhaben weißt, daß das hilft, was du jetzt tust, dann mach weiter, bleib mit tapferem Herzen dabei!«

Das war Selwyn, der sich durch Stroh und Chaos in der Diele

zu ihnen durchgearbeitet hatte. Als Frank sich umdrehte und ihn ansah, befreite sich Lisa mit einer leichten Bewegung aus seinem Griff und war schon aus dem Zimmer.

»Du bist ärgerlich über mich, Frank. Aber, lieber alter Freund, die russischen Kirchenväter verstanden den Ärger als ›schwarze Gnade‹. Es hilft, daran zu denken. Alle starken Gefühle können Gnade verdienen, Frank.«

»Selwyn.«

»Ja, Frank?«

»Selwyn, wenn du nicht sofort verschwindest, schlage ich dir alle Zähne ein!«

Vermutlich war Selwyn aus einem bestimmten Grund gekommen, aber ihm blieb in diesem Augenblick keine Gelegenheit, etwas dazu zu sagen; er zog sich schleunigst zum Vordereingang zurück; zugleich ging Frank die dunkle Treppe zum rückwärtigen Teil des Hauses hinaus und klopfte an die Tür zu Lisas Zimmer. Er hatte nicht angenommen, daß sie abgeschlossen sei, sie war auch nicht abgeschlossen, aber er wartete, bis er hörte, wie ihre nackten Füße über den Holzfußboden liefen, und öffnete dann erst.

Am Morgen brachen sie ganz früh nach Schirokaja auf. Die Kinder verabschiedeten sich freundlich und unkonzentriert von ihm, Reisende, denen die Zurückbleibenden leid taten. Sie hatten Märzfieber. Sie gingen aus dem immer noch versiegelten, zugekitteten Haus hinaus in den frischen, feuchten Vorfrühling.

Toma sagte immer wieder, daß die beiden Taxis, die alle und alles zum Bahnhof befördern sollten, draußen stünden. Die Fahrer hatten schon seit einer Stunde schimpfend im Halbdunkel gewartet. Toma meinte, Lisa Ivanovna und die Kinder müßten sich vor dem Aufbruch noch einmal eine Minute lang setzen, nach alter Sitte, nach russischer Sitte; nur so könnten sie sichergehen, daß sie wohlbehalten wiederkamen. Niemand hörte auf ihn. Blaschl, die niemals im Haus sein durfte, war doch in die Diele gekommen und jaulte nur noch vor Schreck, bellen konnte sie gar nicht mehr, und wedelte wie verrückt mit dem Schwanz. Sie wurde hinausgeschickt, verlief sich aber, und man konnte hören, wie sie in der Küche schwere Gegenstände umwarf. Lisa kam in ihrem Regenmantel.

»Was sagst du mir?« fragte Frank sie am Fuß der Treppe.

Lisa schien einen Augenblick nachzudenken und sagte dann: »Bis nächsten Samstag, Frank Albertowitsch.«

»Bleib um Gottes willen bei mir, Lisa«, sagte Frank. Ob sie ihn gehört hatte, war nicht auszumachen. Der Pförtner und die Köchin standen in der Diele, um auf Wiedersehen zu sagen, und Blaschl war ungehindert wieder aus der Küche herausgekommen und wedelte in großen Bögen mit dem Schwanz. Annuschka war genauso aufgeregt wie Blaschl, wenn sie einen Aufbruch roch; sie heulte und klammerte sich fest. Lisa stellte die Ruhe wieder her, und innerhalb von fünf Minuten waren sie fort. Er war fast sicher, daß sie nicht gehört haben konnte, was er zu ihr gesagt hatte.

25

Die Datscha war weder praktisch noch in gutem Zustand. Wenn Dolly und Ben trotzdem so begeistert von ihr waren, hing das wohl damit zusammen, daß Erwachsene und Kinder verschiedenen Arten zugehören. Freilich hatte sich auch Nellie nicht von der Datscha trennen wollen. Und Selwyn, der selbst keine Datscha besaß, war oft übers Wochenende gekommen. Seltsamerweise verhielt er sich in der Datscha viel mehr wie ein normaler Geschäftsführer als in Moskau.
Obwohl in unmittelbarer Nähe, etwa fünf Kilometer entfernt, eine große Industriestadt mit Arbeitersiedlung und Schlafstadt war, konnte man Schirokaja doch nur über eine Nebenlinie der Bahn erreichen, die für die Waldarbeiter eingerichtet war und am Waldrand verlief. Das nächste Dorf, Ostanovka, hieß nach der Bahnstation. Von dort aus kam man am schnellsten an, wenn man zu Fuß durch den Wald ging; das Gepäck wurde auf einem Umweg mit Pferd und Wagen gebracht. Der Kutscher kam auch zweimal wöchentlich vorbei, um die Wassertanks aufzufüllen. Das Roggenbrot, das steinharte schwere Roggenbrot kaufte man im Dorf; Tee brachte man aus Moskau mit.
Man trank den Tee mit eingelegten Zitronen, die das Jahr über in der Datscha in großen Fässern im Vorratsraum lagerten; auch eingesalzene Melonen, Birnen in Essig, marinierte Äpfel, eingelegtes Kraut, Zwiebeln, Pflaumen und Pilze überdauerten den Winter dort. Auch getrocknete Pilze, an Schnüren von der Decke hängend, gab es; sie waren sortiert nach Arten: butterartige schleimige Pilze, festfleischige rötliche, weiße, die in Wirklichkeit braun waren, Rotkappen und Birkenpilze, die man an der Nordseite der Bäume finden konnte, wo es nie ganz trocken wurde. Die Champignons, die

in Norbury als die eigentlichen Pilze galten, wurden hier verachtet. Sie waren mindere Pilze und wurden nur Frank zuliebe auf Fäden gezogen und getrocknet, angeblich schätzte er sie. Der ganze Vorratsraum war so feucht, als ob er unter dem Meer läge. Die Fässer waren aus Eichenbohlen, aber überwuchert von grünen Flechten, die im Freien niemals an Eichen wachsen. In Moskau war es eine Beleidigung, wenn man zu jemandem sagte, er sehe aus wie von der Badehauswand abgekratzt, aber in keinem Badehaus wuchsen und gediehen die Schimmelpilze und Schwämme so üppig wie in den Vorratsräumen der Datscha. Nur Wodka und Essig, Rußlands allmächtiger Schutz vor dem allgemeinen Tod durch Vergiftung, hielten Früchte und Pilze den Winter über genießbar.

Immerhin gab es ein Dampfbad, es nahm die Hälfte des Klosetthäuschens ein. Es war sehr einfach konstruiert. Unter einer Abdeckung aus perforiertem Zink befand sich eine Schicht Steine aus dem Bach, die man mit einem Reisigfeuer erhitzen konnte. Wenn das Feuer abgebrannt war, ging man hinein, schloß die Tür und zog das Gitterfenster im Dach auf und wartete, bis Igors Gesicht in der Öffnung erschien; der goß dann einen Eimer kaltes Wasser von oben auf die glühendheißen Steine, und sofort erhob sich eine Dampfwolke, an der man fast erstickte. Frank wußte, daß das Dampfbad eigentlich mindestens einen halben Meter über dem Boden stehen sollte, aber dazu hätte man das ganze Häuschen anheben müssen. Die angefaulten Bohlen mußten bis auf die gesunden Teile des Holzes gekürzt und durch neue trockene Bretter ergänzt werden. Der Anblick der verfallenen, vernachlässigten Datscha, die von Moos überwuchert und halb dem Erdboden gleich war, dazu so vollgestopft mit Eingelegtem und Alkohol, daß sie fast selbst in Gärung geriet, dieser

Anblick war geeignet, einen fleißigen englischen Heimwerker – Charlie zum Beispiel – an den Rand der Tränen zu bringen.

Die ganze Vorderseite der Datscha nahm eine überdachte Veranda ein; sie hatte einen schadhaften Holzboden, und ihr Dach ruhte auf Säulen, die mit Laubsägearbeiten verziert waren. An heißen Sommertagen konnte man dort vor sich hin dämmern. Kraft brauchte man nicht, aber einige Selbstüberwindung war nötig, um die losen Bohlen vom Boden zu heben. Darunter gedieh üppiges Tier- und Pflanzenleben. Man konnte es rascheln und trippeln hören, und wenn man sich hinunterbeugte und genau hinsah, schimmerte Metall durch die Ritzen. Ein früherer Mieter (das ganze Grundstück, Wald, Dorf und Datscha gehörten einem Fürsten Demidov, der es vorzug, in Le Touquet zu leben) hatte seine Messer und Gabeln dort den Winter über vor Dieben versteckt und sie dann vergessen, oder er war nie wiedergekommen. Auch Teile eines Krocketspieles fanden sich noch; und man fragte sich, wer je versucht haben konnte, in Schirokaja Krocket zu spielen. Aber vor ungefähr dreißig Jahren war Krocketspielen offenbar die passende Beschäftigung für einen Ferienaufenthalt auf dem Lande gewesen, und vielleicht hatte zur Datscha damals ein Rasenstück gehört.

Als Frank die Datscha mietete, erklärte der deutsche Agent des Fürsten, das Unterholz im Wald sei ab und zu gelichtet worden, man habe aber niemals Bäume gefällt. Und nun wuchsen die Bäume so dicht am Haus, daß sie schon mit dem ersten Licht Schatten in alle Zimmer warfen. Nur wenige Meter vor der Veranda begann der Wald. Am Waldrand standen Haselnußbäume und Espen, in den Lichtungen kam das frische Gras hervor, sobald der Schnee geschmolzen war, und überall wuchsen Heidelbeeren, Rauschbeeren und Him-

beeren in Mengen. Der eigentliche Wald bestand aus Birken. Sie hatten sich selbst eine dicke Schicht aus abgefallenen Blättern und Samen, kleinen Zweigen und verrottender Rinde bereitet, die allmählich zu nahrhaftem Kompost wurde. Sobald die jungen Birken hochwuchsen, wurde die Rinde am Fuß der Stämme rissig und blätterte sich in dunkle und helle Borkenstücke auf. Die Oberfläche der Äste hatte weiße und schwarze Flächen im Wechsel. Die jungen Zweige waren dünn und biegsam, braun mit einem Purpurschimmer. Wenn die Blattknospen aufbrachen, strömten die neuen Blätter einen aromatischen Duft aus, der weniger intensiv als der Geruch von Pappeln war, aber einprägsamer; der Duft eben entfalteter Birkenblätter weckt die Vorstellung von unberührter Waldeinsamkeit. Die männlichen Birkenkätzchen kamen zuerst und paarweise, die weiblichen folgten. Die Blätter blieben immer in leichter Bewegung und zeigten die hell olivgrüne Oberseite und die etwas dunklere Unterseite in ständigem unruhigem Wechsel, auch wenn kein Wind sich mehr regte. Sie wurden nie so dicht, daß sie das Licht ganz verdecken konnten. Anders als ein Kiefernwald läßt ein Birkenwald immer so viel Licht durch, daß auch am Boden etwas wachsen kann.
Der Frühlingsregen war sehr willkommen, aber er gefährdete das delikate Gleichgewicht der Birken. Die Tropfen rannen an den Ästen entlang bis zum schwersten Zweig und blieben dort zitternd hängen, silberblitzend oben, dunkel unten. Sie waren hartnäckig entschlossen, unter allen Umständen auszuharren. Wenn kleine Vögel in diesem Moment auf dem Ast landeten, manchmal von den Wassertropfen angelockt, dann geriet das gesamte System in Gefahr. Zweige und ganze Äste bogen sich unter dem Gewicht, ächzten, schnellten in einer kreisenden Bewegung auf und ab, kamen sich gegenseitig in

die Quere, schwangen zurück an die richtige Stelle in ihrem myriadenfachen feinen Muster. Und dennoch wagten sich auch größere Vögel, Stare, sogar Dohlen und Waldtauben, am frühen Morgen auf die höheren Äste.

Im Juli waren die mehlweißen Samen reif und schwebten von den Zweigen. Sie schwebten überall herum. Es war aussichtslos, sie von der Datscha fernzuhalten, man konnte sie nur in allen Zimmerecken und auf der Veranda zu schwerelosen Häufchen zusammenfegen. Im Herbst dann schien das durchdringende Birkenaroma verschwunden oder eine Verbindung mit dem Geruch des modernden Waldbodens eingegangen zu sein; dann hingen die Birken voller gelber Blätter, aber nun waren die Äste fast zu schwach, die Zweige zu tragen, und die Zweige konnten kaum noch die Blattstiele halten. Die langen dünnen Wedel schienen sich erschöpft gegen den Boden zu neigen. Auch mitten im Wald war jede Birke ständig in Unruhe; vom Zittern an der Baumspitze bis zum Schwanken der älteren Äste, die oft kaum dicker als die neugewachsenen waren, aber fest mit dem Stamm verbunden, konnte man fünf oder sechs verschiedene Bewegungen beobachten. Während der schweren Herbstregen strömten die Bäume einen neuen kräftigen Duft aus; er roch wie bitter gewordener Tee; er glich dem Geruch der Birkenzweige in öffentlichen Dampfbädern, mit denen die Badegäste ihre Haut bearbeiten, bis sie prickelt, wobei immer einzelne Blätter auf der Haut kleben bleiben. Im Frühwinter schien der Wald dann am Ende seiner Kräfte zu sein. In den Lichtungen lagen umgestürzte Baumstämme kreuz und quer. Bis zum Frühjahr waren sie halb verrottet, mit Moos überwachsen und von unzähligen Käfern bewohnt.

Es gab noch andere Datschas im Wald, aber sie lagen im Nordwesten, näher am Dorf. Nachts war kein einziges Licht zu sehen und kein menschlicher Laut zu hören. Igor und Matrjona lagen neben dem Vorratsraum unter ihrer Steppdecke und schliefen wie tot. Man hörte nur das Geräusch der Birken.

Ein russisches Schlaflied lautet: Der Schlaf geht an den Betten entlang und sagt: ›Ich will schlafen.‹ Die Schläfrigkeit sagt: ›Ich bin schläfrig.‹ In der dritten Nacht wachte Dolly auf und wußte, daß sie wach geworden war, weil sie ein leises Geräusch gehört hatte, eine Tür hatte sich geöffnet, die Tür zur Veranda. Das Geräusch erschreckte sie nicht, fast war ihr, als habe sie es erwartet. Zu Hause hätte Blaschl angeschlagen, aber hier war nur die Finsternis. Sie zog sich Stiefel und Schulmantel an und ging auf die Veranda. Dort stand Lisa, im Regenmantel; den schwarzen Schal hatte sie um den Kopf geschlungen, sie lehnte an einem Holzpfeiler.

»Gehst du noch weg, Lisa?«

»Hast du die Tür gehört?«

»Ja, das habe ich.«

»Es macht nichts. Ja, ich gehe noch weg.«

»Wohin denn?«

»Es wäre besser gewesen, wenn du nicht wach geworden wärst, aber jetzt bist du wach. Jetzt mußt du wohl mitkommen.«

Sie nahm Dolly nicht an die Hand, sie wartete nicht einmal auf sie, sondern ging die Verandatreppen hinunter in den Wald. Das kleine Mädchen kam hinterher, schlurfend, weil es die Stiefel ohne Strümpfe angezogen hatte. Dolly war noch nie nachts zwischen den Bäumen herumgelaufen.

Es gab Pfade durch den Birkenwald; sie waren für die Herbstjagd angelegt. Fast genau gegenüber der Datscha verlief sogar eine Art Reitweg. Diesen Weg nahm Lisa; sie ging in gleichmäßigem Tempo immer in der Mitte der Spur, die etwas höher lag als die vom Regen ausgewaschenen Wegränder. Stockfinster war es nicht. Der Himmel war bewölkt, aber der Mond schien zwischen den Wolken durch und bewegte sich mit den Ästen. Dolly konnte, wenn sie sich umdrehte, zuerst noch das Licht im vorderen Fenster der Datscha sehen, das die ganze Nacht durch brannte. Dann verschwand das Licht jedoch, obwohl der Weg ganz gerade zu verlaufen schien. Sie ließen die Datscha hinter sich, mitsamt Ben und Anuschka, die dort tief schlafend lagen und durch den Schlaf von ihnen getrennt waren.

Als ein anderer Pfad den Weg kreuzte, blieb Lisa stehen und sah sich um.

»Dolly, du humpelst ja.«

»Es geht schon.«

»Ich kann jetzt nicht mit dir umkehren.«

»Ich kann schon noch.«

Dolly dachte jetzt weder an sich noch an irgend etwas sonst; sie war nur damit beschäftigt, sich weiter allein und mit schmerzenden Füßen durch das Halbdunkel zu kämpfen, das sie umfing. Der Geruch der Blätter bedrängte sie. Man mußte ihn einatmen, es gab nichts anderes. Sie hatten sich nach links gewendet und gingen ungefähr noch einmal so weit wie auf dem ersten Weg. Dann konnte Dolly allmählich zwischen den dichtstehenden Stämmen etwas Helles erkennen, Hände, die sich suchend bewegten und andere Hände über die Weiße und Schwärze hinweg ergriffen.

»Lisa«, rief sie, »ich kann Hände sehen.«

Lisa blieb wieder stehen. Sie befanden sich auf einer Lichtung, in die der Mond hineinschien. Dolly sah, daß an jeder Birke ein Mann oder eine Frau gegen den Stamm gelehnt stand. Sie standen alle für sich, jeder gegen seinen Baum gepreßt. Dann wendeten sie die Gesichter Lisa entgegen; man sah helle

Flecken vor dem weißdurchsetzten Schwarz der Birkenrinde. Dolly sah jetzt, daß noch viele Menschen dort standen, im dichten Unterholz gut verborgen.
»Ich bin gekommen, aber bleiben kann ich nicht«, sagte Lisa. »Ihr seid alle meinetwegen den weiten Weg gekommen. Das weiß ich, aber bleiben kann ich nicht. Ihr seht ja, daß ich dieses Kind hier mitbringen mußte. Wenn sie erzählt, was sie hier gesehen hat, wird man ihr nicht glauben. Wenn sie es im Gedächtnis behält, wird sie zur rechten Zeit verstehen, was sie gesehen hat.«
Niemand antwortete, keiner sprach ein Wort. Keiner verließ den Schutz der Bäume, keiner ging ihnen entgegen. Lisa drehte sich um, gelassen und in sich ruhend wie immer, und ging denselben Weg zurück zur Datscha. Dolly stolperte todmüde hinter ihr her. Auf halbem Weg sah sie wieder das vertraute Licht im Fenster der Datscha. Als sie ankamen, setzte Lisa Dolly auf einen alten Rohrstuhl auf der Veranda, zog ihr die Stiefel aus und rieb ihr die nassen kalten Füße mit dem schwarzen Schal trocken. Keine von beiden sagte ein Wort über das Geschehene. Dolly ging in ihr Zimmer und legte sich wieder in das große alte Bett, das sie mit Anuschka teilte. Sie konnte immer noch den kräftigen Birkensaftduft riechen; der Geruch war im Haus genauso stark wie draußen.

26

Die Diele in der Lipkastraße war inzwischen wieder aufgeräumt, Stroh und Papierreste weggefegt, Porzellan und Kleider, die gar nicht hätten eingepackt werden sollen, waren wieder ausgepackt, und Blaschl gegen ihren Willen im Hof eingesperrt. Frank meinte, man könne nun die Fenster für den Frühling vorbereiten und den Kitt entfernen; man belehrte ihn aber, daß die Kinder enttäuscht sein würden, wenn das Öffnen nicht in ihrem Beisein geschehe. Er fragte sich ratlos, welche List, welche Überredungskunst ihn eigentlich soweit gebracht hatte, daß er seine Kinder in der Obhut der jungen Frau, die er so schmerzhaft dringend in seinem eigenen Haus gebraucht hätte, in die halbverwilderte modernde Datscha ziehen ließ.
»Sonntag fahre ich und hole sie wieder«, sagte er zu Toma, dem verboten worden war, die Kinder zu erwähnen.
»Nicht noch drei Tage! Sogar Ihr Schwager wäre jetzt willkommene Gesellschaft für Sie!« rief Toma entsetzt.
Die Post kam. Aus England war nichts dabei; Mrs. Graham schickte eine Einladung – nur eine kleine Gesellschaft, und sie würde sich freuen, wenn er noch bleiben könne, nachdem die andern gegangen seien –, ein amtliches Schreiben vom Verteidigungsministerium. Es enthielt die Bestätigung, daß F. A. Reid, ein ausländischer Bürger, Druckereibesitzer und ehemals Importeur von Druckerpressen, aus seiner Bürgschaft für V. S. Grigorjev, Student der Universität Moskau, entlassen sei, da dieser wieder in Vorbeugehaft genommen sei. Da der Adressat die erforderlichen Genehmigungen besitze, stehe nichts mehr im Wege, daß F. A. Reid und seine Familie das Russische Reich zum frühestmöglichen Zeitpunkt verließen.

Erst hatte man ihn festhalten wollen, jetzt wollte man ihn loswerden. Unwillkürlich fühlte Frank sich tief getroffen; zum ersten Mal wies ihn dieses großartige und zugleich dem Verfall so nahe Land zurück, das Land, dessen Geschichte seine Geschichte war, solange er denken konnte, und dessen Zukunft für ihn kaum vorstellbar war. Die Sicherheitsbehörde konnte ihre Meinung schnell ändern. In einem Land, in dem die Natur nicht Freiheit, sondern Gesetzmäßigkeit darstellte, in dem die Häfen sich einer nach dem anderen in majestätischer Reihenfolge selbst vom Eis befreiten, in dem es unfehlbar alle drei Jahre eine Mißernte gab, in einem solchen Land verhielten die menschlichen Machthaber sich unberechenbar; Wutanfälle und Schreckhaftigkeit, herzliche Aufnahme und Zurückweisung wechselten in unerklärlicher Abfolge. Frank hätte nur Zeit verschwendet, wenn er versucht hätte herauszufinden, warum sie letzte Woche eine andere Meinung von ihm hatten als jetzt. Eines war immerhin günstig; wenn er in Ungnade gefallen war, so hieß das, daß Tvjordovs Angelegenheiten sich leichter regeln ließen.

Tvjordov hatte Frank am Abend vor Palmsonntag erklärt, er wolle sich verändern. Er plante, nach England zu gehen.

»Da arbeitet man jetzt fast nur noch mit Maschinensatz«, gab Frank zu bedenken.

»Aber russische Bücher machen sie im Handsatz.«

Tvjordov hatte ein Exemplar von Tolstojs *Auferstehung* mitgebracht – die erste vollständige russische Ausgabe, ohne die von der Zensur vorgeschriebenen Tilgungen. Das Buch war bei Headley Brothers in Bishopsgate Without, Nr. 14, im Ostteil Londons gedruckt.

»Persönlich kenne ich Headleys nicht«, sagte Frank, »aber schreiben könnte ich ihnen, wenn Sie dorthin gehen möchten. Haben Sie dieses Buch gelesen?«

»Ich habe mir Schmutztitel, Titelblatt und Schlußseite angesehen«, sagte Tvjordov, »den Rest habe ich nicht gelesen.«
»Es ist eine neue Auslegung des Evangeliums. Für Menschen, die ihr Leben in der rechten Weise ändern, findet die Auferstehung schon hier auf Erden statt. Aber diese Ausgabe ist nicht legal im Umlauf. An Ihrer Stelle würde ich sie nicht behalten wollen.«
Tvjordov packte das Buch ohne Bedauern in den Ranzen, den er jetzt statt der gewohnten Tasche trug. Frank hatte den Verdacht, daß die *Auferstehung* nun im Fluß verschwinden würde, wie schon Volodjas Pistole, die weiße Schürze und die Werkzeuge, und mit den Massen von trübem Müll, die der Fluß Tag und Nacht durch alle Windungen mitführte, schließlich in die Wolga geschwemmt würde.
»Meinen Sie, daß ich Schwierigkeiten bekomme, wenn ich den Auslandspaß beantrage, Frank Albertowitsch?«
»Facharbeiter wollen sie nicht gehen lassen«, sagte Frank. »Aber andererseits sind sie froh, wenn sie Unruhestifter und politische Dissidenten loswerden.«
»Ich bin kein Unruhestifter.«
»Aber Sie waren 1905 Gewerkschaftssekretär, und Schriftführer sind Sie immer noch. Ich glaube, aus dem Land gehen läßt man Sie, aber ich weiß nicht, ob man Sie wieder hineinlassen wird.«
Tvjordovs Gesicht war nicht gemacht, viel Ausdruck zu zeigen, aber jetzt gab es eine steinerne Mißbilligung zu erkennen. Er hatte sich nämlich vorgenommen, in England viel Geld zu verdienen und dann in sein Heimatdorf zurückzukehren, Evnjak, das Weidendorf.
»Wachsen da jetzt noch Weiden?« fragte ihn Frank.
Tvjordov vermutete, es gebe keine mehr. Er meinte, der Bach sei trockengelegt worden, der Pächter hatte Erlaubnis, das

Wasser umzuleiten. Früher hatte eine hübsche gewölbte Brücke über den Bach geführt, aber die gab es nicht mehr, jetzt war statt dessen eine Betonbrücke da, sie gehörte zur Reichs-Teststrecke für Motorfahrzeuge, die 1911 von der Ostsee zum Schwarzen Meer geführt wurde – über Evnjak. Viel hatte sich verändert, aber Evnjak war immer noch sein Heimatdorf. Da wollte er seine alten Knochen zur Ruhe betten, wenn er nicht mehr Setzer war.

»Vielleicht könnte ich nach Bishopsgate Without gehen und meine Frau solange hier lassen.«

»Das würde ich nicht machen«, sagte Frank.

Er hatte still zugehört und sich die Geschichte der Brücke in Evnjak für Ben gemerkt, der sich brennend für die Teststrecken und Testfahrten interessierte. Es geschah ihm oft, daß er am Ende eines Tages einen ganzen Vorrat an Tatsachen und Ereignissen angesammelt hatte, die von Interesse für die Kinder sein konnten oder auch für Nellie, als sie noch da war. Wenn abends niemand zuhören mochte, schob er sie still in seinem Gedächtnis beiseite. Als er den Brief der Sicherheitsbehörde las, fiel ihm Tvjordov wieder ein, und es schien ihm vernünftig, Tvjordovs Antrag sofort zu unterzeichnen und Selwyn als zweiten Befürworter zu gewinnen. Er fuhr mit einem Taxi zu seinem Büro und erledigte die Angelegenheit. Selwyn gab gern Unterschriften und freute sich, wenn man ihn um Hilfe bat, er schlug Frank vor, nach der Arbeit mit zum kleinen Saal der Philharmonie zu kommen; dort gab es einen Strawinsky-Abend. Frank dankte ihm für die Einladung – sehr freundlich –, aber ihm sei nicht nach Ausgehen zumute. Die Wahrheit war, daß er an kaum etwas anderes denken konnte als an die erste Nacht nach Lisas Rückkehr. Selwyn blieb beharrlich.

»Ich dachte, wir könnten in der Konzertpause ein ernstes Gespräch führen.«
»Das kann doch nicht Sinn der Sache sein, daß man in die Philharmonie geht, nur um in der Pause ein ernstes Gespräch zu führen«, sagte Frank. »Dann komm doch lieber zu mir nach Hause. Du weißt doch, daß du jederzeit kommen kannst – fast jederzeit.«
»Ich möchte, daß die Umgebung zu dem paßt, was ich zu sagen habe.«
»Soll das heißen, es klingt nur im Foyer einer Konzerthalle richtig?«
»Musik tut immer ihre Wirkung, Frank.«
Ungeschützte Leerstellen in Franks Bewußtsein füllten sich mit einem Bild von Lisa, das quälende Sehnsucht hervorrief. Und ein unerwünschtes anderes Bild erschien vor seinem inneren Auge: ein grotesker Volodja, der den Sicherheitsbeamten zu seiner Rechtfertigung immer wieder erklärte, auch er sei lebendig. Gegen diese Bilder hatte Frank nur eine einzige Hilfe: die Arbeit des Tages. »Jedenfalls möchte ich, daß die Arbeit an *Drei Männer in einem Boot* abgeschlossen wird. Morgen wird niemand in der Druckerei sein, der Namenstag der Zarin ist ein staatlicher Feiertag.«
»Ach Frank, die arme Frau, die arme Frau!«
»Um die Zarenfamilie kann ich mir jetzt keine Gedanken machen. Ich gehe ins Papierlager.«
Er warf einen prüfenden Blick auf Selwyn, der ganz ungewöhnlich bleich aussah. »Komm heute abend zu mir.«

Selwyn sagte: »Ich möchte erst noch einmal erwähnen, was wir, du und ich, oft besprochen haben, daß die Menschen zusammengesetzt sind, daß sie eine geistige und eine materielle Natur haben, als wären sie zweigeteilt. Wie falsch das ist! Die beiden sollten ununterscheidbar sein, oder besser, eine allmähliche Transformation sollte stattfinden, bis das scheinbar Materielle nichts Materielles mehr an sich hat.«

»Selwyn, wovon sprichst du eigentlich?«

»Von Nellie.«

»Das ist doch wohl nicht möglich. Nellie und ich sind praktische Menschen. Als ich sie kennenlernte, habe ich geglaubt, ich hätte nie einen Menschen gesehen, der vernünftiger handelt als sie.«

»Aber dann hast du sie in das heilige Rußland gebracht, Frank, in das Land der großen Gegensätze.«

»Da hatte ich meine Arbeit. Das wußte sie, und sie hat nicht widersprochen.«

»Dich hat Rußland nicht verändert, Frank, weil du hier geboren bist. Aber hattest du nie den Eindruck, daß Nellie hier anders wurde? Ist nicht ihr ganzes Wesen weiter geworden, wie man hier sagt? Hat sie nicht immer weniger über den Haushalt gesprochen, ist sie nicht immer häufiger in Schirokaja gewesen?«

»Vielleicht etwas häufiger, das ist mir nicht ganz klar.«

»Nellie hat sich dem Geistigen zugewandt. Unglücklich war nur, daß sie es noch nicht vom Romantischen unterscheiden konnte, das alles, was mit ihm in Berührung kommt, in ein trügerisch verklärendes Licht rückt. Ich habe dir vor einer Weile zu erklären versucht, daß ich in der letzten Zeit durch eine Phase sexueller Versuchung und Anfechtung gegangen bin. Erinnerst du dich?«

»Leider nicht«, sagte Frank.

»Nellie sah mich in einem trügerisch verklärenden Licht, mein Freund.«

»Du hast Wahnideen, Selwyn. Sie hat kaum je ein Wort über dich verloren.«

»Ich will dir erzählen, was geschehen ist. Bevor ihr Zug in Moschajsk ankam, suchte ich mir einen Aussichtspunkt, von dem aus ich die Ankunft beobachten konnte. Du kennst Moschajsk, du weißt, wo die große Kirche ist, die Sankt-Nikolas-Kathedrale. Nicht weit davon ist ein Bahnhofsrestaurant, die letzte Gelegenheit für Reisende, sich mit kochendem Wasser für ihren Tee zu versorgen, danach können sie erst in Borodino wieder etwas bekommen. Der Zug hatte eine halbe Stunde Aufenthalt. Alle stiegen aus. Ich habe gesehen, wie deine Frau und die Kinder aus dem Zug kamen. Sie waren ganz unverkennbar. Die rote Baskenmütze war leicht zu sehen. Nellie schickte die drei Kinder in den Erfrischungsraum und suchte den Bahnsteig mit ihren Augen ab. Eine Frau, die nach jemandem Ausschau hält, der nicht kommt, ist ein bewegender Anblick, Frank. Die Kleinen kamen wieder heraus, und sie redete wieder mit ihnen – sehr eindringlich. Der Gepäckträger holte ihre Kisten und Koffer aus dem Gepäckwagen und eine Decke, eine karierte Decke, glaube ich. Dann sah Nellie noch einmal lange alle Richtungen – in ihrem Blick lag Resignation –, gab dem Stationsvorsteher etwas, Geld wahrscheinlich, und küßte die Kinder. Während der ganzen Zeit blieb ich, wo ich war. Ich trat keinen Schritt vor, ich verriet nicht, daß ich da war. Sie wartete bis zum letzten Augenblick auf dem Bahnsteig; dann klingelte die Glocke zum dritten Mal, und sie mußte wieder einsteigen. Ich zeigte mich immer noch nicht.«

»Geduld, mein Gott, gib mir Geduld«, sagte Frank. »Soll das heißen: Ihr wart dort verabredet?«

»Nicht ich hatte das vorgeschlagen, Frank.«

»Aber hast du dich mit ihr getroffen oder nicht?«

»Ich habe es dir doch gesagt, ich habe das Stelldichein verpaßt.«

»Was für ein Stelldichein?«

»Sie wollte mit mir an einen Ort gehen, wo das Leben freier und natürlicher ist. Vielleicht an einen Ort unter dem freien Himmel in Kiefern- und Birkenwäldern, wo ein Mann und eine Frau Körper und Seele vereinigen können und darüber nachdenken, welche Werke sie in der Welt tun müssen.«

»Warum hat sie die Kinder wieder nach Moskau geschickt?«

»Ich nehme an, sie wollte sie nicht mit nach Norbury nehmen, nachdem ich sie im Stich gelassen hatte.«

»Mein Gott, in Norbury wären sie besser aufgehoben gewesen als bei dir mitten im Kiefern- und Birkenwald. Also gut, du hast dich mit Nellie in Moschajsk am Berliner Zug verabredet. Warum bist du nicht gekommen?«

»Aus vielen Gründen. Ich mußte auf deine Gefühle Rücksicht nehmen, auf die Gefühle eines treuen Freundes. Und dann wäre ich ganz ohne feste Einkünfte gewesen, wenn ich die Arbeit in der Druckerei aufgegeben hätte, und ich hatte Zweifel, ob ich eine so große Familie überhaupt ernähren könnte.«

»Langsam fange ich an zu verstehen. Du hast kalte Füße bekommen und sie versetzt. Arme Nellie, arme kleine Nellie, da läßt du sie in diesem Loch Moschajsk in der Klemme sitzen, du siehst zu, wie sie verzweifelt auf dem Bahnsteig hin- und herläuft, und du bist so verdammt feige, daß du nicht aus dem Versteck herauskriechst. Diese Ostern habe ich viel mitgemacht, aber ich kann weiß Gott nicht einsehen, warum es Nellie genauso gehen muß.«

»Frank«, rief Selwyn und hielt die Hände in einer Geste der Ergebenheit hoch, »laß dich nicht zu einer Gewalttat hinreißen! Ganz ehrlich, deshalb wollte ich dies alles lieber an

einem öffentlichen Ort mit dir bereden, wo du nicht gewalttätig werden kannst, selbst wenn du wolltest.«
Frank hielt inne. »Sag mir nur eines. Wo ist Nellie jetzt?«
»Sie fuhr nach Bright Meadows.«
»Wohin?«
»Das ist eine Tolstojaner-Siedlung, deren Adresse ich ihr gegeben hatte. Ich nenne sie eine Tolstojaner-Gründung, obwohl ich leider sagen muß, daß Lev Nikolajewitsch die meisten dieser Siedlungen nicht guthieß. Aber man kann dort Handarbeiten machen, Gemüsegärten anlegen und bestimmt auch musizieren ...«
»Woher weißt du, daß sie dorthin gefahren ist? Nicht mal ihr eigener Bruder hatte ihre Adresse. Geschrieben hat sie auch nicht, weder mir noch den Kindern.«
»Auch mir nicht, Frank.«
»Also, wer hat es dir dann gesagt?«
»Ich bekam Nachricht von Muriel Kinsman.«
»Miss Kinsman?«
»Sie hat mir regelmäßig geschrieben. Ich habe auch ihr Bright Meadows empfohlen, weil sie nicht wußte, wohin, und nur sehr wenig Geld hatte.«
»Ich will nicht über Miss Kinsman reden. Wie heißt die Adresse? Komm schon, gib die Adresse.«
»Ich kann sie dir geben, aber ich fürchte, das nützt dir nichts. Ich habe heute morgen eine Nachricht von Muriel Kinsman bekommen; sie schreibt, daß Nellie meinte, das Gemeinschaftsleben sei nichts für sie.«
»Also ging sie fort?«
»Ja, sie ist nicht mehr in Bright Meadows.«
»Selwyn«, sagte Frank voller Bitterkeit, »das hättest du mir weiß Gott eher erzählen können.«
»Ich habe getan, was ich konnte, um dir zu helfen.«

»Ja, Lisa hast du für mich gefunden.«

»Ich habe mehr als einmal versucht, dir im einzelnen zu erklären, was ich tat. Vor ein paar Tagen war ich abends bei dir – ich will dich keineswegs kritisieren, Natur und Menschlichkeit sind die einzigen Maßstäbe, die ich gelten lasse –, aber es war kaum der geeignete Augenblick für eine Diskussion, du warst mit Lisa Ivanovna zusammen, deine Hände lagen auf ihren Brüsten. Aber Frank, vielleicht möchtest du diesen Zwischenfall mit mir besprechen?«

»Ich habe nichts dagegen, von Lisa zu sprechen, solange du mir nicht einreden willst, sie sei wie eine Birke im Wind. Sie ist ein Mensch zum Anfassen, kein Zwischenfall.«

Selwyn schüttelte den Kopf.

27

Am nächsten Morgen wurde Frank zum Telefon gerufen. »Es ist noch sehr früh, Toma.« »Ja, Herr, aber der Anruf kommt vom Alexanderbahnhof.«

Es war kurz vor sieben Uhr. »Mr. Reid, zum zweiten Mal sind Ihre Kinder hier allein am Bahnhof. Könnten Sie es einrichten, sie sofort abzuholen?«

»Ich möchte mit meiner älteren Tochter sprechen«, sagte Frank. »Holen Sie sie doch bitte in Ihr Büro.«

Er stand da und wartete, endlos, wie ihm schien; aus dem Hörer drangen entfernte Bahnhofsgeräusche, einmal auch das schrille Klingeln einer Warnglocke.

»Hier ist Darja Frantsovna Reid. Können Sie mich hören?« Sie sprach deutlich, aber nicht mit ihrer gewohnten Bestimmtheit.

»Ja, ich höre dich. Dolly, was habt ihr mit Lisa gemacht?«

»Sie ist bis nach Ostanovka mit uns gegangen. Dann hat sie uns in den Zug nach Moskau gesetzt. Wir sind gut angekommen.«

»Aber was hat sie dann gemacht?«

»Sie hat sich nur umgedreht und ist den Bahnsteig entlanggegangen; da konnten wir ihr nicht winken.«

»Aber Dolly, wo ist sie?«

»Sie wollte einen anderen Zug nehmen.«

»Wohin denn?«

»*Papuschka*, ich bin hier mit Ben und Anuschka. Was soll ich denn jetzt machen?«

Als er am Bahnhof ankam, fand er zuerst nur Dolly. Ben war zum Maschinenputzraum gelaufen, und Anuschka zählte mit der Klosettfrau Kleingeld in der Damentoilette der Ersten Klasse. Dolly stand allein vor dem Büro des Stationsvorste-

hers. Sie klammerte sich verzweifelt an ihn und schnüffelte wie ein kleines Tier an seinem Frühlingsmantel, der gerade aus der Winterverpackung gekommen war. Sie hielten einander fest umarmt.
Sie ließ sich nicht von ihm trennen. Die beiden Kleinen wollten nach Hause; sie wurden empfangen, als hätten sie ein Erdbeben hinter sich. Dolly kam mit zu Reidka und saß den ganzen Morgen in seinem Büro auf einem Stuhl für Kunden.
Agafja kam aus der Teeküche mit Zucker herauf und wollte die Tochter des Herren, die Prinzessin, wie früher verwöhnen. Beim Anblick Dollys blieb sie stehen, die braunweißen Zuckerstangen hielt sie noch in der Hand. Sie sah, daß die Komödie nun vorbei war, wickelte die Zuckerstangen wieder ein und nickte der bleichen, stillen Dolly zu.
»Sie hilft mir beim Briefschreiben«, sagte Frank, nicht allzu überzeugend.
»Gott wird schon dafür sorgen, daß sie Ihnen nützen kann«, meinte Agafja.
Nach einer Weile stellte er Dolly die eine oder andere Frage; wieviel er eigentlich wissen wollte, war ihm aber selbst nicht klar. Ob sie die Türen in der Datscha ordentlich abgeschlossen und die Schlüssel zu Igor und Matrjona gebracht hatten? – Ja, alles war erledigt. – Ob sie im Wald gewesen waren? – Ja, waren sie. – Ob die Wege noch naß waren? – Ja, ziemlich. – Hatte Lisa Ivanovna ihnen gesagt, wohin sie selbst fuhr, als sie ihnen erklärt hatte, sie sollten bis Moskau im Zug bleiben und dann aussteigen? Ja, nach Berlin. Sie mußte nach Berlin. – Danach stellte Frank keine Frage mehr nach der Zeit in der Datscha, weder an diesem Morgen noch jemals.
Volodja, den man für einen Verschwörer gehalten hatte, war nur ein Verliebter. Lisa, von der Frank geschworen hätte, sie

sei eine Liebende, war auf einmal Gott-weiß-was. Nun war klar, warum die Sicherheitspolizei daran interessiert war, daß er sobald wie möglich Rußland verließ. Er hatte gefährliche Angestellte, zumindest eine gefährliche Angestellte, eine gefährliche junge Frau, die sich als Gouvernante seiner Kinder tarnte. Er hatte sie entkommen lassen, ihr vermutlich sogar zur Flucht verholfen. Zum Beispiel mußte er ihr die Papiere ausgehändigt haben, ohne die Behörden davon in Kenntnis zu setzen. Aber was auch immer die Sicherheitspolizei jetzt glaubte, am Palmsonntag waren sie noch anderer Ansicht gewesen, und Frank konnte sich keinen Menschen in ganz Moskau vorstellen, der in der Zwischenzeit der Sicherheitsbehörde einen Hinweis gegeben haben könnte.

Gegen Mittag merkte er, daß er Dolly nach Hause bringen mußte. Er bat Selwyn und Bernov, ihn zu vertreten. Selwyn schüttelte ihm überraschenderweise die Hand.

»Denk daran, wir sind miteinander verbunden, weil wir wissen, daß wir einander Unrecht getan haben.«

Bernov fragte dagegen, ob sie ihn im Taxi, falls sie ein Taxi nähmen, bis zu den Alexandergärten mitnehmen könnten. Es war seine Mittagspause. Unterwegs nutzte er die Gelegenheit, ihnen zu erzählen, daß er ernsthaft in Erwägung zog, nach England zu gehen. Nein, nicht zu einem Besuch, er wolle auswandern. Er hatte die notwendigen Papiere schon fast beisammen.

»Dann bringen Sie sie morgen mit«, sagte Frank, dem ein Stein vom Herzen fiel. »Haben Sie eine Adresse in England, wissen Sie, wohin Sie sich wenden können?«

Ja, Charlie hatte ihm gesagt, in der Longfellow Road sei er jederzeit willkommen.

Am Flußufer war die Erde aufgeweicht, man sah noch Grasreste vom letzten Jahr, unbeschreiblich fahl und schäbig, aber dazwischen keimte schon das erste frische Gras. Sogar in Moskau spürte man den Geruch von grünem Gras und Blättern; das hatte man fünf Monate lang ganz vergessen gehabt.

In der Lipkastraße 22 kam Anuschka mit Toma vor die Haustür und quiekte: »Wir machen die Fenster auf!« In der Diele drehte Ben energisch am Griff des ›Amour‹-Grammophons; und einen Augenblick später übertönte die herrliche Stimme Fjodor Schaljapins Anuschkas Geschrei.

»Länger können wir nicht warten, Herr«, sagte Toma. »Das Eis ist schon seit Tagen geschmolzen, die Kinder sind wieder vom Land zurück, und die Hühner müssen aus dem Stall, sonst werden sie krank.«

»Ich habe es ganz dir überlassen«, sagte Frank. »Nur zu.«

Die Hühner waren schon draußen und trippelten vorsichtig im Hof herum, reckten abwechselnd würdevoll ihre langen Hälse und scharrten gierig und selbstvergessen in den Pflasterritzen.

Es ist nicht wahr, dachte Frank, sie hat nicht nur so getan, als kümmere sie sich um die Kinder. Sie hat sich wirklich gekümmert. Es ist auch nicht wahr, daß sie nur so tat, als liebe sie mich. Sie hat mich in dieser Nacht geliebt.

Den ganzen Morgen lang hatte der Hausmeister Kitt von den Innenscheiben gekratzt, Stück für Stück, Flöckchen für Flöckchen. Blaschl heulte immer wieder, weil sie wegen seiner langen Abwesenheit ganz durcheinander war, aber der Hausmeister arbeitete langsam. Als der Kitt abgekratzt war, ohne daß die Scheiben einen Kratzer abbekommen hatten, kommandierte er, ganz Herr der Stunde, nun müßten die Brocken weggefegt werden. Der Zwischenraum zwischen den Innen- und Außenscheiben war ganz schwarz von toten Fliegen. Die mußten auch entfernt und die Fenstersimse mit warmem Seifenwasser abgewaschen werden. Dann stieß der Schuhputzjunge vom Oberstock aus ein Triumphgeschrei aus, das Ben galt, der immer noch in der Diele saß, und die Außenfenster wurden zuerst gerüttelt und geschüttelt – manche waren sehr verklemmt – und endlich weit aufgestoßen. Den Winter über war das Haus taub gewesen, hatte die Ohren nur nach innen gerichtet, nur sich selbst lauschen können. Jetzt drangen die Geräusche der Stadt Moskau herein, die Glocken und Stimmen; die Kutschen und Taxis, die den ganzen Winter lang wie von allein gelaufen waren, geisterhaft und lautlos, waren wieder hörbar, und mit dem Krach kam der Frühlingswind, frischer als unten in den Straßen, weil er ohne Behinderung aus dem Norden wehte, wo der Frost noch nicht verschwunden war.

Draußen hielt eine Pferdedroschke. Davon gab es noch eine ganze Menge, für solche Kunden, die es nicht eilig hatten oder nicht zu viel Geld ausgeben wollten. Toma, noch ganz staubig und voller Wasser- und Seifenspritzer, lief zur Tür und knöpfte im Laufen seine graue Jacke zu. Er machte die Tür auf, und herein kam Nellie.